双刃那年

—01—

天空飞过知更鸟

Sky Flying Robins

苏沐梓 /著

贵州出版集团
贵州人民出版社

图书在版编目（CIP）数据

天空飞过知更鸟/苏沐梓著. -- 贵阳：贵州人民出版社，2016.7（2020.3重印）
ISBN 978-7-221-13376-2
Ⅰ.①天… Ⅱ.①苏… Ⅲ.①长篇小说—中国—当代
Ⅳ.①I247.5

中国版本图书馆CIP数据核字(2016)第154319号

天空飞过知更鸟

苏沐梓 著

出 版 人：	苏　桦
出版统筹：	陈继光
选题策划：	大鱼文化
责任编辑：	钱海峰　程林骁
流程编辑：	唐　博
特约编辑：	陈　思
装帧设计：	Insect
内文排版：	米　籽
封面绘制：	邦乔彦
出版发行：	贵州人民出版社（贵阳市观山湖区会展东路SOHO办公区A座邮编：550081）
印　　刷：	三河市华东印刷有限公司
开　　本：	880×1230毫米 1/32
字　　数：	230千字
印　　张：	8
版　　次：	2016年9月第1版
印　　次：	2016年9月第1次印刷 2020年3月第2次印刷
书　　号：	ISBN 978-7-221-13376-2
定　　价：	42.00元

全书主题歌
《少女与知更》
词 / 苏沐梓

没有报站的捷运
柔软从窗外向你生长
我听见知更边飞边唱春夏比冬长
想象蔚蓝色一场

夏日暴雨击打窗
知更在躲雨它有点慌
我看见喜欢受了点伤不得已沉降
收藏你给的紧张

不愿初醒的温柔美梦来自于你
不能忘怀的轻言细语来自于你

我甘愿以虔诚之名向你知更
为你跋山涉水穿越春林茂盛来到风中等
做你
平凡陪衬
沿途追捧
我小心拨开荆棘的微弱光尘
企图证明你喜欢上我那薄如蝉翼的可能
与你
同载喜乐
也和悲歌

我永远记得
夏日傍晚的你将知更送到我手上
好像身后长出一双薄薄翅膀
开始发光
令我歌唱
我猛一抬头
就又撞进你落满星辰湖海的眼睛
那里面有坦荡荡的诗和远方

终点是你
终点不是你

目 录

楔 子 Prologue	第一章 Chapter 1	第二章 Chapter 2	第三章 Chapter 3
001	006	041	076
没有报站的捷运柔软从窗外向你生长	你向我走来世界就在我面前盛开	夏日暴雨击打窗知更在躲雨它有点慌	

第七章 Chapter 7	第六章 Chapter 6	第五章 Chapter 5	第四章 Chapter 4
216	180	145	114
你是太阳照亮我方向 你让地球旋转、月亮发光 让我长出翅膀	你像危险一样温柔 但若重新来活我也一样愿意面临危险	我希望我们能不要再蹲着哭或踟蹰 而是可以站起来亲密接触	我甘愿以虔诚之名向你知更 为你跋山涉水穿越春林与茂盛

听说知更鸟会来
我从暗夜等到花开

Prologue
楔　子

"轰隆隆！"

响雷震耳，暴雨叩窗，重重的拖鞋声自远而近，在季淼门外停下。

女生的心脏一瞬提到了嗓子眼，她的眼神死死盯着门缝处明灭不定的光线——她怕他进来。

门把手动了动，季淼身体也跟着抖了抖。门被她提前反锁了，门外的人沉默地压抑着怒气，脚步声隔了会儿才响起，渐行渐远，而后传来用力的一声"砰"！

季淼迅速瘫软了下来。

门缝边缘的唯一光亮也被切断，整栋房子陷入了彻底的黑暗与寂静，每一秒都被拉得无限长。确认季之显已经熟睡后，季淼才蹑手蹑脚拉开房门，当她赤脚迈下第一级台阶，冷不防耳边再度响起了那道声音——"这是什么？"客厅里，季之显拿着从谷惠包里翻出来的几张白纸，满面阴霾等着解释。从季淼的角度看去，能见到谷惠眼睛里与自己如出一辙的惧意。

"不肯说是吗？"季之显一张张翻动白纸，纸张发出"唰唰"声，像在控诉他的暴力。

谷惠脸色倏然一白，她三两步走过去试图从他手里抢回："你干什么！还给我！"

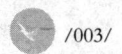

被季之显一把猛力推开，谷惠重重跌倒在地。

"妈妈！"季淼吓得一惊，连忙跑过来扶住她，泪水开始在眼眶里打转。

季之显双目瞪圆，火气直涨，声音都提了几个八度："签合同？我早就跟你说过了，你就在家里待着哪儿也别去！我养不起你吗？非要一天到晚跑出去找工作，面试？我让你上班！"伴随着他的咒骂，他"唰唰"将合同撕了个粉碎！

"季之显你疯了！"谷惠急红了眼，那可是她筹备了数月之久，好不容易趁着季之显出差才谈下来的工作。原本打算挑个季之显心情好的时候跟他解释保证绝不耽误家庭，也许会获得他的支持，谁想到弄成了现在这样。谷惠压抑了多年的心病终于爆发，"季之显，你什么时候能为我想一想？你什么时候能不要那么高高在上！我天天闷在家里问你拿钱看你脸色，我受够了！"

"那你滚啊！"季之显指着大门的方向，"走啊！出了这个大门就别再回来了！"

谷惠的肩膀颤了颤，她笑出声："季之显，你不要后悔。"

……

"轰隆隆！"

窗外是依旧汹涌的雷鸣风雨，让黑夜显得又残忍又悲壮。

季淼努力压抑身体的颤意，两个小时前发生的一切历历在目，就在她现在俯视的地方。她眼见谷惠缓慢地走过去，蹲下身捡起一张张零落的白纸，将散落在地上的东西依次收进包里，季淼忽然就"哇"一声哭出来，她跑过去抱住谷惠的背："妈妈不要走，不要丢下我。"

"季淼你回房间去，我和你妈有话要谈。"

"爸爸，求你了，不要让妈妈走，外面还在下大雨。"

"让你回房间去你没听到？"季之显的怒火瞬间烧到了季淼这儿。

谷惠回身护住女儿："季之显你有火冲我发，关淼淼什么事！"她擦擦季淼脸上的眼泪，轻声安慰，"淼淼乖，先回房间睡觉。妈妈没事，

爸爸不会把妈妈怎么样的。"

"妈妈……不要走……"季淼拼命摇头。

谷惠摸摸她的头发,挤出一丝惨淡的笑容:"听话,妈妈不走。"

……

她答应了的,她不会走的。

季淼身体里忽然涌出一股无望的情绪,踩下台阶的脚都仿佛无法着力。方才她哭得上气不接下气,被迫离开他们的争吵地。而她前脚刚走,季之显就将谷惠的手臂猛地一扯,一个重重的巴掌就挥了过来,谷惠吃不消,如落地的茶碗般砸了下去,她忍住痛,回头怨恨地瞪向季之显。

"你不是要走吗?走啊!"

声音过大,震得房顶都颤了一颤,季淼就躲在楼梯的转角处,她坐在地板上抱住双膝,死命咬住唇不让自己哭出声音。

厨房里的温热气息还在,好好的一顿晚饭却演变成了散场宴席。自季淼记事以来,这样的争吵便是家常便饭,妈妈身上隔三岔五便添了几道新的伤痕。可她总是那样坚强,在自己面前像一棵茂盛的大树般,护住来自爸爸的各种伤害。妈妈几乎成了季淼坚持活下去的唯一意义,如果她离开了……季淼连想都不敢想。

后来,楼下安静了。

季淼听见大门拉开的声音,听见暴雨和雷声的肆虐,听见谷惠的哭声,而最后这一切,都被隔绝在了那扇紧闭的大门外。

然后是季之显的洗漱声、上楼声、停在她门口的重重呼吸声……季淼蜷缩着身子躲在床的最边缘,寒气从半开的窗户那儿长驱直入侵袭她的整个身体。她现在有多冷多无助,被关在门外的妈妈就比她要冷上十倍,无助十倍。逝去的每一分每一秒都让她度日如年,终于挨到现在,她站在了黑压压的大门前。

她在颤抖中,轻轻拉开了一条缝。

寒风细雨顷刻涌了进来。

她看见谷惠正抱着双膝缩在门边瑟瑟发抖，宛如一只受了伤无家可归也无处可去的母兽，季淼鼻子一酸，眼泪瞬间落下。

"妈妈……"季淼将毛毯覆上了她的肩背，小小的手捂住谷惠冻得发红的双手，季淼不住为妈妈呼着热气，竭力想要为她送上一丝温暖。

谷惠心酸至极，忍了这么多年不就是为了眼前这个乖巧的女儿吗？一时间多年委屈浮上心头，如崩塌的堤坝，所有的负面情绪在今夜达到巅峰。谷惠紧紧搂住女儿，哭得肩际乱战："淼淼，不要怪妈妈，妈妈爱你……"

她的眼泪一滴一滴落在季淼的脸颊、肩颈，那种凉意和痛感透过肌肤不断往内延伸，仿佛要一直延伸到季淼的心脏深处。

这种感受，即便过去再多年，也始终清晰如昨。

Chapter 1
第一章

没有报站的捷运
柔软从窗外向你生长

『壹』

七月的太阳既艳且炙。

明明白天还是阳光万里,到了晚上,竟然下起了雷阵雨。一道道闪电在窗外划过,像是要割裂夜空。

季淼给自己冲了一杯热红茶,甩甩头继续开始赶台里的栏目策划案。

她噼里啪啦敲击着键盘,却总是走神,很难不去注意窗外的情况。要不要给从葶打个电话?

季淼掏出手机,转念一想从葶前几日才告诉自己最近在赶一个珠宝设计方案,还是算了吧,要是打断了她的思路,从葶搞不好要跳起来杀了自己。季淼深吸一口气,心想尽快写完稿子然后叫辆车回家就好了。

"吱吱吱……"

她的注意力逐渐被头顶的吊灯吸引,一闪一闪的,季淼的心霎时凉了半截,不是要坏吧?她赶紧保存了自己的稿子,还没等她起身去检查线路,四周便被黑暗吞噬。

"轰隆隆!"

季淼吓得惊叫一声,脚被椅子绊住,她摔倒在地,眼睛很快适应了黑暗。难以挥去的阴影此时如潮水般汹涌地朝她袭来,她跪坐在地上,

抬手摸桌上的手机，手电筒的光昏昏暗暗，并未给她带来多少安慰，反而让她身体的惧意更甚。季淼半张着嘴，觉得自己像是缺氧的鱼，黏腻的汗意从T恤衫里不断往外渗出，逼仄感让她就快要不能呼吸。

电话打进来时，从荨正一心扑在桌子前画稿子，一头短发还被束成奇怪的形状，那一抹玫红色的挑染隐在黑发间，被台灯折射出神秘又炫丽的色彩。她戴着一副大框木质眼镜，手拿铅笔在画纸上来回描摹。

"喂？"从荨看也没看来电提醒就接通电话，噼里啪啦就冲对方一阵乱骂，心想谁啊这么不识抬举，偏要在自己灵感奔腾不息的时候横插一脚。可她的一顿吐槽如同砸在了棉花上，软绵绵的毫无作用，听筒里除了粗喘的呼吸声，没有其他。

从荨觉得奇怪，这才看一眼来电者的姓名，她摘了眼镜放下铅笔，连忙问道："淼淼，出什么事了？"

"从荨，我害怕……"

从荨看一眼窗外，心里霎时浮起不好的预感："你在哪儿？"

"单位。"

周身一片黑暗，光源体是她耳朵边的手机，对面的落地玻璃窗上映出她影影绰绰的影子，在一片黑暗中更添了几分诡异，她下意识又往桌下里侧躲了躲。

"我马上过来！"

从荨拎起椅背上的外套、伞、包和车钥匙，如一阵风般冲了出去。

"啥？"杨一正在家里打游戏，一听从荨说完他险些砸了游戏手柄，"公司好好的怎么会停电呢？"

"我快到你楼下了，你别废话了，拿上卡陪我去电视台接她。"

杨一三下五除二开始穿裤子，手机夹在肩头，猛然动作一停："我知道了！是颜默诗搞的鬼，单位里只有她知道季淼害怕雷雨夜！"

从荨刚喝的一口水险些喷了出来："颜默诗？"

杨一忙不迭叫道:"是的呀,那个阴魂不散的主儿今天也跑到电视台来报到了,还死巧不巧跟季淼分在了一个办公室。"

『贰』

今天是一年一度电视台进新人的日子,台里上下都在纷传进来了一个超级大美女,又温柔又漂亮,说起话来柔声细语的。季淼原本也要去迎接新人的,谁知她前脚刚出门就被主任一个电话叫去了办公室,给她分配了紧急任务。所以她一上午都忙着开会、跑剪辑室、录音室,等她回到办公室,一时间还真有些怔忡。

"季淼回来了。"

办公室门口围着好些看热闹的人,多数是男生,眼看她回来,脸上都隐隐藏着一副看戏的神情。他们纷纷让开一条通道,季淼转动着眼珠上下打量他们,笑道:"发生什么好事了?"

有人接口:"季淼妹妹,能不能看在师兄对你这么好的分上,跟师兄换个办公室?"

"好好的换办公室干吗?"话音初落,季淼脸上的笑容就冻住了,因为她看见了正站在办公室中央,靠在她座位旁边的颜默诗。

她想过一万种再度相遇的场景,却没想到会是这一种。

依旧是柔软搭在肩上的中分棕蜜色头发,发梢弯曲,慵懒又不失优雅。鹅蛋形的脸庞上五官精致,她的眼睛很大,美瞳的颜色也挑得刚刚好,很衬她的气质。全都是与记忆里如出一辙的模样。

"季淼!"颜默诗率先打破沉默,如雀鸟一般朝季淼飞了过来,一把抱住季淼,右脚还微微往后跷起,恰到好处的俏皮,一如她脸上恰到好处的笑容,"我想死你啦!"

"哇哦,真是羡慕死季淼了!"众人圈里霎时响起一阵轻叹声。

话题中心的女生却是不露痕迹地朝后仰了仰,一手拿着文件,一手轻轻推开颜默诗,她的声音淡淡的,带着些许的疏离和清冷:"欢迎你。"

说完就要回自己的座位,可还没等她走近就皱了眉,颜默诗跟了上来,解释道:"是这样的,办公室里就剩一个正对门的座位了,你也知道我一直都很怕冷,而你的座位不在风口,所以我就擅自跟你换了。季淼,以我们这么多年的好朋友,你应该不会介意吧?"

颜默诗扶住季淼的胳膊站在季淼面前,她歪了歪头,眨着一双无辜的大眼睛看向她,一席话说得不痛不痒,偏偏音节若有若无地落在那个"好"字上,季淼皱眉。她想挥开颜默诗的手,颜默诗神色立刻冷了下来,眼神里充满了警告的意味,仿佛在说:"你考虑清楚了。"

季淼一瞬间有些恍惚,颜默诗的面容被她微僵的背影挡住,外围的男生们自然都看不到,反而还讪讪笑着帮腔:"颜默诗你放心,季淼人很好的,更何况你们还是那么多年的好闺蜜,她一定会照顾你的。"

季淼失笑,这才多长时间?颜默诗的"好友论"已经深入人心了。她再看一眼颜默诗,对方脸上是一副胜券在握的无辜表情。

也对,像颜默诗那样漂亮温柔的女生,谁会忍心把她往坏的一方面去想呢?

季淼拉开和颜默诗的距离,凉凉扫一眼围观的群众,咳了咳:"既然大家都想让我跟默诗换……"她低头叹一口气,看了一眼满桌子满柜子的资料。

办公室里较年长一些的师姐宋一燕察觉到二人间的剑拔弩张,觉得颜默诗未免有些不懂事,便开了口:"这么多资料,还是别换了吧。让前辈坐在门口,也不合规矩。"

颜默诗侧身,看一眼"不合时宜"的女生,圆脸、大框眼镜、皮肤泛黄。她笑一笑,但宋师姐却被她这笑容弄得浑身一凉,明明还想说些什么,最终却闭了嘴。

颜默诗又嘟嘴看向季淼:"你不介意的吧?"

"我介意。"

冰冰凉凉的三个字,带着不容回绝的坚决。

季淼将颜默诗的私人物品往最角落里一移,拉开椅子坐下来,像是在宣示主权一样，打开电脑开始整理文案。

气氛一时有些尴尬，不过众人也说不了什么，这座位原本就是季淼的，她本就没什么一定要让给颜默诗的道理。众人帮颜默诗，不过是因为她长得太漂亮，想讨得她的欢心罢了。可是好笑的是，凭什么要以牺牲她季淼的利益来换得颜默诗的欢心？没错，季淼是没颜默诗漂亮、没她有手段，也不会对她构成威胁。可她真搞不明白这么多年为何颜默诗偏偏就是不肯放过她？季淼越想越气，手下敲击键盘的声音也越发响了，她大口喝一口水，将水杯重重放在桌上。

"散了散了啊！"杨一来得正是时候，他如猴子一般上蹿下跳，没几步就跳到了季淼的桌子前。

季淼冲他："一边去，我现在没心情。"

杨一也不恼，笑嘻嘻递上一包薯片："听说主任刚刚给你布置了个紧急的活？是不是忙不过来了，要不要我这个生活委员提供帮助啊？"说完杨一就挺直了背，仰起下巴不断朝她挤眉弄眼。

季淼忍不住"扑哧"笑了，她扔给他一沓文件："你别在这儿给我添乱我就谢天谢地了，生、活、委、员！"

众人一听季淼有活在身，也都慢慢散开了。

颜默诗一个人站在旁边，杨一仿佛这才看到她一样，他斜一斜眼："哟！这不是我们大名鼎鼎的颜默诗嘛，怎么没去当明星跑来电视台了呀？还真是季淼在的地方就有你啊！"

颜默诗不怒反笑，朝他伸出手："你好啊，杨一。"

杨一撇撇嘴，右手朝她手掌心擦了过去，算是握了手。

季淼催促了他一声。

杨一喊道："晓得了晓得了，我这就离开你们制片部，回我的采编部去。"

他吊儿郎当走过颜默诗身侧时，停下来靠近她，以只有二人能听到的声音说道："颜默诗你最好小心点，别再像读书时候做出那些事，我会看紧了你。"

颜默诗并不看他，语调轻缓，她微扬起下巴的侧脸完美，笑容也完美："谢谢生活委员提醒。"

"八九不离十，就是那丫头搞的鬼！"从荨听完杨一的絮絮叨叨，恨得牙痒痒。

杨一一拍大腿："可不就是嘛！谁知道颜默诗这心肠比以前还要狠了，真是士别三日当刮目相看！"

从荨横一眼他："我还没说你呢，你干吗不陪季淼加班，明知道颜默诗对她不怀好意。"

"这可冤枉我了。"杨一立刻坐直了身体，朝从荨举手发誓，"你还不了解季淼，她嫌我会影响她干活就把我赶走了。"

"谁让你这么聒噪。"

"哎你……"

两人一前一后找到季淼办公室，杨一被从荨赶去了电闸间修电路，从荨则打着手电筒朝季淼的办公桌找去，将季淼从桌底下救出来的时候，她浑身冰冰凉凉，已经没有多少清醒的意识。从荨将外套披在她身上，季淼感受到温暖，还有四周逐渐恢复的明亮，她抿了抿苍白的唇，冲从荨勉力笑笑："谢谢。"

"我送你回家。"

"不……不想回家。"她一把抓住从荨的手腕。

从荨看她低头的瑟缩模样，叹一口气："回我那儿，我给你爸打个电话说一声。"

季淼没有反抗，沉默了会儿才点点头："谢谢你。"

『叁』

身子越来越轻，好像所有的一切都染上了虚晃的光亮，身侧的风景像翻画页一般被风"呼呼"吹动，一直吹回到了那一年的夏天。

天空蓝得刺眼，云朵如棉花糖般大行其上，无孔不入的汗意几乎填满了季淼身体里的每一个毛孔。她弯着腰，双手撑着膝盖，头顶高挂着的大太阳让她觉得自己快被烤干了。手表的秒针一下一下划过，她咬紧了唇。

迟到了。

知晓已经是不可逆转的既定事实，心情反倒慢慢静了下来，在去实习工作室乘坐的公交车一连开走了三辆后，季淼才终于接受今天真的是错过他们了。

季淼想要找一份练习英语口语的实习工作，最主要的原因是一个月前在电视里看到何冠树参加的英语演讲比赛。白衬衫、黑色长裤、手指修长、面上万年没有表情起伏……以上都是校园里对冠树学长的描述。原本他已经是传奇一样的存在了，没想到出现在电视里的面容竟比真实的他还要帅气几分。换上西装打起领带的男生仿佛褪去了学生的青涩，举手投足间都是胜券在握的霸气。他的英语很流畅，还对英美的俚语风俗或文学典故都很熟稔，常惹得台下外籍评审官会心一笑。一整场比赛下来，季淼看得移不开眼。

更让季淼惊喜的是在她确认了每周六去实习后，八点半的公交车站，她总能偶遇一蓝一白两辆越野自行车——何冠树与邵青延常常一前一后，单脚撑地等着红灯转绿，继而再"嗖嗖"如离弦的箭一般飞快骑出。

太帅的风景，常常让路人都忍不住驻足。

从没有意外的偶遇，时间精确到像是根深蒂固的习惯。女生在路边的公交车站，男生在她面前的非机动车道上骑车经过，带来一阵风，会吹起她的头发与裙摆。然而今天，错过了。

下一辆公交车进站，季淼站起，朝车门低头走去。

完全没有预料到的危险，也可以说是因为恍神的缘故，季淼只觉得心窝像是被人狠狠踹了一脚，应声倒地，直到被一同等车的路人扶起时才缓过神来。撞到她的似乎是个女生，骑着一辆生了锈的自行车，连停

都没有停下来，撞到她后就继续骑远了。

季淼盯着那个女生远去的背影，还有她一头利落的短发飞扬在风中，季淼皱了皱眉。

"你没事吧？"

听到路人的关切询问，她才低头看了看小腿，约莫两厘米的一道伤口，鲜血正从里面冒出。

"没事。"淡得听不出情绪的声音，季淼上了车。

这样的伤口对她而言，并不算什么。

一连几天，季淼一直心不在焉。校园里有莫名的热闹气氛在流转，她也不甚关心。

季淼闲闲踢着路边的石子，低着头。

"啊！"突然传来一阵惨叫。

因为没有看清楚路况，一不小心就撞上了柔软的身体，紧跟着就听到"乓零乓啷"东西落地的声音，再抬起头，对面的女生们白色的连衣裙上已经满是污渍，地上的可乐液体还在"扑哧"冒着泡儿，吸管排成滑稽的形状。

"对不起，对不起！"季淼忙掏出纸巾给她们。

女生们却不肯罢休，一边抱怨自己的衣服，一边扯着她要她赔可乐钱："这都是给棒球赛那边送过去的！"

争执不休间，有人轻轻开口替季淼解了围："算了吧，她又不是故意的，你们快去换衣服，待会儿我重新买了可乐给学长们送过去。"

"默诗，你太好说话了。"

"快去洗啦。"女生微微笑催促她们。

直到围观的人都散去，整个场地只剩下她们两人，季淼才抬起头对上颜默诗的眼睛。盛夏的光线都比不过她明亮的双眸，季淼被她瞧得久了，不由得移开目光。见她提步想走，颜默诗喊住她："老朋友相见，都不肯打个招呼吗？"

季淼叹了口气:"你最近好吗?"

颜默诗双手背在身后,歪了歪头耸耸肩:"就那样吧。"

语气保持着恰到好处的疏离,有尴尬的气流在彼此身边蹿动,颜默诗开口:"我走了。"

"等等。"季淼对着她的背影声音微颤,"今天,还是要谢谢你。不管我们以前发生过什么。"

颜默诗侧过脸,被长发遮住的半张脸上还能看见微微弯曲的睫毛、漂亮的大眼睛和笔挺的鼻梁,她笑道:"不介意的话就陪我一起去买可乐吧,今天的棒球赛场上可热闹了。"

"好。"

一前一后的两道身影走向了棒球场。

颜默诗和季淼各捧着五六瓶可乐,美女效应果然强大,那些学长和同级的男生当然不会放过这么好的表现机会,"唰"地全冲上来帮忙接过颜默诗手中的可乐:"学妹这么客气啊。"

"应该做的,今天的比赛,学长要加油喔!"

颜默诗一边笑着一边接过季淼手中的可乐继续递过去,季淼有那么一瞬间又像回到以前,习惯了。

"咦,默诗,你身边这位小姑娘是谁,以前怎么没见过?"

"她是新闻系大二的季淼。"

"你们关系很好吗?"

"嗯,高中同学。"

……

颜默诗的身影很快消失在一群男孩子中间,场边几乎已座无虚席,季淼好不容易寻了个位置坐下。要不是默诗引她过来,她根本不知道今天学校里有一场这么热闹的棒球赛。

"快看快看,校花在那儿。"

"在哪儿,在哪儿?"杨一听到所有跟"花"有关的字眼,都会眼睛发亮。

季淼顺着同学手指的方向望向对面，一眼就看到了夏芷澜。校团委书记，温婉的淑女名媛，老师和家长眼中的乖乖女，成绩又好，简直是完美得如同女神的存在。身后的讨论声依旧不绝于耳："听说今天的棒球比赛是宫御风提出来的，他为了追夏芷澜，特地来向我们冠树学长下战书的！"

季淼在听到那个名字的时候，脑袋忽然"嗡"的一声。

"冠树学长和芷澜学姐是男女朋友？"

"现在还不是啦，但是学校里一直传言说他们的关系很暧昧，他们可是从高中到大学一直都在一个学校啊，说不定她和冠树学长一直都是地下恋情嘿嘿！"

女生们三三两两笑出声来，季淼一时难以消化这个消息，觉得全身都难受。闷骚的杨一偏偏还在此时凑上前来，摇着她的肩膀："淼淼同学，你就看在生活委员以前多多照顾你的分上，能不能帮我牵个线搭个桥，把我引荐给刚刚和你一起过来的那个美女颜默诗啊？"

"对啊季淼，以前怎么没听你提过你认识颜默诗，她也很有名气。"

杨一听到有人附和自己，更像打了鸡血一般。

"我们，不是很熟。"胸闷的感受似乎更浓烈了，季淼想了想补充道，"默诗以前就一直很有名，我太平凡了，我也没想到她会知道我的名字。"

"噢，原来是这样，不过想想也是，都大一一年过去了，如果你们真的很熟的话，怎么从来没有一起走过？"

季淼喝了一口水，用微笑掩饰尴尬："是啊。"

"宫御风来了！"有人一声高喊，整个看台的人都朝入口望去。

无可否认的，宫御风确实有傲视群雄的资本，他很帅很有型，超过一米八的身高，最让人尖叫的应该是他浑身上下散发出的那股坏坏的气质。他的目光穿过众人，幽幽落在对面夏芷澜的身上，女生冷淡地转过脸。

直角扇形的场地中，宫御风和他的队员们在场上做着预热，投手、击球员和跑垒员都已经就了位，人群中的骚动随着时间越接近比赛也越难以控制。

"冠树学长为什么还迟迟不肯现身,他真的完全不在意夏芷澜?"

"我可不愿意我们的芷澜学姐花落宫御风啊,他看上去就是玩女生的那种人,虽然真的很帅。"

季淼也陷入了这样拉扯的状态中,不希望何冠树真的如传言般和夏芷澜有什么关系,但又觉得自己这样的想法过于狭隘了……裁判一声令下,宣布比赛开始。

何冠树没有如约到场,季淼不知该喜或忧。

前几局的气氛一直很不融洽,何冠树队是守方,气势从一开始就有些弱。投手投出的每一个球都能被宫御风的攻方击球手击中,仿佛这一切都在预料之中。击球手每一次击中后都立刻开始跑垒,而守方要么就没接住球,好不容易接住了球但也没能成功"截杀"跑垒员,让攻方每一次都能成功跑过一、二、三垒顺利回到本垒。

女生们开始交头接耳:"再这样下去,攻守是不可能互换了,冠树学长这队要被宫御风虐杀了。"

宫御风队的进攻着实太猛,招招狠厉,一连几个回合,何冠树队的投球手心态都濒临崩溃,连举球的手都开始发抖。

宫御风脱了上衣,将矿泉水朝着头发淋了下来,模样很帅,他绕场跑到夏芷澜的座位不远处朝她吹了声口哨,痞痞地勾了勾下巴:"你……输定了!"

紧跟着——

"我看还未必吧。"

夏芷澜和季淼同时站起身来。

更多的女生男生都站起身来。

这个男生果真是千呼万唤始出来,季淼的视线被挡住又被拨开,杨一在一侧愤愤不满:"天哪!怎么可以这么帅?"

可不是,何冠树只是气定神闲无比低调地往那儿一站,双手抱胸靠在入场通道的门边,却能带出这样一股无与伦比的疯狂。他零星落在额

前的头发被风吹起，闪着暮阳的光泽，微微勾起的唇角像是满含嘲讽，偏偏又帅得勾人。

看台上的夏芷澜直直望着他，胸口剧烈起伏。

何冠树似乎是侧目给了她一个眼神，夏芷澜终于微笑。

"都让开。"开口的是另一个男生，音调冰冷。

在何冠树前方给他开路的男生同他一样高，皮肤黝黑，五官立体，季淼认出他是冠树学长的好友——邵青延，也是传奇一样的存在。

宫御风朝何冠树比了中指，目光挑衅。

邵青延不动声色地站到何冠树身侧，看向宫御风的眼神带上了明显的敌意。

何冠树眼角微挑，附头在邵青延耳侧说了句话，青延点头。

"喂，磨蹭什么呢？还比不比啦？"宫御风在另一侧大叫。

何冠树懒懒地看了他一眼，沉声道："时间拖得太久了，我只同你打一局，你敢不敢？"

在棒球比赛中，一旦攻方接连有三人被守方"杀"出局时，双方即可互换攻守。一般攻守互换一次为一局，九局为一整场。显然何冠树是想要速战速决，宫御风被他莫名而来的自信心弄得发笑："行啊，那就一局定胜负。不过何冠树，就现在这局面你以为你有赢的把握？等会儿可不要输得直哭啊。"

宫御风话语刚停，他的队员们也都跟着笑出声来。

何冠树见宫御风答应便走到投手位，他拍了拍已经紧张到出冷汗的队员的肩膀："你去休息吧。"而后回头见邵青延也站好位置后，他点了点头说道，"行了，不用热身了。"

攻方的击球员稳了稳马步，戴着手套握棒的手不由得更紧了紧。

何冠树容色淡淡，他持球的右臂举起，在身体前侧向前上方开始摆臂，慢慢地，他动作幅度越来越大，以肩为轴，忽而他绕臂一圈，经体侧将球猛然投出！

"哇噻，那是绕环式投球！超难的动作哎！"有看得懂的女生已经开始小鹿乱撞喊出声来。

可不是,此时的何冠树整个人往前倾,后脚离地腾空,宛如张开双臂的鹰。他的一袭白色球服在此刻看来是那样耀眼夺目,他投出的球又狠又疾又准——攻方击球员显然慌了手脚,棒在空中挥出一阵风,可惜没中!

"Woo!"全场的气氛宛如被浇了一盆滚烫的热水,热烈到爆棚。

何冠树和邵青延的回归让队伍雄风大振,青延和冠树配合默契,随后对方的击球员虽勉强能击中几个冠树投出的球,但好景不长,邵青延狠狠"截杀"了他想要跑垒的步伐!

一连三个"好"球,在宫御风的骂声中,跑垒员被三振出局了。

何冠树与邵青延轻松击了击掌,季淼的目光自始至终追随着他,见他又在邵青延耳侧低声说了几句话,邵青延依旧点点头。

方才一进场何冠树说的是:"那个跑垒员跑得也够久了,先灭了他。"

而现在他说的是:"不用留面子,给我狠狠撞。"

如他所料,宫御风亲上击球位,双方气氛剑拔弩张。何冠树随意投掷,似是故意让他能接住球,只是宫御风还来不及得意太久,每一次跑垒都被邵青延撞得够惨。终于他在第三次被邵青延撞击腰腹倒地,爬起来便被裁判宣布三振出局时,宫御风一甩杆,怒气冲冲就跑去作势要扯何冠树的衣领,被邵青延挡住。

女生们又开始纷纷星星眼:"青延学长是跆拳道黑带九段哎,好想看他教训那个宫大少!"

宫御风讨不到好处,只能连连大爆粗口。他下场后没有多久,攻队第三个队员也被"杀"出局。按照宫御风与何冠树的约定,何冠树赢了。

场上霎时响起一片起哄声,宫御风终于哼了一声,丢下一句:"何冠树你给我等着!"然后带着人离开了。

夏芷澜离开座位从看台上跑下来,一路朝着何冠树奔去,她漂亮的红色长裙像是夏日校园里盛开的凤凰花。场上的队员和啦啦队员们将何冠树与夏芷澜围在中间,形成了一个密不透风的圈,阻隔掉季淼的视线,

眼睛找不到焦点耳朵便分外灵敏,她听见了人群中爆发出了前所未有的尖叫——"亲了亲了,啊啊啊!"

季淼怔住,四周全是越演越烈的起哄声——

"芷澜学姐踮起脚尖主动吻了冠树学长!"

"冠树学长回应了吗?"

"当然回应了,他们在一起了,啊啊……好激动!"

……

女生被抽空般地瘫坐回椅子上,隔着熙攘的人群,他俊逸无双的侧脸漂亮得让她想哭。

季淼抬头,无意间撞上一抹视线。

颜默诗似笑非笑地看着她。

『肆』

"季淼?"从葶不断拍打着季淼的脸,季淼醒不过来。她的脸烧得通红,身体不断颤抖,频繁摇头,似乎正受困于一段梦魇。

迷迷糊糊地,她喊出一些胡话,从葶听不清楚,只能不断打湿毛巾,替她擦汗。从葶一边擦一边低声咒骂:"该死的,早不来晚不来,偏偏在我要交稿的时候来这么一出!"

季淼似乎是感应到她的不满,状态更不好了。

从葶又立刻哄她:"小乖乖,我可不是说你啊,你知道我说的是那个讨厌鬼颜默诗的对不对?"话锋一转,她又恨铁不成钢地指指季淼的额头道,"不过你说说你,怎么运气就这么背,走哪儿都逃不开她的魔爪呢!"

"丁零零——"

从葶接起手机,走远了几步才轻声道:"喂?"

邵青延皱了皱眉,心想从葶什么时候转性子了:"你发烧了?"

"你才发烧!"

听到这句话邵青延才确认她没事,他咳了咳,依旧是一贯沙哑的声音:"我还以为你在办公室,既然都回家了,看来稿子是画好了,怎么我的邮箱里没收到?"

"我说你不催我会死啊!"被季淼这一出闹了下,她的灵感已经离家出走了。一想到这儿,从荨就觉得心脏正汩汩往外吐着苦水,"好苦啊——"从荨长长叹出一口气,单手展开伸个懒腰,重重砸向了沙发。

"好吧,不催你了。"

"谢谢老板。"

邵青延的嘴角抽了抽,她不叫他邵黑炭的时候,他竟然都有些不习惯了。默了会儿,邵青延仿佛想起了什么重要的事情,声音忽然变得严肃:"对了,公司签了一个新模特,以后的珠宝策划得按照符合她气质的方向走。"

"邵黑炭你脑子烧坏了?什么时候要珠宝去配合模特了?不是应该由公司来挑选出能展现出珠宝气质的模特吗?"

"从荨。"他很少直呼她的名字,两人自认识以来一直是相互斗嘴的模式,被邵青延以这样严肃的声调喊了一声,从荨迅速安静了下来。

邵青延说道:"这个模特是公司高层定下来的,已经没有更改的可能了。"

从荨耸耸肩:"那我能知道这么大牌的模特是谁吗?"

"夏芷澜。"

从荨惊得从沙发上跳起来,还没等到她骂出口,邵青延已经抢先挂断了电话。

从荨觉得真是好笑,怎么季淼那边刚来一个颜默诗,她这里就要跑去伺候夏芷澜了?莫不是这两位姑娘说好了一起出现想整死她们闺蜜俩的吧?可更让她生气的是,这邵黑炭怎么脑子也烧坏了,放着那么多出色的模特不签,偏偏去签这么个新人夏芷澜!

从荨望一眼床的方向,季淼依旧皱眉闭着眼,嘴唇微张。而屋外的雨,又开始稀里哗啦下了起来。

曼维尔庄园是笛城数一数二的高档连体别墅社区，单个平方米都是天价，平常人是没有办法接近这个小区的，听闻它周围方圆百里都装满了各式探头，安全系数很高。而为了维护小区的宁静和高雅，每一辆进出小区的车都要经过精确到秒钟的计时和GPS的定位。如果是非车一族，想远远看一眼这个花园深处的小区，可能性比判断出薛定谔的猫究竟是死是活这样的概率还要低。

而现在，雨帘中，一前一后两辆跑车正朝着庄园深处开去。

倒车、熄火、关门、上锁，两个男人的动作一气呵成，一同朝独栋别墅走去。

细雨星星点点落在两人的西装上，走在稍前方的何冠树语调淡淡："喝点东西再走？"

"你真打算签下夏芷澜？你明明知道她对你的心思。"

何冠树停下脚步，侧身看他一眼。

邵青延站在下一级台阶，耸肩："我又没说错。"

何冠树头也不回："饮料，还是酒？"

邵青延的声音沙沙的："从葶反应不小。"

说到从葶，何冠树挑挑眉："你不说我还差点忘了，这个给你。"

邵青延翻看了手中的三张音乐会门票，再抬头看向他的目光都打上了疑问号。

何冠树淡淡地笑："明晚给我接风，先谢了啊。"说罢单手插兜，大步朝屋内走去。

邵青延叹一口气，拿他无法，跟在何冠树身后也进了屋，还顺手带上了门。

『伍』

季淼一觉睡到第二天下午，天放了晴。

从荨开车送季淼回家："你确定晚上还要去？"

季淼毫不犹疑地点头。

邵青延早上送来了两张音乐会门票，季淼一看就双目发光，仿佛昨晚发了一晚上低烧说了一晚上胡话的那个人不是她。

她的冠树学长一回国就要在笛城大剧院举办一场钢琴会演，宴请的全是有头有脸的人物以及部分亲友。

三年没见到他了，平时关于他的消息只能从电视里、网络上、杂志上搜集，季淼苦心积虑一毕业就要进电视台工作，完全不顾季之显想让她接班好好修读音乐的意愿。那段时间父女俩几乎一见面就吵架——她做的这一切都是为了他，如今他终于要回来了，邵青延口中的这场接风宴，季淼自然是非去不可的。

"可是你病成这样……"

"从荨。"坐在副驾驶座的季淼忽然正色转向她，"不要告诉他们我生病的事情。"

从荨叹一口气："可是你爸那儿，他要是知道你生病了，肯定让你在家休息，不可能同意你出去的。"

这也是季淼头疼的地方，但她顾不了了："我会想办法的。"

"随便你吧。"

从荨转了下方向盘，车朝左驶去。

临近下车，从荨喊住季淼，她回头，不解地看向从荨。

"和你爸好好说话，别起了冲突。"

季淼心里一暖，捏了捏从荨的手："放心吧，我也不是小孩子了。"

从荨点点头："那我晚上来接你。"

季淼应了一声，关上车门。

大红色跑车一溜烟开远了，没入了金色的日光之中，那么耀眼的颜色，就像从荨给人的感觉一样，潇洒、自由、不羁，让人觉得刺激和危险，却也是那样的热烈夺目。

『陆』

"我回来了。"

季淼喊了一声,在玄关处放好鞋子,准备朝房间走。

"累了吧?"季之显戴着老花镜,听到声音,忙从书房里走出来。

岁月在他身上刻下了深深浅浅的痕迹,他的面容比从前苍老了一些,也柔和了一些。但有些伤害曾经真实存在过,便永远像一道沟渠隔在彼此之间,让她不愿走近,也让她一再抵抗着他偶尔的示好。

季淼背对着他给自己倒一杯水,一边喝一边若无其事地说道:"昨天加了会儿班,有点累,等会儿晚上还要出去,我先回房睡会儿。"

"昨晚又在单位通宵了?"

"没呢。"

季之显不信,碰巧看到季淼转过身,惨白的脸一下让他确信无疑:"你还骗我,你看看你这脸色,肯定又通宵了。年纪轻轻就把身体透支了以后怎么办,想当初我就不该同意你进那什么电视台,我跟你说了那么多次别熬夜拼命你总不听。今晚上你还要去哪儿?就留在家里好好休息。"

"爸,我没事的。"季淼摆了摆手,不想多说,头疼。

季之显站在楼梯口,抬头朝上望去,确定她进了房间后,这才慢悠悠低下头,一边走一边叹气。

回了房间的季淼没有休息,虽然头还疼着,但她因为兴奋睡不着。

季淼站在衣柜前翻来覆去试了无数套衣服,三年没见了,她希望再次出现在冠树学长面前的时候,她是自信的、漂亮的,而不是以前那个连话都不敢同他说几句的小丫头了。

"淼淼?"季之显敲了敲她的门,她连忙将衣服一股脑儿全塞回衣柜里,自己佯装刚刚睡醒,打了个哈欠隔着门问道:"怎么了?"

"我给你熬了汤,要不要喝一碗?"

"等会儿我起来喝,谢谢。"

没等到季淼开门,季之显默了会儿,离开了。她背靠着门听到他渐行渐远的脚步声，心底忽然生出一股畅快感。

又过了会儿。

"淼淼！"

"又怎么了？"季淼被他叫得头痛，她拉开房门，也不知道自己真要是睡了现在会不会气得跳起来。

季之显却是不管这些的，家里好不容易重新有了几丝人气，他到底是想要见见她的，于是又提高了音量催促道："快下来帮爸爸搭把手！"

季淼皱着眉，慢吞吞移到楼梯边，而后人字拖刻意在地板上踢出"噼里啪啦"的声音，像是在宣泄某种压抑已久的不满。

年过半百的父亲见到女儿下来，很高兴地挥挥手："快来快来，帮我把抹布递过来。"

"你这是在干什么？"

父亲站在桌子上，伸手够着灯罩里的灯泡："灯泡坏了，我换一个。没想到灯罩里面这么脏，就喊你帮下忙。"

父亲笑笑，季淼却是憋了一口气——你又不是不知道我在睡觉。从前我读书的时候就是这样，每次我在楼上复习功课到一半的时候就喜欢打断我，或是看到新闻中某某名牌大学又新出了什么招生政策非得要我站在旁边顶礼膜拜般一字不漏全部看完。到后来工作了我都不敢在家里熬夜加班，基本上每隔十分钟就会喊我一次，要我帮你忙或是捶捶背，或是拖拖地，再或者是现在这样。

翻来覆去的都是过去这么多年里层出不穷、让人厌烦的把戏。

季淼跑进洗手间，发泄般地扯下抹布，水龙头开得极大，"哗啦啦"拧干抹布，指甲都恨不得掐出了几道印子，然后对着镜子深呼吸一口气，笑一笑，重新走向客厅。

"喏，给你。"

站在桌上的爸爸不是没看到她眉间隐匿的不快，只是实在不知道怎么表达对她的关心，于是只能用略显笨拙的方式——很想知道你每天都在想些什么，工作还好吧？和同事关系处得还好吧？没有碰到烦心事吧？

只是想这样而已。

"昨天在单位里受委屈了?"

伴随着擦拭灯罩的"唰唰"声,爸爸终于忍不住问出正题。

季淼有些吃惊,但很快她便掩去了眉目间的讶异:"怎么会这么问?"

"要不然你怎么自己不跟我打电话,让从荨来告诉我你不想回来。"

"那时候我手机没电了。"轻描淡写的解释。

季之显不作声了,他又往左拧了拧灯泡,想将它旋得紧一些。犹豫了半响,他终究是没问出最想问的那一句话——昨晚上那么大的雨声雷声,你没出什么事吧?

拧完了灯泡,也擦干净了,也没有话题再延续了,季之显叹一口气:"淼淼啊,在单位里要好好的。"

"我会的。"见她没有想多聊的意思,季之显爬下桌子,拿着抹布去洗手间清洗。季淼收拾搭在桌子上的旧报纸,报纸下露出一个金边典雅的信封,她低眉看。

上面写着五个大字——笛城大剧院。

"爸。"

季之显应了一声。

"信封里是什么演出的邀请函?"

"哦,一场钢琴演出。"

"那……你要去参加吗?"

"不去了。现在的年轻人都太浮躁了……"后面的话季淼压根没听进去,知道季之显不会去参加之后,她心里的大石终于落了地。

蓝黑色的夜晚很快来临。

见季淼穿得这般隆重,季之显下意识就皱了眉:"要去哪儿?"

"陪从荨参加一个盛典。"

"不许去!"季之显的目光审视般地盯着她。

"为什么?"

"穿成这样走出去像什么样子，你身体不好，给我回楼上睡觉去。"

季淼停下穿鞋的动作，站起身回头看了他一眼，目光转冷："爸，我已经成年了也工作了，我有自己的社交圈，我也会对自己的身体负责，你能不能少管我一些？"无可否认的，即便答应了从荨不与他起冲突，即便偶尔会想与他和平共处，但彼此之间性格还是差太远了，太容易被他的一句话激得气急攻心。实在是不想再继续跟父亲有过多的争执，季淼像一阵风般跑出家门。

而身后的父亲没料到季淼是这样的反应，他重重将茶杯搁到桌上，发出"砰"的一声。

真是越大越不像话了。

『柒』

笛城大剧院，人山人海。

知道何冠树是音乐界最年轻的风向标，却不知他的魅力已经到了这样的地步。一辆接一辆低调的车驶入停车场，层层叠叠的人海之中，每一个人看上去都身价不菲。

从荨停好车，拖着季淼往会场正门走的时候，季淼只觉得浑身不自在，她拉住从荨："从荨，我的衣服会不会太隆重了？"

从荨掀起眼皮："特别纯，特别美。"

"你不是敷衍我？"

"我发誓没有。"

季淼于是又往前走了几步："哎等等。"见从荨一副生无可恋的表情看向自己，她指了指头发，"我发型乱了吗？"

从荨摇摇头，扯出一丝笑："堪称完美，特别衬你的脸形。"

季淼点点头，又抬起眼睛："那我的妆会不会太浓了？"

从荨彻底崩溃地大叫："我说季淼，你能不能让我安安静静地走完这一百米？"

季淼立刻噘起了嘴,满眼委屈。丛葶最吃不消她这一招,这么多年来百试不爽,在她不想回家的时候、在她觉得难过的时候,如果丛葶忙着设计或者要去秀场,只要季淼放出这一招,丛葶都会立刻缴械投降。

"得得得,我怕了你了。"她双手放在季淼的肩膀上,认真说道,"季淼,我不明白你为什么总有这么多担心。在我的眼里,你是真的很漂亮,在我第一次见到你的时候,就觉得你很独特。"

季淼自然也想起了那一年下着大雨的放学后。

"可是那个时候我是特别傻气的齐刘海啊。"她又转念一想,"丛葶你诓我呢!我们第一次见面的时候我还是个小丫头,你哪一只眼睛看出我独特了你倒是说啊!"

丛葶撇撇嘴,背过去小声说道:"现在这样才像你。"

两人比肩迈上台阶,季淼抬头看一眼高高挂着的巨幅海报,她的脚便像涂了胶水紧紧粘在地上,无法再走近一步。

还是那样好看的他,还是那样熠熠夺目的他,海报里的何冠树静静坐在钢琴前,明明穿着极简单的白衬衫,却让他穿出了澄澈若清溪的感觉。季淼只是望着他,心便安静了下来。

"来了?"

两人检了票一进大厅就见到正等着她们的邵青延。

"行啊,邵黑炭,没想到穿上西装的你还挺人模人样的嘛。"

丛葶一见到邵青延,便自动开启了"互损"模式,不过今日邵青延只是淡淡低头看她一眼,并不打算争辩。他的目光穿过丛葶,落在了半步之外的季淼身上。她今日穿了一件黑色露单肩礼服,剪裁和设计感都不错,低调却极显气质,蝴蝶结系在身后,衬出她纤细的腰际。她双手垂在身体前侧,拎着晚宴包轻轻晃出微微弧度,一双淡金色高跟鞋衬得脚踝纤细又光洁。

"看什么啦!"丛葶拍他一下。

邵青延笑了笑:"不一样了。"

"什么不一样啦?"

从荨依旧逼问着邵青延不肯罢休，季淼的脸忽然微微泛红，低了头。

邵青延按住正在自己跟前乱晃的从荨，面上露出颇无奈的神色："冠树这么久才回来一次，你等会儿见到他还是给我留几分面子吧，总这么闹腾我快头疼死了。"

"喊！"从荨站远了些，"我要是不闹你，何冠树还指不定会说出什么奇怪的话呢。"

因她这一番话，邵青延的脸色变得古怪起来，他摆摆手，承认自己说不过她："进去了。"

要进去了。

季淼捏着包链的双手不由得攥得更紧了些，她深吸一口气，走进偌大的会场。

整个会场里都是他的气息，如此久违，又如此动人心弦。

季淼侧目，所有的位子几乎都坐满了，这样多的人悉数奔赴而来，都是为了他。她的冠树学长那样才华夺目，自己能够曾经那样近距离地站在他身侧过，已经足够幸运。

但是，现在他回来了。

她能不能奢求让自己更幸运一些？

灯光忽暗。

全黑的舞台上，帘幕渐渐向两侧分拂而开，主持人的声音响彻了全场的每一个角落，伴随着他的介绍，舞台上亮起一束光，干干净净射向一个角落。

何冠树出场了。

光束追逐着长身玉立风度翩翩的男人，他一路走到舞台中央，微笑着将左手移到胸前，右手背到身后，移了移脚，朝观众鞠了个大大的躬，全场响起一阵掌声。季淼稍稍挺直了背，她目光盈盈地看着舞台上的他，一瞬不瞬。

是啊，他总是具有这样的魔力，好像只要他微微一笑，整个世界都

变得温柔了。

"嗨。"何冠树朝台下招了招手。不过三年光景，他身上的青涩气息几乎全部褪去，那身剪裁得体的墨蓝色西装穿在他身上，得体又帅气。

他在掌声暂息后继续说道："我从很小就开始练习钢琴，它和我之间经历过陌生、亲近，也经历过争吵甚至我想过要放弃它，可以说，钢琴几乎与我的整个成长绑在一起。"

台下很安静，他的声音像是温柔的清流。

何冠树笑一笑，停顿过后的声音仿佛添了几分力量："我很庆幸我始终坚持着热爱它，遇见它让我觉得我们每一个人这渺小微茫的一生，一定都会有一些东西是不可替代的。这几年我在国外游历学习，对音乐有了更多的想法，回到笛城也是希望能在沉淀后重新出发，将更好的作品呈现给大家。所以祝愿在座的每一位都能拥有一个完美的夜晚，谢谢大家。"

语调不徐不疾，像是远渡重洋而来，比她曾经任何一次的想象都来得真实。季淼觉得自己快要哭出来了，周遭很安静，唯有她一声高过一声怦怦跳动着的心跳就快要吞没她整个人。

何冠树很快落座。

十指一落入琴键之上，便立刻送来一阵清脆动人的音符，如他所言，这三年间的细微变化几乎全都融入了这越发娴熟的指尖之下。

一曲接着一曲，从起初的致敬前辈贝多芬、阿里瓦迪、小泽征尔等，再到随后万众期待的演绎自己的曲目，所有的钢琴曲几乎都被何冠树以自己独特的方式演绎了出来，全部转述为他指尖最温柔如蜜炼一般流淌的泉水叮咚。

时间在不知不觉间溜走，后来弹到激情处，冠树点头的频率都可以让季淼看到他头发甩动的弧度。一曲间隙，伴奏乐器声渐起，大提琴、笛子、军鼓……各式各样的乐器形式都添了进去，交杂共织，一瞬让音乐立体丰富起来，有如山河海啸之势。何冠树已至兴头，他忽然站起身张开双臂，仿佛这不是一场他的独奏会，而是一场他的指挥表演。他整个人宛如彻底与这节奏融为一体,充沛的情感自体内源源不断迸发而出,一旋一旋往上冲,让人热血沸腾。

乐曲走向最强音,何冠树干脆解扣脱下了西装,露出里面干净清爽的洁白衬衫。他右手将脱下的西装举高在半空中画了个圈儿,往后一扔,正巧扔到了黑色钢琴顶端。而后他大步迈回钢琴侧,再度落座,十指落于黑白琴键之间,找准节奏进入,一瞬与所有的伴奏完美融合,台下响起一片压抑的惊呼声。

季淼听得热泪盈眶,她身体里那根关乎音乐的弦在今晚又一次被他狠狠拨动。是的,她懂他的音乐,她懂他所有的热爱与疯狂。音乐从来就不仅仅只是音符单纯的拼凑,它们有情感、有生命,它们能在她情绪崩溃的黑夜之中为她送来企盼的微光。

手包中忽然传来的振动声瞬间拉回了她的神思,她只消看了一眼,寒意瞬间席卷了五脏六腑。

是季之显的电话。

她立刻将屏幕反了过来,只余下一丝淡淡的荧光从边角渗出,从葶投过来关切的眼神,季淼这才意识到自己在发抖。

"我没事。"她勉强笑笑,"冠树学长弹得太好了。"

邵青延和从葶相视一笑,台下已经开始鼓掌,何冠树已经在谢幕了。季淼也跟着众人起身鼓掌,站起来的时候因为走神而没注意到手机,让它落了地。从葶移过眼,这才看见季淼屏幕上正一闪一闪的那个称呼,她连忙停下动作捅了捅季淼:"你爸的电话,你还不赶紧出去接?"

季淼慌慌张张捡起手机,季之显的连环 call 似乎并没有停下的打算,季淼只觉手机在此时烫得厉害,都烫得她手发痛了。

不记得自己是怎样狼狈地穿过其他人的座位跑出去的,一路上季淼都压低了头,生怕自己不合时宜的动作引得太多人的注目。但是,舞台上正手捧鲜花不断致谢的那个他,却无比清晰地捕捉到了她的背影。

一抹纤细黑色,身边有淡淡的荧光环绕周身,她奋力地朝大门处跑去,黑色裙摆摇摇如绽放的花苞。

很美，却也很仓皇。

『捌』

这个时间点，洗手间里空无一人。

季淼躲在最里面，一接通电话，那端立刻响起季之显震怒的责问声："死哪儿去了！这么久不接电话耳朵聋了吗？"

"我在陪从蓴参加盛典啊，不方便接电话。"季淼心跳得飞快，紧张到浑身发虚，连手机也快握不住了。好巧不巧，此刻整个剧院忽然响起了音乐会结束的报幕声和音乐，每一个声音都通过电波传到了听筒的那一端。季淼闭上了眼睛，谎言被戳穿的无力感霎时侵袭了她整个身体。

每一分每一秒都像是煎熬，隔了好久季之显的声音终于再次响起，就寥寥数字，却带着不容反抗的命令："立刻回家。"

"嘟嘟嘟……"

电话挂断了，季淼虚弱无力地靠在了墙沿，手机从手中滑脱，滚到了地上。

她还是怕他的。这么多年了，只要他一露出这样的神态、声音和气场，她便会全身僵硬浑身颤抖，一如现在这样。

可是，从蓴早上说，今晚演出结束了，要和邵青延一起去给何冠树办个庆功宴的，她期待了这么久，她怎么舍得放弃？何冠树对她的意义那样重要，为什么每一次好不容易可以离他稍近一些，就会横生变故，难道她真的一辈子也无法摆脱这样的生活了吗？

一想到回家可能面临的风暴，季淼就觉得无助又害怕，她将头埋在了双膝间，低声哭了出来，但她不敢发出一丝一毫的声音，唯有拼命地咬住双唇，将哭声吞了下去。

洗手间的人来了又走，不时有人在她所在的隔间门口推门，末了再嘟囔几句："谁啊，在里面这么久了也不出来。"

而季淼不知道的是，一直等到所有人都走空了依旧找不到季淼的从葶简直快急疯了,她怎么知道原本设想的好好的接风宴会演变成这样。

后台里,何冠树正在收拾东西,依次放进一个个的纸箱子里。他已经早早给所有助手和工作人员都放了假,现在也没人能帮他们找季淼。三个人将剧院上下跑了一圈,依旧一无所获。

邵青延试图宽慰从葶:"你别担心,她也不是小孩子了,你再给她打个电话吧?"

电话要是能打通她也不至于这么着急了。从葶摆摆手,跟他们根本不知怎么开口说季淼爸爸的事情,她看一眼他们,他们并不知道她真正的担心。从葶烦躁地抓了把头发:"不会真的是被他给带走了吧?"

何冠树手头的动作骤停:"被谁带走?"

从葶没回他,烦躁地来回踱步,一边走一边喃喃自语:"还有哪里没找过,还有哪里呢?"说完猛然步伐一停,她眼睛都亮了起来,"我知道了!"而后立刻冲出门去。

何冠树与邵青延对视了一眼,也跟着追了出去。

从葶是一脚踹开洗手间的门的。

看见季淼瑟缩成一团躲在里面,从葶什么话也说不出了。她蹲下身,捡起手机,将手放在了季淼的手上,放轻了声音:"他说什么了?"

哭久了的季淼一开口,声音都艰涩得让人跟着酸楚:"让我赶紧回家。"

从葶了然地抱了抱她,扶着她站了起来。

洗手间外的两个男人不断伸头往里望,接到何冠树的眼色暗示,邵青延不由得扯着嗓子问了句:"从葶你到底找到了没有啊?"

"找到了找到了,马上就出来。"

季淼旋开了水龙头,冲了把脸。从葶递过纸巾,她擦了擦,而后将手机放进了包里,深吸一口气,像是做出了决定,她开口道:"走吧。"

她是跟在从葶身后出来的。

从葶摆出一副"拒绝回答问题"的神态，季淼抬头，对上何冠树直直看过来的目光。

烧人的，璀璨的，让人忍不住想要接近的，专属于他的目光。

这目光隔着三年的岁月，隔着几万公里的距离，如此真实地出现在自己的面前，明明不想错过，她却只能用无尽遗憾的声音拒绝道："冠树学长、青延学长对不起，我家里出了急事，今晚上不能参加你们的接风宴了，请你们尽兴。"

季淼低头一口气说完了这句话，她怕一旦有稍微的停顿，就再也无法说完整。

邵青延明显皱了皱眉，但看到季淼惨白的脸色和已经模糊掉的妆容，他便也没再多说话，回头看一眼何冠树。

何冠树站在稍远一些的光影下，容色依旧淡淡的，看不出太多的表情，但他的目光晕出一个圆圈，圆心是她。

隔了一会儿，何冠树缓缓开口道："接风宴什么时候都可以办，家里有事的话还是赶紧回去吧。"

从葶立刻点头："冠树学长就是善解人意心肠太好了！"

邵青延这眉峰是皱得更紧了些，从葶视而不见，拉着季淼就准备走："她一个人回去我不放心，我先送她走了。"

"等等。"

见从葶一脸不解地看向自己，何冠树唇角稍扬，语调依旧没什么起伏："我送她吧，青延今晚没开车，你送他回家。"

季淼和从葶同时抬头，眼神讶异极了。

没给从葶和邵青延拒绝的机会，何冠树大步迈开，拉起季淼的手就往外走。

隔了好久，从葶才反应过来，冲着邵青延大叫起来："你没开车他何冠树也可以送你啊！干吗要我送你？"

邵青延原本也对此事颇为不解，他并不明白为何何冠树会突然丢下自己选择送季淼回家，难不成是愧疚自己的演出耽误了季淼的家事想要弥补？但问题是他何冠树从来就不懂弥补二字怎么写啊，更何况，何冠树的东西都还没带走，看样子他是想让自己给他当搬夫。

这个何冠树……

"真是过分！"正帮忙搬了一个箱子的从葶果然对何冠树敌意更甚了，好在邵青延早就想通了。两人一前一后走到后车厢前，邵青延接过她手中的箱子，放了进去。

从葶正准备要走，邵青延伸开手："钥匙。"

"干吗？"从葶本能地往后躲。

"我来开吧。"

从葶依旧愣着，邵青延掰开她的手心，拿起钥匙后便朝驾驶座走去，留下从葶站在原地，手心还余留着他触碰过的温暖。刚刚那一瞬间，她宛如被一股莫名的电流击中。

见她呆怔着，邵青延微诧："还不走？"

从葶应了一声，脸颊忽然发烫。

『玖』

盛夏的夜晚应当吹吹晚风，但何冠树慢慢摇起了车窗。

季淼乖巧地坐在副驾驶座，空气里弥漫着的全是冠树的气息，与他只相隔了几十厘米的距离，在这个车厢里没有第三个人来打扰他和她，就像是上天赐予了她一场一个人的狂欢。

很久没见，很久没说过话，很久没奢望过能与他比肩相处，所以，现在要说些什么？要道歉吗？还是夸他刚刚的演出很棒？

"地址。"

"……"没反应过来。

"我是说，要去的地方告诉我。"

何冠树笑了，他指了指导航仪。季淼赧然，立刻报出街道名和门牌号码。何冠树侧了身子开始在导航仪里输入，他又靠近了一些，从季淼

现在的角度看过去，可以看见他轮廓分明的侧颜和浓密的黑发。她忽然挺得笔直，心跳得更快了，她的双手紧紧攥着包链放在裙子上。何冠树眼角余光瞥了一眼她毫无血色的唇和双手，想起方才拉起她的手时传来的冰凉触感。

"所以，是很严重的事？"他率先打破了沉默，声音与车载音乐有相和的动听感。

季淼的脸色好像立刻又绷紧了，她张了张口，但不知道该怎么同他说。那些事情，她是决计不想让他知道的。

恰在此时，手机铃声又一次响起，季淼吓得不轻，她连忙按低了音量，一接起就说："我快到了。"她试图堵住季之显的责骂，幸好爸爸只是"噢"了一声，说了一句："赶快滚回来，别逼急了让我出来找你。"而后便立刻挂了电话。

一瞬间，季淼又有些想哭。

何冠树隐隐听见了一些，是个男声，很凶的男声。他问她："和男朋友吵架了？"

"什么？"季淼以为自己听错了，"男朋友？学长你听谁说的，我没有男朋友啊。"

见她连连摆手试图辩解的样子，整个人恢复了一点生气，何冠树笑了笑，没再问了。

何冠树的手机屏幕忽然亮起，似乎是收到短信了。

他瞥一眼，唇角稍稍提了提。

没过几分钟，手机屏幕又亮了起来，应该是同一个人。

季淼一瞬不瞬地收集了他所有的微小表情，心里忽然浮起酸涩的感受，她开了口："对不起，冠树学长。我总是在给你添麻烦，如果不是因为我，你今天晚上应该会有个很开心很难忘的夜晚的，你的朋友肯定都在等你，却因为我让这一切都泡了汤。其实我没事的，要不你就在前面的路口把我放下来就可以了。"

"没关系。"

淡淡的三个字，季淼没太明白。何冠树看了她一眼，目光似添了一丝暖意："我说送你回家这件事，并没有影响到我。"

季淼低低"噢"了一声，不再说话，她说不清楚自己心里是什么感受，明明是希望听到他说"没关系"这样的答案的，可似乎重点更在于那个给他发短信的人是谁。是女生吗？女朋友？明明她刚刚在说到"朋友"两个字的时候加重了语气，但显然，何冠树没有同她解释的打算。

见她不再说话，何冠树余光看了她一眼，见到她的脸色比方才还要苍白了些，他皱了皱眉，下意识便将车开得更快了些。

季淼看着一路疾驰的景色，看样子他真的在赶时间，于是心下更添了几分失落，她的肩膀开始微微抽动。何冠树这一瞥却是看见了她裸露的左肩，于是开始朝右打方向盘，没等季淼反应过来，他已将车停在了路边。

没等季淼发问，何冠树便解开安全带，起身从后座拿起了自己的西装，"唰"一下扔到了季淼身上。

季淼不懂："学长？"

"你不是冷吗？"

"我……"

"盖上。"

不等她拒绝，说完他干脆自己替她遮了个严实："下次不要再穿这件衣服了。"他看着她被遮住的肩膀，突然说了这样一句话。

原本还有一丝丝感动的季淼，这一刻心情再度跌落谷底。

妆花了不算，气色不好也不算，自己和爸爸争吵的事情虽然极力隐瞒，但负能量肯定已被他悉数感知到了。现在就连自己精心挑选的衣服他也不喜欢，为什么所有的一切都这么不顺利呢？季淼疲倦地闭上了眼。

车缓缓停了下来，季淼看着外面熟悉到深刻的街景，收拢了情绪，下车。同何冠树道了别，她将西装递回给了他。

何冠树点点头，摇起的车窗缓慢遮住了他好看的侧颜。

季淼深吸一口气，转身。

屋子里黑压压的，有烟草的气味，是暴风雨来临的前奏。

她打开灯，看见季之显沉默地坐在沙发上，面色阴翳，季淼吓得没拿稳包，包掉到了地上。

"一个小时二十分钟才回到家，年纪大了，胆子也大了不少是吧？"

季之显站起身，朝她的方向走来。季淼看见他狠狠咬牙切齿的表情，本能地就往后缩，她是真的害怕："爸……"

"出门之前不是还威风凛凛跟我顶嘴？"

"我……"

"还问我去不去音乐会，是怕我去了给你丢面子？"

季淼拼命摇头："不是的，不是这样的……"

"大学毕业我让你去考音乐学院读硕，你偏要进电视台，你不是说这一辈子都不想跟音乐沾上边吗？你不是清高得一点都不认同我的职业吗？那你现在又跑去听什么狗屁音乐会！在我面前一套在外面一套，这种样子是跟谁学的，跟你妈吗？说！这些年你有没有背着我偷偷跑到她那边去！你跟我说今晚是跟从葶在一起，可到底是不是和你妈一起去的？你别以为我不知道，你们母女俩一天到晚都在合计，想算计我，都在盼着我死！"

季之显越说越气，脸色都变得通红，他的双脚不断走动，显然已经压制不住体内的怒火，拿起准备好的棍子就朝她打了下去。

季淼吃痛，跌倒在地，背部的痛感席卷全身，她的眼泪瞬间就掉了下来。

妈妈在那个夜晚过后，连只字片语都没有留下就离家出走了，她几乎什么都没有带走，仿佛想要切断和这里的一切联系。这是季淼心中的痛，自然也是季之显的痛，但这么多年了，季之显每次试图舒缓自己这种情绪的途径便是找季淼撒气，每一次季淼只要惹他不顺心了，家里便会上演这么一出。

"我并没有啊，爸爸……"

季淼抬起哭红了的双眼，千般委屈万般无助，那双明亮的眼眸里好像藏了长久悲伤到令人心颤的情绪，季之显被她看得一愣，不由得往后退了退。

"你……"

"妈妈在哪儿，我根本不知道啊。我能去哪里见妈妈？又怎么可能和她一起去听音乐会？爸爸你心里很清楚的不是吗，妈妈她早就走了，她不会回来了。"季淼低着头缩在门边，声音平缓没有波动，却像是涌动着多年的苦涩和悲伤。这种情绪扑到了季之显这里，瞬间就拍散了他所有的火气，让他心底第一次生出一种对自己怀疑的情绪，他现在在干什么？他是想证明什么，还是在期待着什么却不敢面对和承认？

季之显强迫自己平静下来，面上依旧维持着强硬的气势，他将棍子收好，背过身冷着脸呵责道："快滚回房间去睡觉。"

『拾』

睡不着的黑夜，女生沉默地看着时钟划过凌晨一点、两点。

周边太静，她甚至能听到隔壁房间里父亲的鼾声。

他开着房门，是怕她逃走。

以前小的时候，也有过被关在房间里的经历，因为在妈妈刚离开的时候，一到晚上她就会拼了命地往外逃。有一次在知道妈妈的行程后，季淼在夜里不停鼓捣窗框，在手指尖全都起泡流血之后，她终于用细钢丝钩开了阳台的窗户，然后她轻手轻脚翻出去逃到楼下，虽然险些从二楼摔了下来，但最后总算是赶到了机场找妈妈。

季淼大声地哭泣求妈妈带自己走，最后却被寻来的暴躁父亲拎了回去，任凭她再怎么挣扎，都只是迎来路人短暂的注视。

再后来，每一次把她关在房间里，季之显都会开着房门睡觉，像是另一种监视。

季淼沉默地对着镜子给自己上药，她看了看身上早就淡得看不出来

的那些过往的伤痕，心底的记忆却仍旧像锋刃一般，在这个夜里来回切割她的知觉。

她撑起疲惫的身子爬上窗台，蜷缩在上面看向外面的夜空，小的时候，妈妈就常常指着蓝蓝的头顶告诉她，那儿就是天空。

她也总会要伸手去抓，可即便她跳得再高，依旧是够不到。

那么、那么遥远的天空。

黑暗像密不透风的羊绒毯一样劈天而下，将痛苦不堪的季淼冰封在最深的海底。迷蒙中，她好像能看到一抹微弱的光的通路，她不想放弃，只能拼命地往上游，数百英尺、数十英尺、数英尺……

她并不知道真的游上水面后，迎接她的究竟是希望还是更深的绝望。

而这一切，才刚刚开始。

Chapter 2
第二章

你向我走来
世界就在我面前盛开

『壹』

　　风声阒静，万物迎来短暂休憩。
　　一直睡不着的季淼开始翻箱倒柜，她的身侧堆满了刚刚从书橱里搬出来的从小到大的日记本。其中一本摊开，上面写着她曾经很喜欢的一句话——我的生命已经结束，我终于自由了。
　　然而，她年少时以为的这种自由自从看过让·保罗·萨特的存在主义之后便被推翻，书里面说没有一种处境会比另一种处境更加自由，也即是说，倘若季淼真有一天走出父亲动辄圈禁的封地，其实也只是迈向了另一个未必更自由的樊笼。
　　都是一样的，困囿于低矮天空之下的，樊笼。

　　手机开始振动。
　　季淼以为是从荨打来的，因为她刚刚给从荨回了个信息。季淼很快接起："从荨，我已经没事了，你不用刻意给我回电话。"
　　"没事了为什么还不关灯睡觉？"
　　季淼以为自己听错了，她拿开手机看一眼，上面清清楚楚写着的是"何冠树"三个字。

季淼太过激动险些从床上掉了下来,这一动作幅度不免牵扯到背部的疼痛,她不禁轻轻痛呼了一声。

"怎么了?"何冠树微微蹙眉。

"冠树学长,我……我不知道是你打来的,不好意思不好意思,"季淼转念一想,"可是你怎么知道我还没睡觉?"

"灯还亮着。"

灯?

季淼瞪大眼睛,下一秒反应过来,她飞快跑到窗边,推开窗——楼下院子门外的不远处,何冠树正斜斜倚靠着车身,朝她挥了挥手。

刹那间,季淼觉得有股热意涌上了自己的眼眶,眼前的一切开始变得模糊、清晰、再模糊。

听着她起伏不平的呼吸声,知道她大抵是受了一些委屈,但具体什么委屈他知道她是不肯说的,她的内心好像藏着很多很多的故事,全都一个人努力扛着。她这样的性子好像从读书期间一直保存到了现在,柔弱的,却也是倔强的。

方才同她告别后,他从后视镜里看着她一步一步走回家的踟蹰背影,他甚至能感受到来自于她的一丝丝颤意。她到底在害怕什么?从荨究竟帮她保守了什么样的秘密?

何冠树也不知自己怎么了,好像就是有些放心不下,于是这车已经开出一半便又折返了回来。

在国外的这些年,他收获了很多当然也吃了很多苦,意外的是吃苦的时候,他总是会莫名想起她。但凡心情不畅快,他最喜欢做的就是去高处喝酒吹晚风,法国的埃菲尔铁塔他去过,伦敦的碎片大厦顶端他去过,纽约的帝国大厦露天台他也待过,他一直喜欢离天空近一些,再近一些,天空是他创作的灵感,也是能抚慰他情绪的地方。只是不知道为什么,他每每去到那些地方合眼冥想的时候,脑海里就会浮现出她踮着脚想要伸手去够天空的模样。

好像,她可以读懂他,但每一次他试图去证明这一点,她便会仓皇逃开。

"学长在想什么？"

她拉回了他的记忆，何冠树笑一笑："我想起一件事，刚刚在车里本来想同你讲的，后来忘记了。"

"所以你现在特地跑回来就是为了说这件事？"

默了默，何冠树也没反驳："这样理解也可以。"

"什么事呢？"

"我只是忽然想起了大学里第一次见你的样子。"

季淼却低了头："那时候的我实在是太不好了。"

何冠树轻轻笑了："为什么？"

"因为……"话语忽然停滞，季淼想起了一些事，眼神开始闪烁，好在他并没有打算深究。

"季淼。"他叫她。

"我在。"

季淼将听筒举近了一些，淡淡的烫意从手机蔓延到她的耳郭，顺着神经末梢一直蔓延至心底，她静静听着他的呼吸声，眼睛扬起了连她自己都没有察觉的笑意。何冠树开了口："没什么，只是我现在抬着头可以看见很美的天空，我希望你也能看一看。在不开心的时候，看看天空，人就会快乐一些。"

他的嗓音淡淡的，带着夜色的温柔，安静流转中仿佛带来一股暖意、一丝甜意，就像在沙漠中饥渴难耐的旅人忽然被注入了一股清泉，如此温热而柔软。

季淼抬起头，广袤无垠的夜空中沉如丝绸，星星点缀其中，璀璨夺目，像是一盏盏明灯。

她觉得眼眶有些热："我看见了，谢谢你，冠树学长。"

何冠树笑了："早点睡吧，周末休息好了才能更好地面对周一。"

季淼点头："晚安。"

"晚安。"

一直目送到他的车渐行渐远，最后远成黑夜里的一个小黑点，季淼才合上了窗。

从前对笛城夏天的感受就是黏热和经常性的雷雨天，但仿似今夜的晚风吹入心间，送来的只有清凉，还有久违的安宁。

『贰』

眼见着身侧的邵青延每逢红灯就拿起手机噼里啪啦编辑短信，半点儿搭理自己的迹象也没有，更显得刚才她絮絮叨叨了一路这事儿有点没面子，而从葶生平最不能容忍的就是"老娘将你视作朋友你却半点反馈都不给我"，于是从葶吼了他一声："我说邵黑炭！你到底有没有在听我说话？"

眼见她恶狠狠地就要爬过来抢手机，邵青延眼疾手快赶紧收了起来："我一直在听好不好。"

"那你倒是说说我都说了些什么。"

"你说颜默诗也进了季淼的单位，你说季淼昨晚上雷雨夜受了惊吓，一整晚没休息好所以今天不在状态让我们别介意，你说季淼有心事，你说你担心她，我这开了一路你也说了一路季淼了。请问从大设计师，我有遗漏掉什么重点吗？"

从葶扁扁嘴，靠回椅背挥挥手："绿灯了绿灯了，快开车快开车。"

邵青延无奈笑笑，手机屏幕亮了，刚刚发送给何冠树的短信显示对方已经阅读。

季淼害怕雷雨夜？

何冠树又看了一遍刚刚在送她回家路上青延发来的几条短信，青延提到的颜默诗，他隐约有几分印象，大学里似乎也小有名气，临毕业的时候却忽然申请休学一年，原因不知。现在她也进了季淼所在的电视台，何冠树猜测，颜默诗若非和季淼关系特别要好，那就是特别不好。

他挑挑眉，好像和她有关的事情，还有很多很多，是他并不知晓的。

『叁』

与每一个青春期里情窦初开的少女一样，季淼是真的很喜欢很喜欢冠树学长。

盛夏。

教室里弥漫着密不透风的紧张感、窒息感以及逼仄且无所遁形的压力感，这些全部来自于距她一堵墙之隔、只存在于女生们星星眼与梦里的冠树学长，现在他正容色淡淡地从教室窗外的长廊上走过。

季淼演算的动作不受控制地停了下来，目光一瞬不瞬地看着他的背影，直到——

"哎哟！"女生轻声痛呼，目光转回眼前的人身上，有些委屈，"你干吗敲我？"

"不敲醒你，这些题目你今天要做到什么时候？身为你的辅导老师，我可是对你接下来的统考成绩负有很大责任！"刚刚敲完季淼一记栗子的男孩子一脸正色地解释着，顺带还推了推鼻梁上的眼镜。说是"辅导老师"，其实也只不过是学生会的一个小跟班，唯一的优点是成绩好。

易维亚高中最近兴起了一股潮流，为了确保在一个月后的市统考中取得比圣蒂亚高中更加优异的成绩，学生会主席开了口——学生会里所有成绩优秀的学生每天都要留下来帮低年级的学生们进行功课辅导，务必全线提高学生成绩。

如果单纯是补课，也没有多少人会报名。毕竟这个年纪的女生们放学后都喜欢相约去逛街喝奶茶，男生们都喜欢踢球打电玩。可当第一周留下来补课的学生中慢慢传出"天哪，冠树学长每天都会来视察哎""他走路的样子太酷太有型了""青延学长也超帅的"……诸如此类的版本，一时间报名补课的女生人数大增。

"季淼！"见女生再次神游，眼镜男真的有些生气，嗓音也提高了几个分贝，"我都跟你讲过无数遍了，金刚石是原子晶体，就用碳单质的符号'C'表示就可以了，你写成C_{30}这就成了分子晶体，分子晶体的硬度完全被原子晶体秒杀，你的脑袋里到底装了些什么东西啊！"

——显然是装了不能让你知道的东西。

"这么笨的鸟要学会先飞才是，比人家笨还不好好学习，没事就知道看小说，你到底还要不要升学了？"

——喜欢看小说是因为很喜欢里面的男主角，可是越看越觉得，那些男主角统统都比不上他。

"这个周末你要把这些、这些、还有这些习题全部都刷掉，下周一早上我来给你批改。我走了。"

眼镜男说完就拎起书包，离开了教室。

盛夏的光线逐渐模糊，在眼前勾画出一片柔软的光亮，让心潮也跟着环境莫名地高涨层叠，女生终于忍不住枕着手臂趴在桌上偷偷笑出声来。

每刷一页的题海都会想起下午放学时冠树学长从自己窗边走过的那个场景。

桌角灯光氤氲，女生奋笔疾书在稿纸上"唰唰"演算着，整齐写下一排排的化学方程式。

她的表情很自信，准确又快速地给需要配平的方程式前都添以合适的系数。很快横扫完了眼镜男布置的习题之后，女生又回过头检查，她用橡皮擦擦掉了一些正确答案，那些裸露而空白的地方都被她慢慢、慢慢填上了错误到离谱的数字。

是。她是故意的。

故意写错一些很基本的东西，故意装成怎么学也学不会，故意拉长补课的时间，只有这样才能每天都恰好见到身影在暮色光斑下被拉得很长的冠树学长，哪怕绝大多数情况下，何冠树的眼神从不会瞥向她。

这样，算是一种很卑微的喜欢吧。

所以，早在何冠树以为的第一次与季淼相识之前，季淼就认识了他、记住了他，并喜欢上了他。

她想，他永远不会知道，自己第一次见到他，究竟是在什么样的情

况之下。

『肆』

很快就到了周一。

吃早饭的时候，季之显的脸色还是很不好看，季淼乖巧地收妥了一切后才出门。她今日穿得格外素雅，季之显沉默地看她一眼，面色依旧是沉沉的。

"这么早给我打电话有事？"季淼一边踩着高跟鞋一路小跑一边气喘吁吁接着从荨的电话。

"我都快头痛死了，你说我想跟邵青延请假该怎么开口？"

"请假？"季淼惊讶得连脚步都停了下来，从荨对设计的热爱是至死方休的，让她通宵达旦没问题，让她请假那可跟要了她的命一样。

季淼问她："你脑子坏掉了？还是周六晚上和青延学长又吵架了今天不想见到他？"

不提还好，一提起邵青延，从荨只觉浑身不适。那天晚上其实也没发生什么越矩的事情，不过就是他开车送她回家，但为什么就觉得两人之间的气氛那么奇怪呢？他看过来的眼神为什么会让自己有点想要躲闪呢？

从荨揉了揉一头乱糟糟的短发，将它们揉得更乱了一些，那抹玫红色的挑染挡在自己眼睛前，她开始死命朝那缕头发吹气，企图将它吹到一侧。她想了一晚上，只有一个理由可以解释邵黑炭的这种反常：他一定是希望自己能好好"伺候"夏芷澜，肯定是这样！但是一想到从今天起，她所有设计的珠宝都要被夏芷澜展示，她都能听到自己的心碎成一块一块的声音了。

"淼淼啊，我真的好头痛啊！我不想去上班，我不想见到夏……"还没说完，从荨立刻打了个激灵住了嘴，现在绝不是在季淼面前提起夏芷澜的好时机，幸好季淼并没放在心上。

"从荨你等我一下，我在买咖啡呢。"说完，季淼稍稍拿下了手机，对正询问她买什么饮料的星巴克小哥道,"老样子,四杯卡布奇诺。"

季淼的各种安慰对从荨都没起什么作用,最后季淼懒得睬她,丢下一句:"我要干活了。"然后掐了电话,留下从荨把手机往旁边一扔,整个人往床上一趴,大叫道:"没良心啊!"

"喝咖啡啦!"同每一个星期一一样,季淼的办公室里有个传统,办公室里四个人轮流为大家买咖啡,偶尔杨一也会参与进来。但今天她分咖啡的时候,猛然记起,现在办公室里是五个人了。

颜默诗正坐在座位上,今天的她将头发高高盘了起来,露出光洁的额头,脸上化着淡淡精致的妆容。听见季淼的声音,她双手合十,将下巴垫在上面,眨着一双大眼睛无辜地看着季淼。

季淼将咖啡依次放在了前辈们的桌子上,最后收起了袋子,解释道:"我记得默诗你从来都不喝咖啡的,说是咖啡喝多了对女孩子不好,所以我没给你买。"

颜默诗回头,依旧是那双漂亮无辜的大眼睛,她扁扁嘴好不委屈:"可是现在我开始喝咖啡了,季淼你不知道吗?你是不是还在为那天我要和你换座位的事情生我气啊?不好意思啦。而且现在整个办公室大家都喝咖啡,我当然也要融入大家啦。"

办公室里的人齐刷刷全朝颜默诗和季淼看过来,满含打量的目光,唯有上次被颜默诗眼神羞辱过的宋一燕依旧专注于自己的事情,只是嘴角扬起了微微讽刺的弧度。

季淼稍顿,看向颜默诗,她从那似笑非笑的眼神里读出了一丝戏谑,还有嫉恨。季淼忽然就想起周五晚上的恶作剧,耸耸肩往椅子上靠了靠,状若无意地一边喝咖啡一边和大家聊天:"周五晚上我们这层楼竟然停电了你们相信吗?"

宋师姐放下资料,终于侧目:"停电?"

坐在后排的前辈站起身:"领导不是说到夏天了会担心用电超过负荷,前不久还特地请了施工队来对电路进行检修过,不可能停电啊!"

一群人跟着附和。

季淼悠悠地将眼神投向了颜默诗，声音淡淡的，听不出多余的情绪："是啊，后来来检修的师傅说是有人故意拉掉电闸的。"

"什么？还有这种事？太恶劣了。"

"是谁干的？怎么会有这样的人？"

宋师姐也顺着季淼的目光一同朝颜默诗望去，只是这次的目光里添了一丝不可置信，以及厌恶。

……

颜默诗脸上的完美笑意已经渐渐僵掉，季淼却没有停下的打算，她继续说道："过去这一年我们晚上加班都好好的，怎么这么巧，就在上周五发生了这样的事情，还好我稿子保存了，不然今天都不晓得怎么跟领导去交代？"她装模作样地叹一口气，然后不再看颜默诗，对着电脑开始工作。但盘旋在她头顶的那道灼灼目光隔了很久才终于抽开。

照惯例，又到了杨一来串门的时间，他一进来看见四个人桌上的咖啡，而颜默诗桌上空空荡荡的什么也没有，顿时一副了然于心的表情，心想"这丫头终于开窍了"。可他挑眉挤眼的表情还没传达到季淼那儿，就被颜默诗凉凉冲了句："我们这位生活委员还真是来得勤快呢。"

杨一乐呵呵地回道："我刚刚看到茶水间还有速溶咖啡、奶精和糖，不如让我这个生活委员来给我们美丽的颜小姐倒一杯？"

颜默诗依旧挂着那副完美的笑容，目光却是凉如箭，她回绝道："不麻烦生活委员了，我自己来。"说完端着瓷杯越过他朝门外走去，留下一串清脆有力的高跟鞋声。

杨一冲她的背影做了个鬼脸，又被季淼扔过来一本书，埋怨道："就你不嫌事多。"

杨一立刻凑到她跟前，忙问道："回去后没事吧？周末休息得怎么样？"

"托您的福，我休息得很好。"季淼想起何冠树的那个电话，唇角上扬。

『伍』

在季淼忙着一边干活一边还要同颜默诗斗智斗勇的时候,从蓴这里也没有好到哪里去,她刚到单位的时候,浑身都仿佛贴着一张"惹我者死"的标签。

夏芷澜已经到了。

"蓴姐,老板让你去摄影棚。"小助理怯生生地凑上前来小声传达了邵青延的指令。

从蓴闷闷应了一声,她又在座位前磨蹭了会儿,意识到这其实无济于事,便拾掇好带着奔赴战场的心情去了摄影棚。

棚内灯光明媚,四处暖如春色。隔着老远从蓴就看见拍摄区前围得水泄不通——还真是永远代表着"真理"的美女效应啊。

十几个工作人员忙忙碌碌,从衣帽间里进进出出拿出了一排排衣服和配饰,沿途见她来了,纷纷同她打招呼:"蓴姐好。"

从蓴点点头,一步一步走下台阶。

镁光灯的中心,夏芷澜五官明艳,肤色白皙,比起毕业前,似乎是成熟了不少。她的一颦一笑都是万般风情,尤其是大红色的唇彩显得整个人精神奕奕——好像从前她就很喜欢大红色,大红色的双肩包、大红色的连衣裙、大红色的发卡、大红色的鞋子……全都太艳丽了。

"但是没办法,冠树学长就是喜欢这么艳丽的她啊。"从蓴想起季淼自从知道夏芷澜和何冠树是男女朋友之后,就常常说的这句话。

……

镁光灯忽闪忽闪,从蓴眼前明明灭灭,光影不断切换。

"蓴姐来了啊。"一人发现她已经走到身后,立刻打招呼。

听到声音的工作人员相继都停下动作,摄影师也放下相机,回身同她打了招呼。

镜头一离开自己,夏芷澜脸上的笑容立刻收了起来,恢复了冷淡傲慢的表情。夏芷澜的助手连忙上前给她递水,补妆。

会一会这个模特,是从蓴的工作,即便有万般不愿,她现在也已提着步子朝夏芷澜坐的椅子方向走去。

工作人员不停地给她让开道路,他们显然都很尊敬她。从蓴却忽然

停在了一排衣架旁,用食指一件件拨开助理挑选过来的衣服,越看眉峰皱得越深:"这些衣服都是谁挑的?"

众人面面相觑,过了一会儿,一个面生但气焰却颇高的女人步步铿锵地走过来说道:"我按照我们夏小姐的气质挑的衣服,你有什么意见?"

从荨不气反笑,指着其中一件大红大绿的衣服说:"这就是你眼中与夏小姐相称的气质?"

"你懂什么?"女助理急了,"红配绿在色彩上冲击力极强,没几个人能表现出来,但夏小姐却可以展现出与众不同的感受。"

听到争执声的夏芷澜皱了皱眉,慢腾腾地从椅子上站起,朝从荨走来。几步路的距离,她却走得极慢,一步一风情,美得让人移不开眼。她双手环在胸前,大波浪被懒懒拨到了右侧,眼神牢牢锁向从荨,充满了审视与不屑。

一般女人在见到夏芷澜时都会本能后退,仿佛与她站在一起都会显得自己太过黯然失色,但意外的是,身材同样高挑的从荨不动不退,她一头短发干练又清爽,与五官出众的夏芷澜站在一起倒也是完全不落下风。

夏芷澜拢了拢头发,语调慵懒:"从荨,我们这么久没见,你怎么这性格还是跟从前一样火暴。"

"学姐,好久不见。我想先说明一下我们的关系,你是我们公司的模特,我是负责你未来所佩戴的珠宝的设计师,希望我们合作愉快。"

从荨伸出手,礼数周全。

夏芷澜同她握了握,完成了虚礼后她眉眼弯弯:"好的,从设计师,能配合的我这边一定会配合,不过好像这合作从一开始就有些让人头疼呢。"

从荨在心底骂了一句"姑奶奶",面上却还是佯装讶异道:"谁惹夏小姐不高兴了?"

夏芷澜扁扁嘴:"我感觉,从设计师的品位好像和我不太一样呢。"

知道她指的是衣服,从荨呼出一口气,温声道:"我接下来主打的作品是天空系列,所以想请学姐尽量穿一些素雅的能衬托出主题珠宝气质的服装。"

"这样啊……"夏芷澜仿佛陷入了沉思,没过多久,她忽然甜甜笑道,"可我最近喜欢冲击力强的色彩感,这可怎么办?看样子我们是无法合作了呢。"

夏芷澜似乎非常乐意见到从荨快被自己激怒的表情,从荨最烦的就是像她这样动辄拿合同说事情的模特。还没等她说话,夏芷澜仿似瞧见了什么稀罕物,目光灼灼地盯着从荨的右手腕,甚至还握住了她的手腕举高:"天啦设计师,你怎么会佩戴这么廉价的手链啊?这个形状看上去好像六芒星,莫不是你去年那套轰动一时的六芒星作品的创意就是来自于此?"

从荨佩戴的这条六芒星手链已经伴随她多年,对她的意义绝非寻常能比。但碍于从荨冷美人的称号,即便大家好奇心再重,也是断然不敢直接问她的。现在夏芷澜轻飘飘戳中了大家的心事,那条六芒星手链被她高举在明亮的灯光下,折射出的光芒照在每一个看戏的人的脸上,明明灭灭,大家都瞪大了眼睛,密切关注着事情的下一步进展。

"放开。"

眼见从荨的脸色立刻转冷,夏芷澜的下巴微微扬起,眼睛里带着得逞的笑意,没错,她是故意的。

"夏芷澜,你别太过分!"从荨恨恨地说出这几个字,近一点的工作人员甚至可以听见她咬牙切齿的声音。

夏芷澜微微笑:"男朋友送的?碰都不让碰噢?"

一群人立刻窃窃私语:"荨姐有男朋友?"

"是老板?"

……

周遭的窃窃私语声有如燎原之火,一路烧到了从荨的心里,她动了怒,想将手抽回,夏芷澜不让,好像非要寻求一个结果。两人僵持不下间,力道也是越加越大,从荨和夏芷澜的手心都掐出了红红的印子。

"我让你放开!"从荨一声轻喝,声音带着不容违抗的狠意,夏芷澜却一点都不怕她。从荨与她之间的冲突渐渐升级,一来一回的拉扯中,

只听清脆一声,六芒星手链从手腕上脱落,砸到了地上。

链子断了。

星星也碎了。

从方才一开始,这两人之间的硝烟味就很浓,到了此时眼见事态严重,周围的工作人员一个个都暗呼不妙,有机灵的助理已经偷偷溜出去准备搬救兵了。

夏芷澜似乎没料到会发生这样的事情,她原本只是想逗一时之快,真把从葶惹急了她也是怕的。夏芷澜一时有些无措地看向身后的助理,女助理接到了她的眼神暗示,几步走近扶住了她,居高临下地对正蹲着捡手链的从葶说道:"我们夏小姐并不是故意的,肯定是设计师你的手链时间长了已经都锈了。而且这链子质量看上去就不是很好的样子,你开个价吧,我们双倍赔给你。"

从葶默默地、动作极为迟缓地一点一点捡起地上的零星碎片,她没有说话,但浑身上下那股倨傲和冰冷的气息却是席卷了在场的每一个人。

良久,从葶起身,幽幽看向夏芷澜,那眼神仿佛要将她千刀万剐。

从葶笑了笑,说道:"夏小姐是有钱人,没必要进演艺圈这一行干些抛头露面的事情。我们公司请不起你,还请你另谋高就吧。"

从葶就这样单方面解聘了夏芷澜,但她还嫌不够似的,又冷冷补充说道:"夏小姐知道演员是什么行业吗?他们看上去光鲜亮丽,穿着漂亮的衣服,用漂亮的包包,出席于各种各样的高端场合,享受被万人追捧的感受。但他们每天都在扮演不同的人、不同的角色,久而久之,他们都会忘掉真正的自己是什么样的。其实世间万物都是互相守恒的,你曾经拥有多少,以后就会还回去多少。所以现在很多明星都会做慈善做公益来增加福报,夏小姐也该改改性子了,免得⋯⋯"

"从葶!"

夏芷澜被她的一席话刺激得美眸通红,然而喝止从葶的并不是她,而是不知何时过来的邵青延。

他沉着脸,声音里带着薄怒。

从葶一句话都说不出来了,她回眸,邵青延冷淡又严厉地盯着她,他不是没瞧见从荨眼睛里光亮寂灭的灰颓感。但他的目光很快转向夏芷澜："夏小姐受惊了，从荨的话不作数，衣服就按照你的喜好挑，我们这边珠宝的设计也会做相应调整。"

夏芷澜的面色这才和缓了下来，她懒懒看了一眼从荨，准备离开了。

"谢了啊，青延。"

众人也都立刻作鸟兽散，摄影棚里只剩下邵青延和从荨两个人。

镁光灯在此刻映在从荨眼睛里，格外刺眼，她好像听到自己的尊严在刚刚那一刻全部被剥落了，被她视为朋友的人。她拼了全力，才勉强让视线挥别模糊保持清晰。

邵青延叹一口气，走近她，他原本想安慰她的，但手还没碰到从荨就被她强硬挥开。

"滚。"她说。

邵青延永远记得从荨临走前瞪向自己的眼神，那样愤恨，也那样寂灭如死灰。

从荨的性子向来是敢爱敢恨，在维护夏芷澜之前，邵青延就知道会有这样的后果，但超出他想象的是，当他真切看到从荨失望的眼神时，竟然会有一丝无法克制的心痛感。

『陆』

"辞职？"

接到青延电话的时候，何冠树正在跑步机上运动。

听见电话那端难以掩饰的焦虑，何冠树调了调定时的数据，跑步机速度渐渐减慢。他走到厨房给自己倒了一杯水，从邵青延的描述中已经逐渐还原了一整件事情。

"夏芷澜倒是一点没变。"

"你还有空关心夏芷澜？"邵青延心事重重，"今天傍晚，从荨把办公室里她的私人物品都拿走了，看样子没打算留回旋的余地。都怪你非要让我多多照顾夏芷澜，现在好了，你让我从哪儿去找一个优秀的设

计师。"

何冠树倒是不急:"从葶的性格你也不是不知道,她服软不服硬,你亲自跑一趟,应该没问题。"

邵青延却是保持沉默,情绪没有转好的迹象,何冠树挑了挑眉:"真闹大了?"

"特别大。"

"这样啊……"何冠树也陷入了沉默,慢慢地,他想起来一个人。

季淼接到何冠树的电话时,又意外又高兴。

她心想最近上天似乎是太宠爱自己了,先是他送她回家,后是深夜陪她聊天,今天又说想请她吃饭。仿似他出国的这三年时间并没有在他们之间横架起多么陌生的桥梁,所以在听到冠树礼貌又客气地询问自己:"如果已经有约了不方便的话,我们可以改约下次。"她立刻就抢白道:"我有空的。"

一说完,她才察觉似是太急切了些,她想她的心意一定太过明显地传递到了那一端。

季淼咬了咬唇,心头浮上淡淡的后悔,何冠树却似乎并未放在心上,他的声音像一阵和煦的风:"那下班了我来接你。"

她轻轻"嗯"了一声,手机被放下的时候,似乎仍散着淡淡的烫意。

洗手间门被打开,颜默诗走出来,一眼就看见正对着镜子整理发型的季淼。

季淼的目光在镜子里与她眼神相接,亦是一愣。

颜默诗勾勾唇,走到她身侧的盥洗台,洗手。

水"哗啦啦"从她的指缝间流过,很难不去注意她漂亮的动作,季淼的手僵硬下来。

颜默诗挤出一些洗手液,抬头看她,笑了:"你和杨一在谈?"

见季淼皱眉,颜默诗佯装诧异:"我只当你是为了和他的约会在这样尽心准备着。"她边说边上下肆意打量着季淼,嘴角微噘,眼神泄露了她满心底的不屑。她的目光停在季淼后背上，满含玩味。

季淼被她看得浑身不自在，丢下一句"我有没有和谁在交往，我以后会和谁在一起，这些事情都同你没有关系"，就准备离开。

"是吗，我可是还记得你从高中到大学，一直都迷冠树学长迷得要死。"

季淼脚步停住，回身："你什么意思？"

颜默诗耸耸肩："没什么意思，就是怕你不知道，你的冠树学长最近回国了。怎么样，你还记得那场轰动一时的棒球赛吧？"

并没有打算同她继续纠缠，季淼语气冷淡又嘲讽："当然记得，那可是你费尽心思引我去看的比赛。"

颜默诗笑了，声音很甜："你比我想象中的聪明一些，不过就算我不引你去看，你第二天也会知道一切，而且会添油加醋知道得更多。"

好像连带着想起了什么好笑的事情，颜默诗娇俏地继续补充说道："从高中到大学，暗恋了这么多年，自以为神不知鬼不觉，其实明眼人一眼就看出来了。你每次补课都故意拖延时间，不就是为了偷偷看冠树学长？"

隐藏多年的秘密被她一件件拆穿，季淼既觉难堪又觉慌张："你说什么？"

颜默诗脸上的笑意终于慢慢冷凝下来，露出本来的面目："还记得那次和圣蒂亚高中联考吗？我看过你补课的作业本，题目错得太没水准了，同样理论的应用题，复杂的你做对了，基础的反而做错了。明眼人一看就知道你要么是抄课后答案，要么就是故意写错的。"

季淼发虚后退，背贴着墙。瓷砖的凉意透过薄薄的雪纺衫蔓延至她的身体里，她感觉后背上的棍伤又开始突突疼了起来。

她到底，在暗地里关注了多少自己的踪迹；她到底，从什么时候就开始将自己和冠树学长列入她的计划里。所以，后来才会有撞上抱着可乐的女生们这个意外，才会有她恰到好处的出现，也才会"顺理成章"地让自己在棒球赛上亲眼目睹了那一段恋情。

……

季淼觉得自己在失重,她抿了抿有些干涩的唇,艰难地吐出几个字,带着微不足道的底气:"你太过分了。"

颜默诗擦干了手,回身,一步一步朝她逼近。

季淼下意识就想走,被她抬手拦住,颜默诗顺手"啪"一下关上了洗手间的大门。

"你过去可不像现在这么低调。"她凑上来,给季淼的面部带来一层阴影。

"既然你也说是过去了,为什么还记着不愿意忘?"

"告诉我,你和冠树学长到底什么关系?"

"你想干什么?"

她想干什么?颜默诗无非只是想确认一些旧事,而恰好这些旧事,一不小心就能成为打击到季淼的筹码。颜默诗的面容又靠得更近了一些,季淼看到她脸上竟然带出了一丝病态的笑意,听到她说:"如果没有渊源,冠树学长和芷澜学姐确认关系的那天放学后,你为什么会恰好和他在一起?"

比咄咄逼人更可怕的是——颜默诗怎么会连这个也知道!

季淼瞪大了眼睛,表情出卖了她内心的震惊。

电光石火间,季淼恍然大悟道:"你当时也在那边!"

怪不得,怪不得那个不小心被她窥探到的秘密第二天就传遍了整个校园。而她明明答应过冠树学长会对此事三缄其口,所以那段时间她总担心何冠树会生她的气,千方百计想找到何冠树解释,但却苦于没有机会。这个心结一拖,便是这么多年。

"没错,是我说的。"颜默诗的神色染了几分扬扬得意。

"你太可怕了。"

对季淼压抑着的怒气颜默诗完全无动于衷,她终于隔开了一些距离,季淼如果不是听见了她声音里那样明显的厌恶情感,怎么敢相信是眼前这个笑靥如花的女孩子在跟自己说话。

"你现在不说不代表我查不出来,季淼你听好了,我会一直、一直盯着你!"

"咚！咚！"

敲门声响起，适时救下了已经精疲力竭的季淼。

颜默诗已经飞快换上了一副笑盈盈的面容，对着走进来满脸狐疑的宋一燕解释道："我刚刚在帮季淼整理衣服，就把门关上啦。"

宋一燕看向目光失焦的季淼，像是在问：是这样吗？

季淼混乱地点点头。宋一燕扶了扶眼镜，换了个话题："杨一在办公室等你，你快去吧。"

季淼闷闷应了一声，抬步朝门外走，颜默诗却是老早就飘远了。

她向来擅长做这些事情，在人的心上插上一片片刀刃，然后自己拍拍手轻飘飘就走远了，对旁人的疼痛和愤怒，她何曾放在过心上。

下班了，季淼低头收拾桌上的东西，被她忽视的杨一仍旧不死心，虚靠着门沿，一脸闷闷不乐："淼淼姑娘啊，你明明已经答应陪我吃饭了，怎么总干出这种临时放鸽子的事情啊？"

"我保证这是最后一次。"

"一点诚意都没有，连看都不看我一眼。"

季淼立刻抬头看他，有些歉疚地讨好他："实在是太不巧了，我下次一定请你吃顿好的，吃到你满意为止，你看好吗？"

不是没看见她眼神里的沉沉心事和眉宇间的淡淡愁绪，她不想说，杨一又怎么可能勉强她说出来。他叹一口气，算是原谅她了："本少爷要吃日料。"

季淼见他神情缓和一些，更觉不好意思，便答道："随便你挑。"

"要最贵的。"

"一句话。"

杨一虽依旧苦着脸心有不甘，也不好再多发作，"嗯"了一声算是接受了季淼的不靠谱。直到刚从茶水间洗完杯子的颜默诗走进来，经过他身侧，挑挑眉冷不防嘲笑了一声："生活委员又被耍了哦？"

"管好你自己吧。"杨一悻悻离开。

颜默诗回头看季淼，没有得到她的眼神回应。季淼合上包拉链，像一阵风般划过了她的身侧，清清冷冷的。

看着季淼一路快步离开的身影,颜默诗勾了勾唇角,那笑意含着不屑,还有得意。她回头看一眼季淼工整的办公桌,目光直勾勾的,一闪一闪,没人知道她在想些什么。

『柒』

那大概是易维亚历史上最火爆的一场棒球赛了。

这样的火爆程度一直延续到比赛结束后很久,学生们迟迟不肯离开学校,四处都充满了讨论棒球赛的声音,这些声音织成了一道密不透风的网,将季淼牢牢困于网中心。

出校园的时候天色都灰了。

公交车站的人比寻常时候多一些,她隔着很远就看到了何冠树倚靠着站牌,他今天不骑车?然后季淼才看到他身侧的夏芷澜。其他一些都是棒球队的男生,在他身边比画着什么,脸上都带着张扬的笑意,唯独他表情淡淡不为所动。夏芷澜听着男生们的调侃,脸蛋微红。830路公交车来了,夏芷澜朝他们挥挥手,上车了。

何冠树似乎终于掀起眼帘看了夏芷澜一眼,其他女生见正牌女友走了之后,动作也都明目张胆起来,各个都拿着手机拍他的侧影,伴随着刻意压低的聊天声。

季淼站在离他们几米的距离,何冠树自始至终没有看向她。

她的车随后就到,她刷了卡进到车厢走到最后一排坐下,头偏向左边,不想再去重复空气中永远单向的视线。

一路浑浑噩噩,下车的站台离家还有一条街的距离,季淼走过麦当劳,受惊般地停在了大门边无论风吹日晒都会挂着大大笑脸的麦爷爷跟前。

因为她看到了——

"麦旋风,你一个我一个。"宫御风一脸邪邪的笑容,将手中的甜品分一个给面前的女生。故意做出的亲昵与暧昧,而他面前的高挑女生毫不避讳,正是夏芷澜。

宫御风顺势将手搭上了她的肩:"夏小姐,我帮了你这么大的忙,你怎么谢我？"

夏芷澜狠狠敲了一下他的手背，冷下脸："少对我动手动脚，我喜欢的那个人，从来都是何冠树，不、是、你。"最后三个字自唇齿间迸出，一字一冷，连带着周身的空气都似被冻住。

宫御风冷哼一声，夏芷澜见好就收："不过我确实会谢谢你，感谢你今天为了帮我在冠树面前出了那样大的丑。"

她指的是输掉比赛这件事，果然宫御风的面色更加阴翳了："夏芷澜，我和你谁也不欠谁了。"说完提步就走。

季淼赶紧转过了身，躲进了雕塑后面。

只是这一转又转出了问题。

"冠树学长？"

听到有人叫自己，何冠树懒懒抬起头打量她。

季淼整个人都仿佛被定住了。

前一秒还在校外公交车站的男生，怎么这一刻就恰好出现在了这里？临近暮落的日光轻轻淡淡地打在他的眉骨上，异常漂亮。他的轮廓很深邃，瞳仁很黑，而现在，他深得似海的眼神正牢牢盯着自己——曾经也期待过很多次被他这样注视，但没有想过真实的心跳会胜过任何一次的想象。

何冠树从椅子上站起来，几步走向她。季淼瘦小的身躯完全被包在他大大的影子下，看他摊开手掌："学生证。"

"我的？"虽然不明白原因，季淼依旧听话地默默从书包里掏出来给他。

"易维亚的？"他淡淡开口，听不出多余的感情。

季淼的目光转移到他的手上，他的手指修长，骨节分明，她低下头，看见阳光在他摊开的手心间跳舞。

"告诉我，你都看到了些什么。"

不是疑问句的口气，季淼摇摇头，不答反问："冠树学长，你早就知道这一切了？"

男生看了她一眼，刘海齐整，像窗帘一样齐齐被风吹向另一侧，她的眼瞳很干净，她的眼睛里藏不住心事。这样的话……会有些麻烦。

他并没有否认，打算离开。

季淼有些急了，于是就豁出去拦到了他的面前，她也不知自己在这一刻怎么这么倔强想要去插手他的事情。

何冠树不耐地皱眉，下颌梢带扬起，将阳光切割出漂亮的弧度。

"还有事？"他问。

"那冠树学长即便知道了这一切，也还是要继续和芷澜学姐交往吗？"

"是。"他蹙了蹙眉。

"你真的喜欢她吗？"声音越来越小，她在他面前，从来就是不自信的，而这样的问话无疑是将最后的一点自尊全都凌迟。

她的心提到了嗓子眼了，最后却只等到何冠树睨了她一眼，没有说话就离开了。

『捌』

"季淼？"

何冠树一连唤了她数声，季淼终于回神。

"嗯……"她低头开始用汤匙胡乱地搅着汤，虽然方才断断续续神思飘得很远，却是已经完全了解了何冠树请自己吃这顿饭的真正原因，季淼斟酌着措辞，"从葶那边，我去劝劝，应该会好。"

"不是说这个。"

"那是？"

女生刚抬头，恍然间只来得及看到一道光影，他的手已经伸了过来，终点是她的脸颊。

"咻——砰——"

像火花爆裂在寂静黑夜的上空，他的指尖划过她左脸侧的那缕头发，将它归整贴于她的耳后，他神情专注，动作自然，像是具备早已上演过无数遍的默契，而他指腹方才若有似无触碰过的那片肌肤现已似着了火般发红。季淼手一滑打翻了汤匙,汤汁立刻四溅。

"对不起,对不起。"她忙低头擦拭。

他的纸巾递过来,他的解释也飘过来:"刚刚你头发差点掉进汤里。"

季淼点点头,还是那三个字。

"在想什么?"

"啊?"季淼动作陡停,抬头就撞进了他淡得看不出情绪的漆黑瞳仁里,直直的、幽深的,像是窗外广袤又清朗的沉沉夜空,仿佛可以供她毫无顾忌地栖息。就差那么一点点,她几乎就想一股脑儿把下班前和颜默诗的对话悉数都告诉他,想告诉他当年那有关棒球赛背后故事的泄密并不是她所为,然而她刚张开口,又犹豫了。

女生之间的针锋相对,虽然关乎他,但他从未问及,如何能让她平白无故提起"夏芷澜"这个名字?

季淼有些颓败,低头望着只剩下半碗汤的汤盏:"都是过去的事情了,我自己可以处理好的。"

"所以,是因为单位里的一些人?"

"学长怎么会这么想?"她猛然抬头。

"你刚刚下班过来,一般不开心的情绪不会跟着一个人太长时间,我是这样推测的。"

季淼被他说笑了:"好啦,知道你会猜。"她停了停,又开了口,像是下定了决心,"其实好像也没有必要一直为同一些人感到烦心。"

"你说说看。"

"就好像两个从陌生到熟悉的人,如果她们可以一直很要好地相处下去,那应该是因为她们具有相似的人生观和价值观吧,对很多事情的看法或者处理方法都比较一致,否则就会有争执、有裂痕、有不愉快;而如果两个人完完全全走不到一起,那其实也没有必要让一方勉强自己去讨好另外一方,因为她们即便获得一时的和解,未来也总会兵戎相见的,对不对?"

在自己面前噼里啪啦说出这一段话的女生,已经与读书时候认识的那个凡事忍让的她很不一样了,这样的变化,竟让他觉得安慰,也觉得

高兴。何冠树点头:"你说得没错,不过学长还是要建议你口中的那个'一方'首先要学会保护好自己。"

"知道啦。"季淼想起什么,微微放轻了声音,"其实我还想对学长说,一直以来,我都很感谢你的。"

——谢谢你曾经告诉我,两个人相处,一定要懂得适当的拒绝。拒绝对方不合理的要求,拒绝掉让自己不快乐的行为,要保持自己的独立和选择,一味的迁就可能只会助长别人对自己颐指气使的态度,只有适当的拒绝才能为自己赢得更多的尊重。

"冠树学长,你说的一些话,可能当时我不太理解,但我都有很努力地去尝试,后来发现,你说的真的都很对。"季淼说得模棱两可,何冠树也没有追问。

所以,让自己心烦的那些颜默诗的话已经大概可以放下,可季淼哪怕鼓起了最大的勇气,依旧无法对着面前的他不动声色地提起夏芷澜这个名字。

手机响声切断了季淼的思绪,她扫了一眼屏幕,眼色变了。

何冠树看见她企图拿起手机的动作开始变得没有章法,长睫毛簌簌抖动,似挣扎的蝶,在眼睛下方投下淡淡阴影。

原本已经转好的情绪忽然就急转直下,第三次从她口中听到了"对不起"。椅子发出难听的一声呜呜,季淼站起身捏紧了不断发出声音的手机,她指了指外面:"我去接个电话。"

何冠树点头。

隔着几道弯绕屏风,他能看见女生的身影越来越僵硬。

何冠树回忆刚刚看到的屏幕上的名字——季之显。

他扬手招了服务生。

重新落座的时候,季淼的面前摆着一份外带打包好的奶茶。

何冠树已经结完账了,他起身:"走吧,我送你回家。"

其实不需要多问,也不需要她说出任何一种刚刚死命想出来的解释,他就这样简简单单替她圆了场。他的温柔来得恰到好处,真的容易让她误会，容易让她继续越陷越深。

　　沿途她的话不多，就问了一些何冠树音乐上的事情。

　　快到的时候，季淼开口："就在这里停吧。"

　　"好。"

　　季淼下车后才发现他也下来了："学长你……"

　　他转过身，伸了伸双臂："看着空气不错，就下车走动一下。"说完他就锁了车，率先朝她家的方向走去。

　　今夜的星星很亮，路灯在街道两侧晕出昏黄的光圈，风声寂静，仿佛带着微甜的夏意。而她安安静静走在他的身侧，地上的影子也同样比着肩，这样看着，仿佛对于回家要面对的那些事情，也不再感到害怕和压抑。

　　季淼忽然停下步子，何冠树顺着她发愣的目光朝对街望去。

　　没什么特别的，公交车进站，路人三三两两上车、下车，唯一的通明灯火是背后的麦爷爷。

　　"就是在这儿，学长还记得吗？"

　　何冠树没有什么印象，季淼继续说："这个麦当劳开了好多年了，那一次我放学乘车回家，在这儿下车，然后就……"

　　"哪一次？"

　　见他没有多少印象，季淼有些赌气，她朝两边看了看，见没车忽然就一溜烟跑到了街对面去了，留在何冠树眼睛里的只有那抹纯白的裙角在夜色里划出淡淡的弧度。

　　季淼站在对街回过头朝他招手催促道："过来呀，冠树学长！"他看见她的脸上带着得逞的快意，整个人似乎都恢复了一丝生气。

　　"太胡闹了，刚刚那是红灯。"

　　季淼仿佛没有听到："刚刚开走的那辆车可以去易维亚大学，我以前常常坐的。"

　　何冠树没说话。

　　"棒球赛的那天放学，我也是坐那辆车在这里下来的，我当时就站在这个位置。"她指了指麦爷爷的雕像，何冠树的表情终于有了一丝起

伏。

知道他应该是想起来了，季淼站远了几步伸出手，模仿着他当年青涩又疏冷的嗓音，一字一顿道："学生证。"

何冠树说不清楚现在涌上心头的是什么情绪，复杂到他几乎无法辨别，他有些恍惚，恍惚于每一个日出与黄昏里，她究竟在他看不见的地方临摹了多少次那三个干瘪瘪的字，才能说得像刚刚那样纯熟。

何冠树的语气带上了一丝旷远的味道："原来那个小姑娘是你。"

"是啊。"

那是我啊。

"那时候的我有点丑，也有点胖，哈哈……"她用大笑掩饰掉星星点点的怅惘。这大抵就是暗恋吧，每一分每一秒都像是在上演一场全城失语的默剧，有与生俱来的悲凉感，对方不知道，那就是她一个人的舞台剧，可对方要是知道了却没有给出回应，也许连这唯一的悲凉感也要失去了。

时间在沉默中一分一秒逝去，季淼低着头，晚风吹起她的长发，何冠树看着她清淡的眉梢，来不及有更多的思考，他的手已经伸了出去，揉了揉她的头发。

季淼抬头，不可置信地摸了摸他刚刚触碰过的地方，确定刚刚不是存于自己幻想中而是真实发生的动作，她眼眶忽然就红了。

听他询问自己"怎么了"，季淼只能胡乱转过身摆着手，大口呼吸拼命想克制住就快崩溃的情绪。神思都用在情绪上，便也无法再分神去注意眼前的车流，前脚一伸，又想原样闯回对街去，偏偏这次运气不太好，眼看着就要擦过一辆车，被何冠树拉了回来。

季淼没立稳，侧面撞进了他的怀抱，专属于他的味道毫不客气立刻包裹了她，距离近到她可以看清楚他衬衫纽扣上的金属暗纹。他虚扶着她，又气又急的语气从头顶飘了下来："你这脑子里到底在想什么，刚跟你说完是红灯又要闯。"

"对不起，对不起。"她退后离开他的领地，不断低头重复这几个字。

她真的受不了他这样叫她的样子，他淡而温柔的嗔怪，在夜里拉出绵长的声息，他偶尔给予的这一点温情，便仿佛掀起了一场海啸，瞬间就裹挟走了她所有的理智。那一分钟，她觉得自己像只尴尬而难看的鸭子，她希望能展现给他自己最漂亮的姿态，便竭力维持水面上的平静，但在他看不到的水下，她只能拼命地划水。只因是他，也只能是他。

何冠树拍了拍她的肩，有些感慨地望向依旧在笑的麦爷爷："原来第一次和你遇见，是在这里啊。很可惜当时对你太凶了，应该并没有留下什么好的印象。"

"不是的。"

"嗯？"

见他示意自己继续说下去，季淼顿了顿，错开了目光："我是想说，没关系的。"

真的没关系的，即便你永远都不知道我第一次见到你是在怎样的情形下，我也都会一如注定般——

喜欢上你。

『玖』

答应季淼出来见她的时候，从荨并不知道是四人约会。

那一天，她风卷残云般地整理完办公桌将所有的私有物品打包完毕，一路离开得步步铿锵，生气的情绪从她的胸腔一直往外蔓延，让她整个人都快烧了起来，烧过沿途的细碎八卦声，烧过所有人怯怯打量的目光。这种绷紧的状态一直持续到她的背影倒映在公司透明的玻璃大门上才结束。从荨说不清做出这个决定更多是因为不满夏芷澜，还是不满邵青延的表态。可是从什么时候开始，邵黑炭可以这样轻而易举地影响到自己了？在上一秒以前，她以为，他是会追出来的，现在什么都没有等到的她，竟然有一丝想要哭出来的冲动。她觉得太可笑，这一点都不像她自己了。

所以,当她看见季淼坐在何冠树身侧,而何冠树的另一侧坐着邵青延时,从葶眼睛里写满了震惊、不满、了然,以及失望。

见她转身,季淼追了出来挡住她要离开的步伐:"过去坐啊。"

从葶不蠢,现在这个情况用脑子稍微想一想就知道是谁让季淼来打那个电话的。

"你就这点能耐!"从葶回季淼,顺势在她的手臂上捏了一圈,用了力。

季淼皱眉,但看见从葶在忍着气,自觉不好意思便没吭声。

从葶在青延身侧落落大方地坐了下来,但眉眼直视着何冠树,带着稍许凌厉的味道。

"何冠树,我猜你没把原因跟季淼说全吧。"

何冠树还没答话,季淼先脸红了。她倒是想解释,从葶却没给机会,立刻就将话锋扫向了季淼,语气不重,却含了几分恨铁不成钢的苛责:"我是脾气不好但我不是个没原则的人,季淼,他们肯定没有告诉你,我走是因为夏芷澜。"

季淼想拉从葶的动作就生硬地停在了半空中,等意识到周围已经没声了,她才恍惚收回手放到桌下。刚刚死命才想出来的那些调节气氛的话全因这个熟悉的名字而卡壳,那三个字,不轻不重,却像是一道符朝她压过来,是克她的符。

下意识地,季淼看向何冠树,何冠树对上她的眼神,他看见那目光里涌上来千万种情绪,有不安、茫然、怀疑、受伤,也有想从他这里得到确定的渴望,每一种都让他触动。但是很快,这些情绪都被她压了下去,他可以看出,她的拼命和用力。

季淼看向邵青延,尽量用上轻松的语气:"所以,芷澜学姐回来了?"

邵青延点头:"是的。"

"也是最近的事情?"

"是。"

一前一后,冠树出现了,夏芷澜便也出现了。季淼努力让笑容显得不勉强:"所以,芷澜学姐也进了青延学长的公司?"

"是我们刚签下来的模特。"

"这样啊。"

季淼低下头,没有再问了。

大学毕业后,何冠树去了国外深造,夏芷澜就进了这个光怪陆离的圈子,一度法意瑞各地跑。曾经校园里的一双璧人,毕业后都各自闯出了天地,都是经常出现在杂志和网络报道里的鲜活存在,都是依旧只能让普通人遥遥仰望的发光体。

其实一直都是这样,自己不刻意去在乎,并不代表这些距离就真的能够消失。

可是,他的态度呢?

"所以,冠树学长你也知道的是吗?"

何冠树看向扭头向自己发问的女生,干净的脸庞上很难寻出一丝多余的情绪,但偏偏她的声音里有一股负隅顽抗的不甘、不凌厉,却无法忽视。

冠树答道:"我知道。"

邵青延望向他,他的面上仍旧挂着万年风轻云淡的表情,见他没有说出全部因果的打算,青延也适时沉默,目光回到季淼身上。女生在听到何冠树的回答时,嘴角上扬只花了一秒钟,弧度变平和、眼神回温却都花了很久,很久。

多可笑啊,前几天自己还小心翼翼不敢在他面前提夏芷澜,背着她,他却早就和夏芷澜复联了。这样想着,季淼整个人都变得死寂下来。

邵青延咳了咳,试图打断尴尬的气氛:"从葶,昨天的事情,我向你道歉。"

他的声音比她印象里的任何一次都要认真,从葶看向他。

"你还是继续你原有的设计,夏芷澜那边,公司会做她的思想工作。"

从葶笑道:"在她面前你说的可不是这些,当面一套背后一套?生意人都是这样?邵黑炭,你以为我没有试图和她沟通过?你真的以为我

是只顾自己情绪的人?夏芷澜她根本不懂得'尊重'二字怎么写,她不配得到我的设计。"

"从蓴,"在她说出更难听的话之前,季淼打断了她,"没有必要的……"

没有必要因为替她出头而放弃挚爱的工作,也没有必要放弃和冠树、青延之间这么多年的友情,做出这么大的牺牲。如果只为了她同夏芷澜之间无法说不出口的关联,是没有必要的。

然而从蓴一下子站起来,这种感觉就好像是你在为你的队友而战,而队友却率先举了白旗。因为被俯视的缘故,季淼觉得她的声音像一座山样压了下来,沉沉的:"我觉得很有必要。季淼,我不会原谅夏芷澜!"

没给季淼回复的机会,从蓴又转向邵青延:"邵黑炭,如果你们让季淼叫我出来,是想让我回去,那我也明明白白告诉你,只要你们和夏芷澜解约,我立马就回去。"

说完,从蓴"唰"一下推开椅子,大步走了。

剩下席间的三个人一时尴尬怔忡,何冠树的目光自始至终都看着季淼,目光里充满意味不明的深意。

很混乱……

很担心从蓴……

邵青延叹一口气,将最后的希望寄托在她身上:"季淼,还是要麻烦你了。"

季淼摇了摇头,定定地接上他的目光:"青延学长,我能不能问一句,在你心中,从蓴是什么样的人?"

邵青延显然没料到她会这样发问,似乎女生也没有想听答案的意思。

"我相信从蓴,也支持她。她的生气和失望应该都是有原因的,虽然我也感到意外,但我不会强迫她做任何她不愿意做的决定。"停了半刻,季淼将目光转向何冠树,"我也希望,冠树学长在希望我做一些事情之前,能告诉我事情真实的原貌。"

季淼微微躬了身,打过招呼,也离开了。

玻璃门旋动，光影逐渐消散。

邵青延和何冠树一时谁也没有说话，直到服务员过来礼貌地收掉桌上的冷咖啡，邵青延才问他："怎么看？"

"就依她的吧。"

"谁？"

"季淼。"

"你又给我出难题，让我帮夏芷澜的是你，让我不帮夏芷澜的又是你。"

"谢了。"

"不用谢。"邵青延低头看着空杯子，"这里面要是有热咖啡，我现在一定用来泼你。"

何冠树笑笑："她们刚刚让我想起来一些以前的事。"

"是什么？"

"当年的学生会和校团委招新。"

邵青延眉峰稍动，懂了。

在学生会主席何冠树和校团委书记夏芷澜爆出恋情没多久后，学生会就开始招新，一反常态的是，从不招新直接由学校老师任命人选的校团委也首度开始了招新。

在所有的竞选名单里，何冠树没有看到季淼的名字。

"但是后来，你还是把她逼进来了。"

"那能算逼迫吗？"

邵青延挑眉："好吧，你是依靠'正确'的行为，让她'心甘情愿'地进来，为你做事。"

何冠树静默，隔了会儿忽然笑了，笑声里有不同寻常的满足感，也有淡淡的遗憾。

"可能以后都无法再逼她做任何她不想做的事情了。"

『拾』

　　并不想坐车,季淼一直在走路,无意识地迈出双腿,不确定要去的方向,只是不想回家。

　　沿途的光线从亮到暗,她的一整颗心从空到满。隔着川流不息的车流和鳞次栉比的路灯,她遥遥望着马路对面的麦爷爷雕像,它不知疲惫地笑着,她想一想,忽然也笑了。

　　——原来那个小姑娘是你。

　　——所以,是因为单位里的一些人才难过?

　　——季淼,学长要向你道歉。

　　真的是好笑啊,他好好的道什么歉啊,该道歉的是自己吧?为自己挣扎了那么久依旧不敢贸然说出那个名字,然而他心底早就对这一切有了计量。他清楚自己是因为颜默诗难过根本不是推测而是一早就知道,他根本不在意学校里关于他和夏芷澜的谣言传成什么样子,而自己还傻傻觉得对不起他……他说什么自己都无条件相信,他做什么自己都认为是出于好的目的,像以前一样蠢,一样的容易被利用。

　　可是,最难过的,为什么不是对他感到生气,只是觉得悲伤侵天盖地,讨厌的仍旧只有自己。

　　举步维艰的自己、不敢反抗的自己、看不透他的自己,以及依旧喜欢他的自己。

　　"下一站,易维亚大学,请下车的乘客提前做好准备,从后门下车。"

　　闷热的夏意,夹杂着暴风雨来临前的低气旋。夜晚的校园,季淼一个人漫无目地虚晃。

　　盛大的树荫下,右边就是浅蓝色外墙的教学楼,她站定,朝教学楼一楼的出口望去。

　　"这是什么?"从葶弯腰捡起被风送到自己和季淼脚边的纸,季淼也歪了歪头，看过来。

"噢，学生会的招新海报。"

"学生会？"

"一年一度的招新又要来了。"季淼的目光继续在海报上游移，不说话了。

从葶见她表情有异，忙问："怎么了？"

"好奇怪，你看这里。"从葶顺着她的手势看过去，海报上赫然标注着"校团委首次招新"几个字。

"团委的委员和干部历年来都是老师指定的，包括现任团委书记芷澜学姐也是老师推荐的。这次倒是很新鲜，和学生会一起招新了——"可是话还没说完，季淼脸上半扬的笑意就停在了当下。

学生会和团委。

主席和书记。

出双入对的存在。

"季淼，季淼你没事吧？"

摇摇头，报以敷衍的微笑，季淼将手中的海报揉成一团，扔进了路边的垃圾桶。

从葶依旧沉浸在方才的传闻里，她满脸写着兴趣二字："你会报名吗？"

"不会。"

"为什么不去？我要去的，你陪我一起？"

"不去啦。"

"是朋友就陪我一起！"

"……"

是真的不想去，越接近，越会让心情跌落谷底，越会发现欢笑原来是这样容易又困难的一件事。

"去不去啦？"

"不要！"

"去嘛去嘛！去了我就帮你表白好不好！"

"从荨你说什么！"

"表白呀！向你心心念念的那个谁……"

"啊啊啊，从荨你住口！你敢说我就打死你啊！"

风吹过天空，吹过树梢，吹过教学楼顶的大钟，吹过季淼和从荨打闹的校服裙角……

在一起这么多年，谁还在乎先拨通电话道歉呢？因为心底比任何时候都来得确定无误——我们不能失去对方。

其实从荨已经捧着手机很久了，一直犹豫着没有下定决心，虽然很多时候看上去她外向而尖锐，但她清楚，自己并没有外表那样勇敢。

看到电话上那个熟悉的名字开始闪时，从荨险些就要跳起来，但还是耐了性子等它响了三声才接通。

季淼率先开了口："从荨，对不起啊，我不该在没弄清楚的情况下就勉强你。"

"算了，他们有没有为难你？"

"没有啦。"

从荨叹一口气："你啊，什么时候能多点心眼，不跟着你总会担心你被卖了。"

季淼找了个台阶坐下来，白裙和长发被风吹得漂亮摇晃，女生声音温柔而清亮："我在学校呢。"

……

在她有一搭没一搭地和从荨聊着天的时候，距离她十几米的地方，何冠树一袭白衣黑裤斜斜立在那儿，夜晚的夏风失了些燥恹郁苦，被暮色完全笼罩的校园里有难得的静意。眼前是真实存在的现在的她，淡绿色的雪纺衫，白色及膝纱裙，好像也是同样的地方，那时的她穿着最规矩的衣服，头发没有现在长，人没有现在高，也没有现在瘦，唯一没有变化的是，是永远语调轻柔的声音，和永远温热清透的眼神。

就在她和从荨为一张招新海报拉扯嬉闹的时候，何冠树刚巧推着单车从树荫下走出来，便看到风将她的齐刘海吹乱，露出额前那一抹触目惊心的青紫。他看见明明和朋友大声说笑身处热闹的那个女生，依旧浑身带着无法遣散的孤寂，就像永远不会被这个世界所打扰。

所以何止青延无法理解，就连他自己也无法理解，当年，为何要固执地逼她进学生会，看着她从远方，一步一步来到自己身边。

何冠树没有走上前，他看着她打电话时笑时嗔的身影，知道她没事，便转身离开了。

他的离开同到达一样安静，以至于季淼并不知道，他曾经来过。

"你说什么？"

季淼猛然站起身，声音里划过一丝尖锐的意外。

"淼淼，链子断了，被夏芷澜扯断了。"

Chapter 3
第三章

夏日暴雨击打窗
知更在躲雨它有点慌

『壹』

季淼七岁那年暑假，季之显和谷惠还没有离婚。

季之显难得心情好，对妻子和女儿开口道："我订了去海岛的机票，这个假期我们一家人去好好度假吧。"与预料中的欢天喜地相距甚远，他的提议没有得到她们多大的热情响应。

晚上母女俩在房间里收拾衣服的时候，妈妈安慰她："淼淼怎么对出去玩也提不起兴趣了？"

季淼将额头埋进膝盖，咕哝着说道："可是我不想和他一起去，他总喜欢当着好多人的面凶我，我害怕。"

女儿诸如此类的心声已经说了太多次，身为妈妈却总是无力帮她改变。谷惠叹了一口气，低头继续叠着衣物。

好在季淼非常懂事，她跪坐起来挪到妈妈的身侧，小手圈住妈妈的脖颈，轻轻地说："妈妈别害怕，淼淼会一直陪着你的。等淼淼长大了，淼淼接你离开他，给你更好的生活。"

谷惠的眼眶都有些红，拍了拍季淼的背，喃喃道："乖。"

位于冰海西海岸的海岛，是尚未被开发的景区。很难在其他地方看到这样碧波荡漾的海水以及湛蓝高远的天空，空气清新得让人心情也跟

着愉悦。

"这里当地是个小渔村，渔民会日日出海，回来的时候带些海鲜以及货物。这里未来几年会被开发成商业用地，到那时度假旅游的人数会大大增加，所以这次提前邀请季老师您一家人过来游玩，也能看到更古朴和原生态的风景，非常感谢季老师和季夫人赏脸。"一同游玩的叔叔赔着笑脸一路替他们做着讲解，季之显面上都是推拒的意思，可是心底却是极高兴的。

"哪里哪里，我们给你添麻烦了，尤其是季淼年纪还小，一路上给你们添了不少麻烦。"

季淼低着头，兴致不高的模样。除了脾气暴躁这一点外，季淼同时也很不喜欢季之显应酬时逢人就会说她不好，听上去像是客气，实际上总把她贬得过分低了。小孩子总是希望能多听到鼓励和安慰，何曾希望自己变成大人的包袱？然而每一段和季之显相处的时光，都让她觉得自己是个不讨人喜欢的包袱。

吃饭是错，说话是错，不会大大方方地称呼人也是错。

季之显正在同那个叔叔聊天，季淼赌气一个人跑得远了些，到了近海岸。

谷惠在身后喊："淼淼你当心点！"

季淼的眼里此刻全被眼前一望无际的平静海面所填满，不少同她一样年纪的孩子在岸边一边等着家人出海归来，一边玩耍着。海平面上那些远远的小点逐渐变大，最终稳稳靠了岸。渔民们有条不紊地卸下货，孩子们寻到了自己的父母，很开心地手舞足蹈迎了上去，全是一家家和睦的场景。那个穿红裙子的小姑娘，扎着两道马尾辫，在岸边被自己的爸爸高高举过头顶又放下，还伴随着"咯咯"的欢畅笑声。

季淼远远站着观看，十分羡慕的表情。光线从他们的间隙间晒过来，晒进季淼的眼睛里，让她眼眶发烫，忽然就蓄起一层泪水，她感觉自己像是这整个世界的局外人，其实她一直渴望的就是这样简单的温情，但是永不可能得到。

季淼忍不住朝前走了几步,没顾及脚下,她被碎石子绊了一跤,跌倒在咸涩的海水里。那个红裙子的小姑娘也恰好望了过来,只是一瞬,小姑娘的脸上就露出了惊恐的表情,然而季淼对这一切都浑然不知,她的反应是如此迟缓,整个人都呆呆跪在那儿忘了爬起来。

忽然袭来的危险浪潮是如此凶猛,直接将幼小瘦弱的季淼吞噬,只剩下"啊"的一声惊呼,季淼整个人影就没入了深蓝色的浪潮之中。

"淼淼!"谷惠的惊呼声惊扰到了远处正在和其他人攀谈的季之显,他看着妻子一步深一步浅地往海里跋涉,而视线所及之处再没有女儿的踪迹,当下就明白了是怎么回事。

"这该死的不听话的丫头!"季之显大步朝海岸线跑去。

呛了好多口海水的女生觉得整个心肺都快被撑炸了,浮浮沉沉中完全不能够呼吸,而眼睛也遭受着前所未有的疼痛——幸而渔民熟悉水性,离得又近,很快就将季淼捞了上来。

谷惠一边抱着季淼痛哭:"女儿你吓死我了。"一边亲吻着她的额头。然而赶到现场的季之显却是"啪"地立刻甩下来一巴掌,季淼被扇得头晕目眩。

"让你乱跑,不见了怎么办?"季之显火急火燎地怒责道。

原本就受了惊吓的季淼现下更是"哇"一声委屈地大哭起来。

谷惠站起来推开季之显:"你走开!发什么疯!女儿都差点出事了你还打她。"

季之显火气更大,又将矛头指向了妻子。不远处与季淼年纪相仿的孩子们都害怕地躲到了自己的父母身后,被大人们拍着肩膀挡住眼睛安慰。季淼见状哭得更大声了,季之显见围观的人越来越多,有些失了面子,大声吼了出来:"哭什么哭!都给我起来,回房间收拾东西,晚上就回笛城!别在这儿给我丢人现眼!"

幼时的季淼没有那么多关于羞耻或者丢人的概念,她最直接的感受是疼痛和害怕。每次忽然动怒的父亲就好像被魔鬼附体的怪兽,记忆里数不清有过多少次,她都在祈求神明让自己换一个爸爸,到头来却总是

发现这只是不切实际的空想一场。

遇见从蕈恰好就是在这个关头。

当天晚上季之显的火气消了，便也没再提回家的事情。季淼睡不着觉，一个人偷偷跑到了沙滩上捡贝壳，有那么一瞬间，她其实是希望海浪能把自己带走的，这样就不会有这么多害怕和悲伤了。

"天空天空请你告诉我，爸爸在哪里……他们都说我的妈妈生病了，求你治好我的妈妈。"

听到空气里不断重复的嗫嚅耳语，季淼一步步走近不远处的那抹单薄身影。小姑娘猛然站起来回头，以十分戒备的眼神看向季淼，季淼吓得往后退了一步。

"你是谁？为什么偷听我和天空伯伯说话？"

"天空伯伯？"季淼抬头望了望漆黑一片的夜空，繁星点缀在上面，这里的天空连晚上也比笛城要漂亮和清澈许多。

"对着天空许愿，真的能实现吗？"季淼的声音沾染了与她年纪完全不相符的哀伤。

"你是谁？"小女孩比季淼要高，走近了季淼才发现，她真的太瘦了，营养不良的那种，而且皮肤很黑，但是长得很漂亮。

"我叫季淼，你好啊。"

"我叫从蕈。"

她忽然咧嘴笑了笑，这一笑露出还缺了几颗的牙齿，眼睛里满是真诚的目光，季淼也被她带得笑了。

"你是不是不开心啊？"

季淼点头："我被我爸爸打了一顿。"

"噢，我还没有爸爸打我呢。我从出生就没见过我爸爸，而且现在我妈妈又得了病，他们都说是治不好的病……"从蕈在沙滩上画着圈，听出她言语之间与自己相仿又不尽相同的悲伤，季淼心底生出一种前所未有的情绪。

季淼学着像个姐姐一样，蹲下来拍了拍她的肩膀："虽然我也说不清到底是有爸爸好，还是没有爸爸好，但是你别难过了，你不介意的话，从此以后我们就是好朋友了。你可以找我，我也可以找你，我们现在一起来对着天空唱歌吧，说不定天空伯伯真的能听到我们的歌声和心愿呢！"

"唱歌吗？"季淼点点头，从葶跳了起来，"好啊！我最喜欢唱歌了！"

……

夜晚的童谣一遍遍反复哼唱着，直到两个女生累得平躺在了沙滩上，从葶喘着气侧头对她说："季淼，你唱歌真好听。"

"是吗？"

她的话得到了从葶用力地点头确认。

"可是我很少唱歌。"

"为什么？"

"大概，是因为我爸爸吧。"

季之显太凶，对季淼的音乐天赋没有过多的肯定，反而一再挑剔，所以即便拥有同龄人无比羡慕的天赋，季淼也很少开口歌唱。因为没有办法完全敞开心扉，没有办法不再惧怕。

她得知从葶的妈妈刚刚患上了重病，亲戚纷纷落井下石，可是从葶身体里有一种非常蓬勃的生气，让她特别向往和喜欢。在渔村的几天里，季之显忙着应酬也不带她，从葶便带着她游玩了好些地方——河里抓鱼、沙丘里玩过家家、上山摘果子吃……让季淼的心腔尽数被温暖所充满。

分别很快就要来临，季淼和从葶都舍不得彼此，季淼拖着一边抹眼泪一边噘着嘴的从葶来到卖手工艺品的地方，买了两条六芒星手链，其中一条给她戴上，模仿着电视剧里的桥段对她一字一句认真说道："这是我们长大后再相见的信物，你不许把它弄丢了！"

从葶非常用力地点头。

所以那个时候啊，天空高远，风声清澈，我们从头到脚都是彻底的快乐。

可是……

"买手链这真的是非常非常非常幼稚的把戏,是现在在电视剧里看到我都会鄙视很久的梗,真是一认识你果然我整个人的智商都被拉低了。"

从荨一边从冰箱里给季淼拿果酒,一边吐槽当年见面的场景,她每一次想起都会觉得丢脸。

"可是从荨,并不是你吐槽了,七岁那年的故事就可以当作没发生过。"季淼喝了一口果酒,一边看着她炸毛的样子笑。

"我后悔刚刚一时心软把你放进来了,就应该关门把你赶回家去。"从荨咬牙切齿。

"你怎么舍得呢?"

"有什么舍不得的,你要么回家要么就去找你的冠树学长,都跟你说了本小姐气量大得很,根本不会在意你犯的低级错误,还偏偏要跑过来登门道歉,真是笑死了。"

季淼顶嘴:"我才不是来看你的,我是来看手链的,快把它拿出来,我可心疼了,你都没保护好它。"

从荨气得就差泼她酒了:"没良心的。"然后回房里把装着碎手链的铁盒子递给了她。

季淼叹息:"怪可惜的,不过也这么多年了,算是功成身退,你下次见到芷澜学姐也不要一副吃了人家的模样。"

"就你好心,可你这好心别人也得收才行啊,如果夏芷澜知道你和何冠树之间的事儿,指不定怎么整你呢。"

"你又乱说,我和冠树学长之间可什么事都没发生!"

"那只是还没发生,又不是你不想要发生。"

"从荨你少胡说!我打死你!"

……

闹得累了。

季淼和从荨并排躺在阳台的布艺沙发垫上,抬头看星空。

季淼叹息:"我还记得,你大学时候可高冷了,刚开始总一副拒人千里之外的模样,喏你看,就像这样。"她放下酒瓶,一跃跳了起来,赤脚踩在沙发上毫无形象可言地开始模仿那时的从葶,"我记得那时候你就挑染了玫红色的头发,然后你走路自带有风,所以那抹头发就飘啊飘,就像这样。"

季淼在刻意吹自己额前的发丝,从葶捂着肚子倒地笑:"丑死了,啊啊啊!"

"还有这样,你喜欢把书包单肩搭着,然后习惯仰着脸,看人的时候也喜欢抬头指点。别人在远处看起来自然觉得你好帅好帅的,可是你知不知道因为我比你矮,所以和你一起时我总是只能看到你的下巴,就像这样戳戳戳,可好玩了。什么外面人口耳相传的'从葶每走一步路都有一种朝着自己选定疆土而去的难以名状的女王气场',在我这里简直就是幼稚儿童的典范啊好不好。"

从葶开始活动筋骨,恶狠狠地警告她:"季淼你完蛋了!"

"啊啊啊,救命!"

……

——完全无法忘怀,这和你一起经历的所有。记忆从年幼和你相遇便开始在我生命的长河中绵延至今,有血有肉,日久弥新,在每一个无法入眠的深夜里都是抚慰我的存在,让我一旦想起都会眼角酸涩。只要能摸得到手链上的温度,就仿佛未来还能有再相见的可能,两个人牵着手在遍布人群的市集疾走,感觉就像在旷野上迎风奔跑。这些如此动人温暖的曾经,我又如何能轻松地割舍与放弃?

幸而,你我终于相见。

『贰』

台里帮助新人最快成长的方式,向来是师父领进门,修行靠自身。

可问题是,颜默诗的师父死巧不巧落在了季淼头上。

尚来不及说出反驳的话语，主任就"啪嗒"一下合上记事本，眼神扫了一圈会议室内的众人，嘴里象征性地问了句："大家都没什么问题吧？"

其实压根没给大家"有问题准备提意见"的时间，他很满意地点点头，站起身说了句："那就这样，散会。"

临走到门口，主任还不忘回头对他非常看中的季淼嘱咐："多带带颜默诗。"

季淼只能闷闷点头。

"祝顺利哦。"师兄前辈们纷纷和颜默诗打过招呼后依次朝外走，颜默诗都回以礼貌又热烈的笑意。

季淼看着她像花蝴蝶一样扇动双翼，真的很美，而她的笑容也是真的非常具有欺骗性，很纯良、很温柔、很无害。

颜默诗走到季淼座位前，挡住她面前的部分光线。

季淼抬头，颜默诗的眼睛弯成了一道桥，笑颜如花："其实之前主任找我谈过话问我感兴趣的方向，也给我提供了几个人选，是我自己告诉他我对你现在从事的方向比较感兴趣。主任虽然有些担心，但我觉得我们又是这么多年的同学，合作起来应该会很有默契，所以，祝我们未来合作愉快。"

季淼非常不情愿，但还是耐着性子听她讲完了这一串不含多少真情实意的话，并伸出手和她伸过来的手交握，算是完成了一种仪式，然而心里更多的担忧是——未来要常常出现这样的情况，要与她朝夕相处。

她能怎么办呢？

忽然觉得前一刻还在调侃让从蓦接受夏芷澜的自己是多么不理会世间艰辛啊，有时候你若不尊重生活，生活说不定下一刻就会送给你一份相似的惊喜。

季淼沉默地转着手中的笔，没想好怎么回答颜默诗，就没开口。

倒是坐在她身侧的宋一燕扶了扶眼镜，不合时宜地问了句："不好意思，颜默诗你刚刚说的主任的担心是什么？"

颜默诗面色有转瞬即逝的难堪,而宋一燕也没打算等她回答,像是了然地点头说道:"听起来你像是在说主任担心季淼的实力,觉得她没有办法教好你,是你劝服了主任相信你和季淼之间会通力协作,激发潜能。一切都是你的主意,我们季淼应该谢谢你给她这个证明自己的机会,对吧?"

一口气说完,像终于舒出了压抑很久的不满,宋一燕微微笑,收拾完自己的东西,在颜默诗愤怒的目光中离开了。留下表情丰富的季淼愣愣看着门的方向,师姐会表明立场支持自己,这是她之前没有想到的情况。

……

"你说你们主任把你和颜默诗分为一组了?"

"嗯。"季淼一边打饭一边默默听着从葶在电话里的吐槽。

"自求多福吧,要说她没有目的,打死我也不相信。"

"哎,你那边怎么样了啊?"

"我在家啊,可舒服呢,想画什么就画什么,没人指手画脚的感觉太棒了。"

可以明显听出好友欢笑背后的逞强,她很识趣地没有拆穿,因为她也好不到哪里去。

下班后心情并不好,季之显警告过她,单位里的坏情绪不要带进家门。

都说家是能让人完全放松下来尽情栖息的地方,可在季淼这儿,如果不顺心,下班了便不敢即刻回家,生怕一言不合,坏情绪就和季之显的敏感点撞上,然后大战一触即发。

默了会儿,季淼觉得能求助的也只有一个人了。

『叁』

你的身侧有一位完美的朋友,无论从各个角度看过去,都只能看到完美的外表和完美的内在。所有的人都爱她,你无法说出任何一句有关她不好的言论,你只能在你自己努力圈起的领地里,渴望远离她,渴望

不受到来自于她的任何困扰。然而，这位完美朋友，偏偏总是喜欢落落大方地出现在你的面前，无辜又委屈地问你，为什么不和她做朋友呢？

——你遇到过这样的情况吗？

——你有打破这种局面的方法吗？

这个问题，从荨从认识颜默诗的第一天就开始思考了。

从中央楼梯上来，往左走是易维亚高中二年级1班到5班的教室，右侧则是6到10班。

易维亚高中是笛城与圣蒂亚高中齐名的王牌高校，升学率高到令人发指，每一届只有十个班，每班只有四十个人。除去少部分考试超常发挥得以进来的学生，其余都是从小到大的资优生，也许刚刚与你擦肩而过的戴着笨重眼镜的男孩子，就曾获过无数个数学竞赛的奖状。在这所校园里，你不能小觑任何一个人，他们不止学习好，人际关系更是复杂。当然常混迹于学生会顶层的那些人，家庭条件还非常优渥，比如何冠树，比如邵青延。

身为家里倾尽了所有才让自己转进这所学校里的转校生，一开始就注定只能在最不被人重视的阶层摸爬滚打，对这样的现实妥协不是从荨的性格，她无法决定出生的阶层，但她可以决定她未来站定的位置。

她有方向，她也有一步一步努力接近那个方向的计划。

在进教室之前，率先闯入耳郭的是一连串太过刻意的银铃般的笑声。

"我买到了！"

"呜呜……我的零花钱昨天买了衣服，不够花了！你给我看看！"

女生快速地从对方手中抢过最新的《星尚》流行期刊，果然满眼都是"这个夏天请叫醒你的复古热潮""圆弧领流苏雪纺衫搭配糖果色短裤和彩虹鞋做甜美女生""男生好感度最UP的女生妆容排名"诸如此类的彩页。

"这本流行期刊超贵的，你每期都买，还要去配合买这上面介绍的东西，你爸爸妈妈给你的零用钱真多！"

被称赞有钱的女生脸蛋红扑扑的，娇羞地微微推脱道："没有啦！我是帮默诗买的，她家才是真正的有钱。你们看这期杂志的内刊，果然大部分都被默诗上个月预言中了哎！她真不愧是我们年级的时尚公主！"

从荨瞥了一眼这群打扮的精致漂亮的女孩子。

"默诗来了。"

从二年1班走出来的女孩子，中分的棕蜜色头发柔软地搭在肩上，发梢弯曲，鹅蛋形的脸庞，眼睛很大，美瞳的颜色略显浮夸。她穿着淑女屋的连衣裙，在发间别了枚小而别致的发饰，从荨记得是刚刚匆忙一瞥间杂志提到的"让短发也可以很新潮的千变万化的Q形发针"之一。

"默诗，你手上这枚戒指好漂亮，这个钻石好炫啊，这就是你之前说的施华洛世奇的水晶蓝系列吗？"

"默诗，你为什么要戴在小拇指上啊？"

女孩子微笑，声音柔和："表示独身主义呀。"

"那么多男孩子追你你都没有喜欢的哦？"

她们又开始叽叽喳喳起来，看来这个叫默诗的女孩子真的很受欢迎。

从荨走过来，懒懒的口气："借过。"

被突然打断的人都很不快，但下一瞬又都被从荨浑身散发的气场所震慑，她们自觉退开一些。

从荨走出几步，回头冲正中央公主身边的女生们说道："那枚钻石是假的，真正的水晶蓝的颜色不会这么浓郁，会更淡一些。"

"你怎么知道？"有人替她们的公主不平。

"施华洛世奇这款戒指临上市前又被召回，现在能看到的实物都是赝品。"

从荨说最后一句话的时候视线直直对上了颜默诗，对方依旧冲她温柔地微笑，大方得体，没有任何被戳穿的怒意。

偏偏就是这种笑意，让从荨对她生出了比旁人多一丝的在意。

"丁零——丁零——丁零——"

上课铃声响，女生们依次告别回了各自的教室，经过她身侧的时候都不忘小声嘟囔几句"有病吧"，从葶仿若未闻。

话题中心的女生终于也慢悠悠迈开步伐，她双手背在身后，微微耸起肩，一步一步轻快又漂亮地移动到从葶面前。

从葶很高，颜默诗需要仰起头才可以仔细观察这个不速之客，短发的女生，身形高挑，比例很好，但是眼神和表情都太冷——不好相处呢。

如果没有办法将她变成自己的友盟，那从一开始，就只能当作敌人了。

这样想着的时候，颜默诗的脸上依旧挂着非常甜美的笑容，她在经过从葶身侧时说道："以前我们好像没有见过，如果是转学生，还是希望以后可以相互指教哦。感觉你也是很懂时尚的女生，非常希望可以和你做朋友呢。"

离开了。

真心交友的人怎么会连姓名都不作介绍，也丝毫没有想要知道自己姓名的打算？即便是演戏，都懒得演全套，如果会被这样的表象所骗，那从葶觉得自己的智商就真的沦为与刚刚那群女生一样了。

从葶失笑，低头看一眼自己的转学通知单。

报到班级一栏写的是，二年1班。

她忽然觉得，更有趣了。

『肆』

跆拳道社。

季淼不是第一次来这儿了。

自从大学里慢慢与邵青延、何冠树熟稔起来后，她就会间断性地来看邵青延练习。

她永远记得第一次亲眼看见邵青延训练时，心里的触动。男生一袭纯黑训练服，腰间的束带也是黑色，纯金的字符镶嵌其中，她看见那个代表数字9的希腊字符随着他的起伏和呐喊，发出耀目又热血的光芒。

他的双手挡住立体脸颊，对手从一个变为两个，再到四个，而他始终能抓住人群的焦点，招招凌厉，力道精准，青涩与狠戾的气质在他身上完美并存。隔着光影，季淼可以清晰看见他眼睛里雀跃的火焰，那是让他整个人都蓬勃起来的力量。

身侧人群有越来越高涨的骚动，女生侧目。

光线由暗到明，身侧的空气都仿佛受了惊，男生发出一声若有似无的感慨，在她身侧慢慢坐下。

"冠树学长……"季淼感觉整间训练室内女生们的目光一瞬间全都汇聚到自己身上来了。

何冠树仿佛早就习惯了，他越过她的身子朝季淼另一侧的从蓴从容说了声"嗨"。

从蓴挑眉热烈回应，顺势用手肘碰了碰季淼，季淼更加尴尬了。她低下头碰了碰额前的刘海，举起的手试图挡住更多的眼神探寻。

场上的训练仍在继续，每一次的进击和退守邵青延都在全力以赴，四个对手都被邵青延放倒，观众席上掌声一片。

"跆拳道有的时候，是一种非常孤独的运动。"

不知道身侧的学长为何会忽然这样说，季淼望过去，只瞧见何冠树微扬起的下巴，暮光映在他的侧颜上，明灭清晰，他的声音里却带了几分让她猝不及防的心疼。

孤独？

那时根本未能体会懂得，在很多年后却会忽然敲醒你，就好像此刻——眼前是又深邃又空旷的长廊，漫长的阴影从远处朝她袭来。这条路他曾独自走过无数个日夜吧，就像从蓴对她热爱的设计追求，像冠树学长对他的钢琴房，也像是一直傻傻仰望天空的自己……我们每一个人，都是这个浮沉世间的一个个渺小单体，也许彼此间曾建立过各种各样的联系，相互依傍走过长长一段路，可能在这一路中，我们成为彼此的肩膀和脊梁，相互给予力量和荣光。但总有那些被黑夜攻陷的角落，是对方难以抵达的风港，我们只能独自在其中，舐舔自己的情绪，这就是冠

树口中的，会突如其来难以言说的，孤独。

空气里悬浮着运动的汗意，她单单立在这儿，等人来。

门房管理姗姗来迟，见到她，笑一笑："小姑娘来了啊。"

季淼点点头，问他拿更衣室的钥匙。

盘发，更衣，换鞋，锁箱。

朝训练室走。

她推开门。

空气里传来邵青延沉稳有力的闷哼声，回声响彻整个训练室，只有他一个人。

地上延绵着巨大的保护毯，她赤脚踩上，偌大的黑色之中，他也是一袭黑衣，像与灰黑色的背景融为一体。

见到她，邵青延停下旋踢，原地往后踏跑了几步，试图平稳喘息："季淼你怎么来了？"

她半鞠了躬："也好久没来练了，今天想要运动下。"

邵青延目光稍移，越过她往身后瞧去："就你一个人？"

"嗯。"她刚想解释是她没有约从葶，却被邵青延淡淡打断："你先去热身吧，等会儿帮你练。"

跟着邵青延断断续续学了这几年，虽然不算专业运动员，至少身体的力量感上来了，抬脚踢向沙包时、手肘或整个身体撞上去的那一刻，她也会为自己浑身发出的吼声感到诧异。

"手肘要再抬高一点，挡住自己的下巴，这边要朝这个方向避一下，你看如果这时候有人从你右方挥过来，你就可以给自己留下反转的余地。"邵青延脖子上挂着毛巾，手把手提点她的动作，"再来一遍。"

季淼点头，额际的头发都已被濡湿，脸庞泛红，她提力，用力一声"哈"朝沙包全力击去。

邵青延帮她做手臂拉伸："要不要和我打一局？"

"我可以吗？"

"你害怕吗？"

"有点。"

万年冰封没有表情的黑炭脸，忽然被她逗笑了。

季淼退后了半步，挑眉的样子好像在说，难道还不允许对手害怕吗？

以前只有看着从葶和邵青延对打练习的份，每每从葶都会被他摔得惨样迭出，季淼在场下捂着眼睛不敢看……"所以今天，我是来替从葶挨打的吗？"

遭了邵青延一个白眼，季淼却像是从刚刚他难得丰富的表情里获得了巨大的鼓励，跑上去进击道："青延学长，你知不知道我第一次来找你说话的时候，我快吓死了。真的紧张得想找个地洞钻进去，要不是为了从葶，我根本不可能做出那种事啊。"

邵青延低着头擦汗："看样子你不想练了。"

"我想的，也想说话而已。"

没给她反应时间，邵青延忽然一记勾拳，他有刻意留有一丝距离，但拳风还是狠狠擦过了季淼的左脸，女生愣了半秒，迅速进入了备战状态。

"学长你耍赖。"

邵青延不说话，季淼昂头："你一听到从葶的名字就朝我发脾气，就跟从葶一听到你的名字就朝我发脾气一样！"

邵青延皱了皱眉："你什么意思？"他还没问完，冷不防右脚遭到季淼的扫地回旋踢，青延避开，依旧为自己的疏忽而感到不可思议，他指着季淼又气又无奈，"你。"

季淼歪头："有来有往，打平了。"

邵青延最终只能抚着头发自顾自地笑了出来："所以，我平时比赛的时候都不会同人说话。"

"可现在只是帮我练习啊，而且青延学长，你以前不比赛的时候也不怎么同人说话。"

邵青延摇摇头，大意了。

这个丫头今晚无缘无故跑过来，绝对不是练习这么简单。

……

屋外从薄暮转为夜深,将整个房间的白炽灯都关了,只留下桌上昏黄的台灯,影影绰绰的光晕映在敞开的铁盒上,彻底断裂的六芒星手链随意躺在盒子里,另一侧摆着平整的白纸和笔,从荨想画些什么新的来替代它。她拾起一颗珠子放在灯光下看,很混浊的内体,依旧可以看到清晰的裂痕——是恨夏芷澜多一些,还是颜默诗多一些?

毕竟,如果没有遇见颜默诗,没有和她在走廊里兵戎相见的那一幕,她也不会误打误撞认识宫御风。她以为已经铁板钉钉的转学事项也不会临时被告知无法录取,她全家耗尽心血的努力全都因为那个女生轻飘飘的几句话作了古。她从最悲伤无望的状态里艰难爬出,为了自己的梦想不得不绕更远的路付出更多的汗水,她原本能和季淼早一些的重逢,也因此拖了三年。她一直都以为那是一场意外,三年后才被告知那却是一场人为。

这种曾经遭逢过横生枝节耽误梦想的人,如今只不过妄图伤害她的人从颜默诗换成了夏芷澜,从荨怎么可能不如临大敌?

可是这些,季淼懂,邵青延永远不会懂。

这才是她觉得最无力的地方。

『伍』

黑夜总有这种魔力,能让记忆穿越时空再度鲜活,能让所有的声息都关上阀门,能掩饰掉所有破土而出的生命萌芽,当然它也可以同化所有显而易见的不堪。

易维亚大学的体育馆后勤室,人迹罕至的地方。

从荨的目光死死望着五米之外正坐在椅子上不怀好意的宫御风,即便穿着打扮刻意装得成熟,却依旧收敛不去面容上的年轻,他的身边站着三个小跟班,同样不怀好意地齐刷刷望向自己的方向。

宫御风悠悠地把从荨浑身上下打量了一圈,最后停在她满含愤怒的双眸上,笑了:"刚刚不是还挺能骂的?现在嘴巴封了起来就没声了?我还以为能骂出多少难听的话呢。"宫御风跷起了二郎腿,人也往后靠了靠,"其实就是昨天来跟你们易维亚打了一场棒球赛,我这运气不太好,一不小心输掉了比赛。然后我这就听说啊,你们易维亚对我的事好像造谣造得挺严重的。"

从荨依旧是"咿咿呀呀"的声音,心想我根本不认识你,你输了比赛你活该,和我有什么关系。于是人也不安分,奈何被三个人紧紧贴着墙按着,只能继续被动地接受宫御风的羞辱。

"于是我又来你们易维亚晃一圈,看看到底是谁在背后造谣。你们以为我喜欢来这儿?要不是出了这事,谁稀罕来。"宫御风顿了顿,看着从荨笑,这笑容让她想到了不怀好意的豺狼。她挣扎得有些累了,现在只希望他能快点结束。

宫御风说:"我还记得你,你不就是三年前,企图转学进易维亚高中结果被我赶出来的那个吗?哈哈哈!"

从荨猛然抬头!

他说什么?

她整个人忽然抖得厉害,被突如其来的真相击得措手不及。从荨爆发出难以克制的愤怒,宛如要挣脱枷锁的烈马,竟然被她真的挣脱。三个小跟班吓蒙在原地,只见从荨扯开了嘴上的胶带,冲到宫御风前就将他从椅子上拉了下来,两人扭打在了一起。从荨怒道:"你刚刚说什么!你给我解释清楚!"

宫御风还没从惊吓中缓过神来,除了大声咒骂,他只想赶紧摆脱她:"疯子!谁让你得罪颜默诗,她来找我说有个很讨厌的转学生转到他们班了,她不想看见那个转学生。我一看你并没有什么背景,就托我爸办了这事儿。为你这破事,我还跟我爸承诺一个月乖乖的不能闯一点祸!不过话说回来,这事你是不是过了三年才知道?你是不是直到现在还以为你当时费尽心思转进易维亚,结果被人顶替掉了转学生名额是运气问题?我告诉你从荨,这世上从来就没有运气这一说,有的只有六个字,

叫'不费吹灰之力'，在有人有钱有权的地方，我们有能力轻飘飘踩死你们这样的人。"

……

吵闹的声音太大，内容又和易维亚高中有关，很难让人不去关注。

经过走廊的季淼默默停下脚步，站在未被遮掩严实的窗缝前，朝里望去。

"把她拉起来！"

三个跟班立刻红了眼，粗暴地将面如死灰的从葶拖到了墙边："老大，怎么教训她？"

宫御风擦了擦嘴角，又理了理头发，这才重新打量起因为过度绝望和气愤已经接近扭曲的女生。他瞧见她的美眸里蓄起了一层泪水，却倔强得不肯流下来。

宫御风不免叹气道："你委屈，你生气，你想骂人，你想打人，可是你却没有任何办法。"宫御风又仔细扫视了一圈周边，眼睛忽然一亮，"我想到玩什么了！"

眼见他拿起的是飞镖盒，从葶心一沉。

站在外面的季淼也同样浑身一冷——不行，一定要帮她。

几乎是立刻就做了这个决定，可是宫御风同样是季淼惹不起的人，她该怎么办？

"哗啦！"

"竟然下雨了。"宫御风看一眼窗外，"下雨天最适合玩飞镖了呢。"

三个人立刻懂了老大的意思，将从葶张开双臂贴紧了墙。被折腾到现在的女生，尤其是刚刚得知了三年前转学事情的真实内幕，短时间内受的冲击有些大，整个人都有些困顿和萎靡。她宛如一个木偶，任由他们摆布。她觉得很屈辱，可她没有办法，她不想承认，但是刚刚宫御风的话是对的，至少在这一刻，没有人能帮助她，她只能做这些讨厌鬼自大狂的整蛊对象，这种认知让她又悲伤又无奈。

说不害怕是假的，尤其对面那个人真的从位子上站起来，撸起袖子一副认真的模样单眼拿着飞镖不断比画,终点不是别处,正是自己。从荨浑身开始冒冷汗,"唰"一下,飞镖出手!她闭上眼。

她好像感受到了风蹭过的痛意,飞镖扎到了她左侧手臂上方的墙上,然后反弹掉到了地上。

"Woo!"跟班们开始吹口哨,宫御风的眼眸都瞪大了一些,他开始兴奋。

走廊里的季淼急得不知如何是好,她想不到办法,但是无论如何,她一定要救下这个女生。

"唰"又一记飞镖!

这次伴随叫好声的还有女生的闷哼声——飞镖蹭破了她右腿的皮肤。

季淼忍不下去了,拿起手机就开始以近乎喊叫的声音伴装打电话:"冠树学长,我现在在体育馆一楼的后勤室这边,好的我等你们,青延学长先过来了是吗?那我去和他会合。"

里面的人显然也听到了动静,门拉开一条小缝,一个胖跟班露了个脑袋,眼见季淼一个人站在走廊里,忽然有些犹豫:"你是谁?"

季淼假装慌乱道:"啊,不好意思,我不知道这里有人,我刚刚已经和学生会说好了,今晚的排练在这里进行,他们马上就到了。请问你们里面还有其他人吗?"

对方立刻缩了回去,"砰"一下关上了门。

不一会儿,门大开,宫御风率先走出来,三个小跟班跟在后面。

宫御风手插兜里走到季淼跟前,眼神一瞬不瞬地锁住季淼,笑了:"小丫头,回头见到你冠树学长了,告诉他一声,宫大少今天没心情见他,先走了。"

季淼不吭声,在他们经过时不自觉地往后退了退,她将手机放在背后死死攥着,幸好他们并不在意。

等他们都走远了,季淼走进去,那个女生正在冷静地整理自己。

"你还好吧?"尽量让自己的声音听上去温和一些,然而从荨没有回复。

"要帮忙吗？"

"不用。"

被非常冷淡地打断，从萼依旧没有抬起头，沉默地卷起自己的裤脚，看伤口。季淼又问道："你和他们有什么过节吗？"很少有人会因为颜默诗被孤立到这个局面，除了她自己，这让她顿时生出一种感同身受的滋味。不过这些都不是重点，她真正要帮助从萼的原因，不在别处，就在她的手腕上。

从萼低头处理伤口的时候，手腕上戴着的六芒星手链摇摇晃晃，发出很好听的声音，头顶的灯光照下来，反射出的光芒直直照进了季淼的眼睛。

见她要走，季淼立刻跟了出来："下雨了，你要去哪里，我送你吧。"

"不用。"

她一共只跟自己说了两句话，还都是特别简洁的相同两个字。季淼也不恼，依旧快步跟上。

大雨毫不客气地打进来，从萼终于有了一丝犹豫，而她的伞来得刚刚好，顺势就为自己遮起了一方晴空。

明明还想要说"我不需要你的好意"的，却偏偏在对上女生纯净的眼睛时将话吞了回去。从萼看见了她眼睛里焦急的关切，却弄不懂那种情绪的由来。

从萼冷冷开口，问她："你刚刚听到了多少？"

"都听到了。"

"……"

没料到她这么坦诚："你不怕我？"

"我为什么要怕你啊？"

季淼还想继续说下去，从萼却冷淡地避开了脸："演技还要再提高点，假装打电话这个梗很容易玩露馅的。"

季淼被从萼说得很尴尬，却无法生气，见从萼步子迈得大了，她连忙跟上。季淼比从萼矮半个头，要很费力将雨伞撑得更高一些，从萼只是看着，没有接手的意思。眼前的女生瘦瘦小小的，骨子里却好像自带一股倔强的脾气，她的齐刘海下是一双特别水灵的大眼睛，深黑色的瞳仁像一片海，对自己微笑的时候眼睛会弯成浅浅的月牙，虽然整个人算不上那种惊心动魄的美丽，但让人看着很舒服。

两人一起到了公交车站，从荨离开她的伞下。

季淼收起伞，正巧她的车也来了，她回头对从荨浅浅笑了笑："那我先走了，再见。"

从荨"嗯"了一声，算是回复。她别开头，利落的短发被风吹起，季淼莫名就想起了上周六，错过学长们的清晨，在公交车站撞到自己的女生背影。

小腿上的伤口忽然疼了起来，连带着走路都有些不稳。

从荨挑眉看她："你的腿怎么了？"

季淼想了想才说："没事了。"

接下来是道别、上车、关门，季淼看着从荨的身影逐渐缩小，最后远成了空气中不可触及的一个圆点。

——伤没事了，可是我真的很后悔，为什么没有早一点认出你，为什么没有早一点奔向你，为什么没有早一点拥抱你？

季淼靠着椅背，捏了捏自己的书包，最里层的口袋里也装了一条有些年岁的手链，六芒星的红色已经有些褪色，光线常常会渗进缺角里，像是要从里面开出一朵记忆的小花。

它和从荨戴着的那条，一模一样。

『陆』

宫御风从体育馆后勤室出来后没多久果然碰上了何冠树和邵青延两个人，他当下就笑得很猖狂："我还以为那丫头是骗我的，没想到你们俩当真要来啊，怎么？是怕我欺负得太过火了？"

三个跟班在身后发出了然的恶意笑声，宫御风面露得意，继续对何

冠树叫嚣道:"冠树你放心,我宫大少这点分寸还是有的。"

并不关心他言有所指之事具体是什么,单纯不喜欢他的态度语气,眼见他的手就要碰过来,终点是自己的左肩,何冠树蹙眉,面色立刻冷下来。

"嘿!"宫御风的手被邵青延一把挡住,他吃痛,低咒了一声抽回手,"晦气。"

邵青延拍拍自己的手,嫌脏。

何冠树准备走。

宫御风不爽,又叫道:"我说何冠树,你现在怎么喜欢干起英雄救美的事?不怕夏芷澜知道了不高兴?"

何冠树终于懒懒地看他一眼,冰冰冷冷地回道:"不如你去和她说说看。"

"你!"言语上讨不到好,打也打不过,宫御风就跟吞了一只苍蝇般不爽,他冷哼一声,走了。

"他刚刚在说什么?"

邵青延问何冠树。何冠树摇摇头,表示自己也不明白,眼神却在看到前方拐出的那个女生身影时明显有了停滞。

黑色长发,像窗帘一样的刘海,眼神纯粹,正费力地和身侧的高个短发女生说着话。

何冠树皱了皱眉,这个女生,怎么感觉好像在哪儿见过?

"冠树!"

身后忽然传来清脆的女声,何冠树没有回头。夏芷澜撑着伞,一脸明媚地朝他们所在的地方小跑而来。

"竟然在这儿碰到你了。"她明艳的五官上绽放出热烈笑意,顺势就钩起了何冠树的手,开始摇晃,"昨天的棒球比赛结束后晚上是不是在和朋友庆祝啊,都不接我电话。"

昨天晚上?何冠树想起麦当劳门口看见的与宫御风有说有笑的夏芷澜,目光又回到面前正朝自己撒娇的漂亮女孩子身上,温温笑道:"昨晚我和青延在一起。"

邵青延皱眉，盯向好友，没说话。

夏芷澜并不介意，将脸往他的胸膛又靠近了些："那你今天晚上有没有空，陪我去吃饭好不好？"

没有立刻回答，何冠树抬头，刚刚看到的女生身影已经消失在了茫茫雨帘之中。

"好不好嘛，好不好嘛，冠树！"夏芷澜娇嗔着不肯罢休。

何冠树叹气，无奈又宠溺地点头，语气清淡而温柔："那青延也一起去吧。"

"耶！"夏芷澜将头靠上何冠树的肩膀，"你最好了！"

『柒』

"下雨了哎！"

刚刚练习得太投入，邵青延和季淼都没有发现外面雨已经下得这么大了，直线般下坠的雨丝，溅落地面，晕开一圈圈水花。

"你在这里等我，我开车送你回去。"

季淼点点头："麻烦学长一晚上了。"

邵青延笑笑，离开去取车。

另一边，苦思冥想依旧没有灵感还时不时想起以前旧事的从荨，觉得需要去便利超市给自己买点夜宵压压惊。她一边抱怨笛城的坏天气一边在便利超市里挑了一大包零食，结账的时候她只是那么一瞥，透过便利超市宽大洁净的玻璃窗，她看见一辆拉风的车停在了路边。

而后从驾驶座跑下来一个男人，从荨在看清楚男人的五官后，顿时吓得失魂落魄，她转身就朝超市深处冰柜那一排走去。

从荨四处搜寻可以藏身的地方，她甚至将连衣帽也戴了起来，整个人缩成一团，伪装成仔细挑选商品的模样，口里还小声念叨着："不要过来，千万不要发现我……"

她时刻警惕着周围几乎方米的动静,好在宫御风并没有朝她的方向走来,他买完东西就出去了。从荨在听见玻璃门的"叮咚"声后又隔了会儿才再度出来,拿起门边的伞撑开,迈入雨帘中。

红灯转绿,车前雨刮一来一回地将雨水覆去又翻来。

车不徐不疾地行驶在雨帘中,季淼沉默地看着窗外雨景,邵青延忽然开口问她以前的事情:"季淼,你知道霞霏巷那次出事,从荨为什么会让你来找我吗?"

"霞霏巷?"

"嗯。"

季淼将目光从邵青延脸上移开,霞霏巷那件事情,从荨应该很想从记忆里抹去吧。她点点头:"我知道,我问过她。"

"哦?"邵青延似是对这个答案很意外,"她是怎么跟你说的?"

"学长你想知道?可我不愿意说。"

邵青延不可思议地看向女生:"季淼,你在冠树面前可不是这个样子,我以前倒还真不知道你有这一面,今晚真是让我大开眼界。"

季淼不依:"冠树学长是冠树学长,你是你。"

"嗯,看来我要和冠树多交流一下了。"季淼认栽,立刻讨好笑道,"学长想问的问题,我已经想起来了。刚刚不想说,只是因为那次是我第一次和你说话,可你太凶了,在我的记忆里给我留下了难以抹去的阴影。"

邵青延快要哭笑不得了,季淼从侧面看向他的目光,一双黑眸在星夜里熠熠发光,那光芒里的情绪悉数来自于她的好友——从荨。

季淼笑了:"好啦,告诉你啦。"

其实,自从第一次从宫御风手中救下从荨后,季淼就打听到了从荨的专业,那段时间她一直主动凑上去示好,但从荨没给任何反应。第二次撞见宫御风针对从荨,恰好也是在自己家里出事的时刻,为了帮从荨,她甚至做了险些无法弥补的决定……好在,这些都过去了。

那时候她好像是这么问过从荨,为什么会一直被宫御风针对。短短数天连发多难,从荨没答,季淼便又问她为什么会想到让自己叫来邵青延帮她,她凭什么肯定邵青延一定会来?从葶给出的答案跟她人一样冷:"我不认识邵青延,单纯觉得他比较能打,也想看他打宫御风。可我不确定你能不能叫来他帮我,我只是打了个赌,赌你去叫的话他也许会来,赌你提到宫御风的名字的话,他也许会来。总之我也不确定,哪一方面的原因占得更多,不过最后他倒是来了,算是我赌赢了。"

邵青延只是笑。

"难道不是这样吗?"

"不是这样。"

"真的不是这样?她骗我了?"

他点点头:"虽然不想打击你,但她应该真的没有和你说实话。"

"学长就这么把从葶出卖了,以她的暴脾气肯定会来找你的。"

邵青延没有再说话,心想如果真这样了,倒也不错。

从葶在雨帘中疾走,她总觉得不安全。

可这世上总有一种安排叫作,你越害怕什么老天偏偏给你送来什么。

在转弯处,忽然跃出一个黑影挡住了从葶的去路,从葶吓得险些叫出声,往后踉跄了几步站定才看清,是宫御风。

男人没有撑伞,小拇指正晃动着钥匙扣,他身上与生俱来有一种莫名的不安全感,让从葶却步。女生自己的气势不弱,平时也能轻轻松松让一群人自觉远离,但在面对宫御风时,她的这些凉意彻骨的眼神或者拒人千里的冷淡气场,根本就起不到任何作用。

宫御风嬉皮笑脸,话语张扬上前来套近乎:"刚刚在便利店里我从头顶的反射镜子里看到你躲在最里面的一排,我当时还想着是不是我认错了,没想到真的是你啊!"

眼见他不怀好意地朝自己靠近,从葶毫不掩饰自己的厌恶:"我和你没什么好说的。"

宫御风却没打算轻易放过她,试图去拉她:"别这样啊,我们也好歹认识这么多年了,一起坐下来喝喝酒聊聊天总是可以的吧。看你买了

这么多吃的，想必也是饿了，走吧，我的车就在那边。"

"我没兴趣。"

"别走啊！"眼见从荨越过他就打算快步离开，宫御风几步追上她，脸上也瞬间换上了凶恶的表情，"从荨，别给你脸不要脸！"

"你放手！"

在过去这么多年里，从荨一直都努力避免和宫御风有任何交集。

为什么会害怕像他这样的人？应该说，她惧怕的是宫御风代表的那个阶层，那个轻飘飘就能打破她一切幻想摔碎她一切美好，而她凭借一己之力，并不能试图抗衡一丝一毫的阶层。

"我让你放手！"从荨终于被惹急了，猛地推开他，力道过大，似乎划伤了宫御风的下巴。

被惹毛的宫大少爷顷刻就火冒三丈，骂出声来："好你个从荨，你真以为自己很高贵？我告诉你我是看得起你才来主动跟你示好，谁稀罕和你这样的人站在一起，别说吃饭了，我连跟你呼吸同样的空气都感到恶心！"

女生听着他刻意而毫不避讳的讽刺，渐渐攥紧了拳头，又松开。

——总是这样诋毁别人，其实你也比你诋毁的那些人高尚不到哪里去。

——而我不会因为你的辱骂就奋起反击，因为我以"变成跟你一样的人"而感到羞耻。

"所以，既然感到恶心和不愉快了，可以放我走了吗？"她语气转薄凉，宫御风却仍欲拉扯，忽然，身后传来一声轻喝。

"放开她。"

从荨回头，邵青延和季淼一块从车上下来。

"你们……"从荨不明白他俩为何会一起出现，季淼扶住她，上下看了好几遍，不停问着："你没事吧？"从荨只是摇头。

邵青延看向宫御风的眼神讯号很危险，他整个人宛如与黑夜融为一体，带着不容侵犯的气场。

宫御风有些畏缩，其实在心底里，他一直都惧怕邵青延。

"这么久没见，一见面就又碰见你在欺负女生？"

宫御风摊手："玩笑，只是开个玩笑。"

邵青延的脸黑得很彻底，宫御风自觉待下去也讨不了好处，临走前，他的目光从从荨身上移到她身侧的季淼身上，眼神不由得亮了几分："这位妹妹是谁，我竟然认不出来了。"

季淼皱眉别开头，邵青延拦住他："你有完没完？"

宫御风挣脱开他的手，退后几步，耸肩举起双手道："行，你们都烦我，我走就是了，拜拜！"

依旧用小拇指晃着钥匙扣，宫御风咬牙切齿朝他们三人站的地方啐了口，走了。

三个人之间陷入了奇妙的平静，一时没有人打破沉默。眼看雨渐渐停了，这里离自己家也不过几个路口，季淼想让他们两人单独相处，于是说："我自己走回去就行了，你们聊聊吧。"

从荨不依："一起吧，反正我家就在这儿，还是让他送你。"

"我没事的，倒是你刚刚一定受了惊吓，还是让青延学长送你回家吧。"她已经自觉退出他们二人的界限，朝他们挥挥手，"我得赶紧走了，再见啦。"

今天晚上，多亏了青延学长陪她一遍一遍不厌其烦地练习跆拳道，让她整个人都处于呐喊的状态，很放松，很享受当下。她真的很少会有这种情绪全部外露的状态，就连浑身被汗打湿、衣服黏在身上都带来了一股酣畅淋漓浑身打通的舒畅感，让她觉得生命的每一分每一秒，都意义非凡。她很感谢青延学长，所以，她也需要为他做些什么。

季淼侧目，看见邵青延和从荨的影子逐渐交叠，松了一口气。

『捌』

意识到有人跟着自己，是在走过一个路口之后。

季淼原本是不害怕的，但这个点了，街上已经没有什么路人，她每每回头，一个人影也看不到。但当她走得快了，感觉身后那个脚步声也变快，她慢下来，身后的脚步声似乎也慢了。

神经被反复撩拨，周遭的声波传递到大脑瞬间被分解为各种信号，再加工后变换为图片、影像。很难控制住自己不去瞎想，季淼感觉到自己身体的颤意越来越甚，她试图停下来拦车，无果。手机还好巧不巧在这个时候没电了，季淼害怕极了，打算用最快的速度跑回家，同时一边祈祷不要发生意外。

风声越来越大，季淼的心跳也越来越快，何况周遭是湿漉漉的雨夜，如果此刻再响起一声巨雷……不敢再想下去，恐惧和无望的情绪几乎就要撕裂她，她甚至感觉一只手已经搭到了她的肩膀上。跑得太快，不敢抬头，冷不防在转弯处迎面撞上了一个一身黑衣的人，季淼吓得不轻，立刻大声尖叫出声。

"啊……"季淼手中的伞和包掉了一地。

何冠树替她捡起，见她整个人不住地颤抖，似了然地将她顺势就揽进怀抱，手在她的后背轻轻拍打："季淼，是我，别害怕。"

"没事了，别怕。"

过了好久，季淼才终于在他的安慰中平静下来，逐渐恢复知觉，闻到了熟悉的味道，听到了熟悉的声音，知道现在自己是真的安全了。于是刚刚那一路的担惊受怕和对自己逞强的悔不当初等等情绪不断交织，季淼没忍住，紧紧抓着他的衣角，埋在他胸前就哭了出来："冠树学长……"幸好你来了，真的，谢谢你在我最害怕的时候，出现在了我的面前。

哭了好久才勉强恢复了情绪，何冠树替她将哭湿了的发丝理好，季淼这才想起来问他："怎么会碰到学长？"

"因为下雨天，所以我就过来看看。"

过度害怕和受惊，所以没有去思考他话语之间的涵义，也没有看到他眼神里的疼惜，季淼胡乱地点点头："所以，刚刚一直跟着我的那个人，是学长吗？明明知道我害怕，为什么还要吓我？！"

何冠树摇头:"我是从那个方向来的,正好在这里碰到你而已。"他指的方向与季淼来时的方向相反,他拍拍她,"不要多想了,回家好好休息。"

季淼点头,擦掉脸上的眼泪,又吸了吸鼻子,确定自己是真的平复了,便想从他手里接过东西。何冠树没给她:"没关系,我帮你拿会儿吧,陪你走走。对了,你说今晚上去找青延了?"

"嗯,去练习了。"

"他下手不轻吧?"

季淼叫苦:"是啊,摔得不轻。"

何冠树笑:"又心情不好了?需要用这样的方式来发泄?我都不会和邵青延对打,你一个女孩子竟然敢。"

"但是运动之后,确实情绪舒缓了好多,压力也排解了很多。"季淼也不得不承认,运动确实可以助人愉悦,"不过青延学长说了,针对不同的情绪得用不同程度的摔打方式,他说我要是情绪再过分些,找他也没用了。"

何冠树好奇了:"那会是什么样过分的情绪?"

季淼看了他一眼,张了张口,却没有说出口。因为更加悲伤、更加过分需要用更用力的摔倒来舒缓的情绪,只会跟身边的他有关啊。

二人一前一后朝季淼家的方向走去,没注意到身后,有人从刚才开始就一直对着他们的背影"咔嚓"一顿猛拍。刚刚季淼的感受并不是错觉,从与邵青延从荨分开到现在,一路尾随她到这里的那个人不是旁人,正是宫御风。

眼见他们走远了,宫御风背靠着墙,嘴角勾起微微嘲讽的笑容,他整个人都隐在阴影里,手机发出鬼魅的淡光,编辑信息的界面里,他飞速地敲了几个字,点了发送。

另一端,颜默诗的手机响了,她滑开。

一眼就看见了何冠树和季淼拥抱的照片。

光线昏暗,细雨蒙蒙,但是不会错的,这一定是他们。

颜默诗大惊,仿佛受到了巨大的欺骗——"季淼,一年不见,你倒是长进了不少。"

颜默诗的冷笑声回荡在冰凉的夜色里,毫无疑问,她胸腔里的一团火彻底被这几张照片点燃了。她怎么也不会想到她一直以为安全无害只会受制于人的季淼,竟然在何冠树回国的短短数日内,就可以和他发展得如此迅速。

她讨厌这样失控的情势,讨厌极了。

『玖』

——如果时间倒退,回到大学,仍旧是篮球场上忽然闯入的季淼,仍旧是她大声地请求自己去帮从葶,如果没有冠树的那句话,自己到底会不会去帮她?

——应该,还是会去的吧。

想通了这个问题,邵青延觉得胸口忽然之间变得格外轻松。

邵青延一直送到从葶家门口,才将手里的袋子悉数还给她,最终还是先开口说了那句"抱歉",却因为答应过好友,所以没能说出更多的缘由。而女生像是很懂事,没有多问,表示理解,但仍旧不愿意回去为夏芷澜工作,这是最后的坚持。

"好,那我走了。"他指了指电梯。

从葶点头:"再见。"

他想起什么,回头:"好像你有事瞒着季淼。"

见他笑容满含深意,她不解,听完邵青延轻描淡写复述完和季淼刚刚的对话,从葶脸颊发烫:"喂邵青延,那件事你不准对任何人提起,要忘掉要忘掉啦!"

他摇头,不答应。

"我打死你!"

——感觉最近自己说了太多这样的话，真的很讨厌，可为什么自己身上有那么多需要忘掉的历史呢？

……

第一次在易维亚体育馆后勤室躲过宫御风的整蛊后，好景不长，从荨又遇见过他一次，在她首次担任珠宝设计实习助理的介绍会上。

一米七的高挑身材，又穿上八厘米的闪钻高跟鞋，纯黑亮片露肩裙，妆容轻熟而不过分，项链的设计来源于她自己之手，简洁又精致。她几乎一出场就吸引了全场所有人的目光，这其中，自然也包括正在角落里喝着红酒的宫御风。

一开始，宫御风便没打算轻易放过她。他不怀好意，她怎会不知？可她不能在这次介绍会上出现任何的负面新闻，她需要在这个行业站稳脚，她机会不多，一次都不能错过，所以只能暂时收起锋芒，换上笑容：“对不起，我还有事。”

"啪啪啪！"

宫御风意兴阑珊地拍了拍手，似笑非笑："你就是这样对老朋友的？"

声音有些大，慢慢吸引了大家的目光，从荨最害怕的就是这样的目光。

"你想干什么？"她压低了声音在他身侧问。

"我想干什么你会不知道？"宫御风的脸色瞬间变冷，空气里有一瞬的死寂。他招招手，立刻便有两个模样清纯的女孩子走过来，一左一右围住他。宫御风在她们耳边嘀咕了会儿，她们的目光慢悠悠地放到从荨身上，那笑容让她觉得胆寒，想逃，却已经来不及了。

"你就是那个死缠着我们宫大少不放的从荨是吗？"

很好，已经成功地引起大部分人的关注，另一个女生紧紧跟上："从来没有一个女生被我们宫少甩了后还敢提这么多要求的，你恐怕不清楚，我们宫少心情好的时候是可以将你捧上天，可是厌倦了你你就该乖乖走开，一味纠缠，下场会很难看的。"说的都是虚构的荒唐谎言，言辞轻浮又对她饱含羞辱，从荨开始觉得，从一开始，她收起浑身的刺企图换得平静，就是一场错误。

"怎么了？"此时，从荨的经理走过来控场，她以为见到了救星，忙解释道："经理，我不认识他们，求你帮我。"

宫御风冷笑出声："宋经理，我知道她叫从荨，她刚刚称呼我宫御风，你倒是说说看，她认不认识我？"

"误会误会。"宋经理对宫御风好言以待，笑容满面，转向从荨时言辞立刻变得严肃，"不要给公司招惹麻烦，私事赶紧自己处理干净。"

从荨依旧摇头，倔强否认。宋经理气道："我不管你们之间有什么过往，立刻给我向宫少爷道歉！"显然他已经认定了从荨和宫御风之间有什么过往了，这种认知让从荨一阵无力。

"她这么倔的人，怎么可能道歉啊？"女生又在冷嘲热讽，而宫御风端着酒杯慵懒地立在一群人身后看着她，笑容得体，五官俊傥。

从荨眼里开始蓄起愤怒和怨恨的火光，她一把夺过其中一个女孩子手中的酒杯，"哗啦"一声将酒红色的液体全部倒满了那个女孩子全身。

在对方的尖叫声中，她清清冷冷地质问宫御风："你玩够了没？"

一群人大惊失色，宫御风却微笑："有勇气，我喜欢，可是……"

接到了他的眼神示意，宋经理勃然大怒，朝从荨喝道："你干什么！太不懂事了！快道歉！"

从荨的表情始终是不卑不亢："我没错，是他们故意羞辱我。"

宫御风不满意，宋经理下不了台，只能放了狠话："你不道歉，明天开始就不用来公司了，以后也不要想进这个圈子了！"

从荨霎时感觉一盆冰凉的水泼下来，将她从头到脚浇得透凉，她不可置信地看向宋经理，对方的眼睛里藏着深深的不耐和疲惫。从荨感到眼睛雾蒙蒙的，她不想要如此卑微的，可是……他们都在威胁她，拿她拼命想要保护的软肋来威胁她，她没有办法。

"好。"

简短凝练的语气，依旧能感受出那一点点的不甘。

宫御风万分满意地看着从荨的面色缓缓变得僵硬，耸耸肩笑了："不用向我道歉，向刚刚被你泼酒的女生道歉吧。不过看你似乎不大情愿，那就算了,你也知道,我最不喜欢勉强女孩子了。"

从荨闭眼,深吸一口气,转向那个浑身还湿淋淋的女生鞠躬:"刚刚是我不好,我向你道歉,希望你能……""原谅我"三个字还没说出口就迎来了一杯红酒,将她浇得措手不及。

"这样的原谅也未免太廉价了,除非,你跪下来说一百遍对不起!"女生眼睛瞪大,显然不打算轻易放过她。

从荨拂掉眼睫毛上的酒滴,抬头看向咬牙切齿的女孩子,时间一分一秒地逝去,她又将目光转到正中央宛如王者的那个男人身上。他唇角微挑,是看准了她不会舍掉自尊,宋经理想打圆场,宫御风挑挑眉,随后开口道:"跪就不用了,但一百遍确实可以体现你道歉的诚意。"

从荨笑了,骄傲地笑着,眼泪被她拼命忍着才没有掉下去,她缓缓开口:"对不起。"短暂的停顿之后,是一遍又一遍不会停歇的"对不起、对不起……"

两个女孩子和宫御风以及宋经理都傻掉了——从荨哎?那个浑身上下又傲又冷的人哎,现在竟然这样卑躬屈膝地道歉!

厅里的人群渐渐都被吸引过来看热闹,刚刚一出场就吸引了所有人目光的那个女孩子现在竟然这样狼狈……人墙越围越厚,从荨闭眼,机械性地重复。

九十一遍、九十二遍……

她越喊越大声。

在另一个角落里坐了很久的男生,终于皱眉顺着缝隙望向声音的发源地。

隐约看见一个弓腰不断道歉的女生轮廓,她的脊背却挺得笔直。

邵青延转过脸,漠不关心。

嘈杂的讨论声越来越响,从荨完成了宫御风的要求,直直地盯着他:"试问宫少爷满意了吗?我可以走了吗?"

她的嗓音都变得干涩,宫御风却晃了晃酒杯,笑道:"我要是不同意呢?"

从荨愤怒得发抖，垂在身侧的双手紧紧攥成拳，她听见自己咬牙切齿的声音一个字一个字地往外蹦："看来你对自己说过的话做出的承诺，从来都是不当回事的。如果你还没玩够，请找别人，恕我再难奉陪！"说完她干脆利落地转身。

宫御风已经触及了她的底线，她不能再任由他肆意践踏自己的尊严。只可惜尚未走远，宋经理瞧见了宫御风一瞬间难看到极致的脸色，立刻叫住从荨再次企图威胁她："从荨，别意气用事，想想自己的前途！"

从荨身形顿住。

就是这稍一停顿的时间，方才那两个帮着宫御风的女生不知何时已出现在她身侧，背部好像受到突如其来的推力，鞋跟又太高，整个人重心不稳朝前倒去，从荨重重栽倒在地，手肘和脚踝处传来猛烈痛感！

"宫御风！"从荨回头，美眸狠厉地瞪向责难发起人。宫御风扬扬得意地朝她走来，意图继续羞辱。围观的群众终于看不下去了，纷纷开始谴责，也有人挡在了宫御风面前阻止他靠近。这让宫御风脸上有些挂不住了，他怒气高涨，将一切罪责都扣在从荨身上。

人群中的骚动越来越乱，邵青延眉峰微皱，想要抽身离开。

却在此时听到身后爆发出一阵巨大的喧嚣，邵青延回身，看到宫御风正叫嚣着大力推开人群，目标直指从荨，眼神里写满了危险的讯号。从荨望着离自己越来越近的他，看着他停在自己的身侧，还有握拳举起的手，她闭上了眼……

没有预想中的疼痛，眼前光影被人遮住，从荨眯眸，忽然出现挡在自己面前的男生身形高大，他紧紧掣肘着宫御风的动作，话锋极冷："你是越来越没风度了。"

那人，正是邵青延。

宫御风见到死对头来了，更是气不过，语气阴翳："怎么到哪儿都能看到你？你是我的跟屁虫吗？"

"向她道歉。"

"道歉？下辈子吧！"宫御风眼睛瞪得极大，咬牙切齿地冲着邵青延吼,"你给老子滚开,否则要你好看!"

可话还没说完,就被邵青延以标准又霸气的跆拳道姿势一脚狠狠踹开,宫御风几乎是飞了出去,撞倒了一堆器皿。

"邵青延你给老子等着!"

邵青延冷冷看了一眼宫御风:"随时奉陪。"而后才回头注意到丛蓴,她脸上全是冷汗,他也顾不上再教训他们,蹲低身子扶住她的肩膀将她扶起,"你的脚有没有事,还能走吗?"

丛蓴点点头,邵青延便松开了一丝力度:"我带你走。"而后扶着丛蓴迅速离开了现场,留下宫御风在原地气得直跳脚。

……

那是邵青延与丛蓴的第一次见面,因为宫御风,他记住了她的名字,却没有留下好的印象。谁能知道后来,她会主动向自己求救?以她的性格,肯开口呼救,已是代表了最大的依赖。在并不相熟的陌生人面前,只有概率或者缘分可以解释这种突如其来的信任。

她信他会帮她,而他让她赌赢了。

那时候,遭逢威胁,她会为了梦想低声下气。

可现在,她能趾高气扬维护梦想,不容任何人侵犯。

她长大了,这么多年里,靠自己的努力,用自己的能力,一步步构筑出保护梦想的王国。

他应该支持她的,应该为这样闪亮、这样发光的她而感到自豪。

如果未来依旧有人想要伤害她,如果有一天她再度失去了保护梦想的能力呢?

没有关系。

让他来。

『拾』

凉夜温柔,风声清透。季淼洗好澡躺在床上,插上耳机听歌。

正在播放的是何冠树的钢琴曲,早前就被她下载在了手机里,她合上眼,感受寂静凝练的钢琴声从小溪汇入湖海,在她面前呈现出越来越广阔的景象。

季淼滑开屏幕,点开何冠树的联系方式界面进行编辑,将他最新的单曲设为他的来电铃声,而后又进到歌曲剪辑手机软件里,前后试了十几次,终于挑中了一段十秒的曲子剪辑好保存,设为何冠树的专属短信铃声。

弄完这一切的季淼,觉得又欢喜又激动,就好像自己同他之间建立了某种更深层次的联系。她整个人摆成了"大"字躺在了床上,举起手机,不断在他的联系方式界面来回切换,看一看他的头像,听一听他的声音,于是,现在度过的每一分钟,都好像也跟着染上了粉红色的泡泡。

她没注意碰到了通话按键,将手机往被子上一扔,人仍旧是躺着,眼睛盯着天花板,将那儿假想成了无边无际的星空,她想起了那首歌,温柔的,有力量的,陪她度过漫长岁月的那首歌。不自觉地,她开始哼起了熟悉到不能再熟悉的曲调,指尖也开始在空气中描画那只鸟的轮廓。

终于意识到身边还有其他人的声音,在拉回意识仔细辨认后,才从耳机里听出了冠树学长的嗓音。

季淼打开手机,立刻弹了起来,差点从床上摔到床下,她刚刚竟然不小心拨通了何冠树的电话却不自知。

何冠树的声音有些轻快:"刚刚好像听到了歌声?是你在唱歌?"

"没有啊,"非常紧张所以下意识就否认,季淼咬唇,"学长听错了吧。"

"也有可能,是很模糊的声音,这首歌是我很多年前写的,知道的人并不多,我竟然出现幻听了也是奇怪。"

对他的解释季淼听得脸颊发烫,却还是勉强维持着镇定:"原来是这样啊。"

"对了,找我有事?"

"……并没有。"正跪坐着的季淼,左手举着手机,将脸埋进了右手掌心,声音从掌缝间蹦出,"我按错了。"

何冠树在那一头轻轻笑了，他笑她的诚实，连谎都不会撒。

"没关系，如果以后想打电话了，可以随时找我。"

他的声音在夜色中潺潺流动，带来承诺，带来宝藏，让她心海忽然涨潮。季淼脸颊烫意明显，轻轻"嗯"了一声答应了。她听见他极淡极缓的呼吸声，想象着他现在的画面。

"学长在干什么？"

"开车回家。"

从她家的方向开往他自己家的方向，不知道为什么，胸腔里竟然会忽然涌出一股久违的热流。何冠树眯了眯眸，将目光投向前方的宽阔马路，两侧星星点点的路灯映在地上，像是一片温柔的星海，他淡淡开口道："很温暖。"

季淼被他的情绪感染，也感慨道："是啊，真的很温暖。"

——在每一个将要入梦的深夜，都能听见你的声音，听你笑着对我说晚安，这真的是我所能想到的，在这世上，最温暖的一件事了。

——这统统都来自于你的，无限盛大直至光年的，温暖。

Chapter 4
第四章

我甘愿以虔诚之名向你知更
为你跋山涉水穿越春林与茂盛

『壹』

生活的节奏永远飞快，电视台里上一期的节目策划似乎没结束多久，新一季的节目策划方案又出台了。

一周一度的策划会议，会议室内讨论声经久不衰热烈非凡。

季淼从拿到策划方案时就开始觉得不适，她实在无法在众目睽睽之下对着方案封面上的何冠树一直看，眼神会泄露她的心思，会让她做出不由自主的行为，尤其是身边的女孩子们已经爆发出了成片的"好帅啊""超级有才华的男人啊""刚刚举办过个人演奏会呢""好想负责他的专访啊"诸如此类花痴的惊叹声。

"何冠树，毕业于易维亚大学，留学三年归国，刚刚在笛城举办了一场相当成功的个人演奏会。钢琴水平可以用行云流水出神入化来形容，同时外形也非常亮眼，教养也不俗，已然成功跃居为笛城新贵，风头正足。各大网站的搜索指数与日俱增，各方面的人气和市场效益都不容小觑，正好也与我台下阶段关于'艺术成长'的专题策划主题吻合。所以我们近阶段打算跟踪报道何冠树，要针对性地出几篇高质量、有特色的个人专访。现在开始组队，这次台里的想法是跨部门通力合作，现在征集个人意愿，有人有这方面的意向吗？"

"我我我!"

大大出乎季淼的意料,前后左右真的有很多很多人举手,大部分都是女生。

她不自觉地将笔记本半举了起来挡住下半部分的脸,椅子往后滑了半步,落在喧闹人群之后,露出一双大眼睛不可置信地看着眼前一个个女生进行如此激烈的争夺。以前那么多次的策划案大家都是能推则推,哪里像这次。季淼在心里腹诽:"这就是不得不承认的帅哥效应啊。"完了也不忘鄙视自己,还有资格不爽别人这样?自己不也是在这种状态里度过了这么多年。

季淼默默地翻动着打印出来的何冠树的资料介绍,每一页都可以感受到他的光芒,这么多人爱慕他,她觉得自豪。

方案写得还算可以,但有很多关于何冠树的细节写得都不对,一看就是站在路人角度的评述,并未和他私下里有过任何交集,季淼的心里生出一丝淡淡的优越感。她合上方案,一抬头就对上对面同样不争不抢异样冷清的颜默诗,正满含深意地打量自己。

那眼神让季淼不寒而栗,立刻清明了起来。

颜默诗冷冷一笑,移开了目光,季淼久想未果,但是心里浮起不安。

一排台领导在座位上交换好意见,初步组队人选定了下来,听到自己名字的女生们个个眼神里都是难以遮掩的兴奋,没有被念到名字的女生们一个个都唉声叹气满含羡慕地看着被选中的人。

台长补充道:"团队并非固定,一切以结果为导向,不合适的人会被换掉,有才的青年也会随时加入其中,希望大家通力合作,拿出市场和观众想看的好节目好报道出来!"

"是!"

女生们士气高涨,仿佛已经预见了成功。

宋一燕在身侧嘟囔了一句:"让这些女孩子负责采访,不仅拿不出像样的结果,搞不好还要出事,也不知道台领导是怎么想的?"

季淼看她一眼,没有回复,她自己不在人选之列,倒也情绪淡淡,毕竟进台第二年了，台里和她自己的定位都是让她开始往台前转型，而刚刚进台尚还没有多少经验的颜默诗，却出乎众人意料之外，入选了。

"考虑到颜默诗也是毕业于易维亚大学，同何冠树交流起来会更直接有效。"

这是台领导的一致决定。

会失落吗？季淼问自己。

好像更多的情绪是担心，季淼看向正襟危坐的颜默诗，她的长发遮住半张脸颊，露出一双分外明亮的眼睛，那眼睛的欺骗性是如此之强——可是不用怀疑，她是自己最大的不确定因素。

『贰』

茶水间，一群女生在冲咖啡吃甜点，八卦是彼此的调味剂，老习惯了。

因为刚刚散会后，颜默诗和季淼一前一后离开时被台长叫住了。台长很年轻，刚过四十岁，才华洋溢同时兼具风度，季淼一直都很尊敬这位领导，因为自她进台后感受到了很多来自于他的关怀，她礼貌地打完招呼，站在一旁。颜默诗走过来，声音很甜："台长您好。"

台长点点头，开始说正题："你们俩我也一直都有关注，好像是大学同学是吧？"

颜默诗笑道："从高中开始就是同学啦。"

季淼眨眼，没有接话。

台长没有在意，继续说道："你们俩都各有特长，季淼在播音方面更有经验一些，当然幕后也做得不错。接下来台里要力推一位女主播，我们看下来一致觉得你们俩很有潜力，也都是台里重点关注的对象，所以也希望这种竞争的氛围可以帮助你们互相进步，加油！"

季淼没有料到台长会忽然对自己说这样的话，一时还反应不过来，耳边却忽然传来夸张的声音："谢谢台长指点！我和季淼会很努力的！"

颜默诗的整张脸都明艳了起来，她雀跃着向领导致谢，一只手还不

忘钩上季淼的手臂佯装要好。

季淼觉得别扭极了,这才朝台长点点头道了谢:"谢谢领导。"

台长笑一笑,离开了。

"所以刚刚台长是在说要推一位我们电视台的首席女主播?"

"好像是的,这事儿从去年就开始提上议程了,不是一直重点培养季淼的吗?"

"只能说颜默诗运气真好,也不知道是什么背景,总觉得像空降生,一进台就资源超好的,感觉季淼这次有点悬呢。"

"唉,没办法啊,长得好看的女生总是会有更多的优待啊。"

"可是我觉得季淼长得也很好看啊,很舒服的那种,颜默诗的美我欣赏不来哈哈哈……"

水流"哗哗",隔着一道半掩的门,季淼在这厢沉默地为自己倒咖啡。搅拌,搅拌,搅拌。

会在意吗?

已经几乎可以确定,自己想要的东西,颜默诗无论如何也要插上一脚。可是女主播之位,她不想拱手相让。她已经慢慢喜欢上了这个职业,以前一直都是仰望冠树学长的位置,现在有了自己想要奋斗的事业,这让她不断成长和蜕变,变得越来越出色到足以和他比肩而立。而且,假如有一天自己依靠努力成功地站在了聚光灯下,爸爸也不会再重复唠叨她的一无是处,也不会再提那些"她就不应该读这个专业"的话了吧?还有妈妈,不知道在哪里的妈妈,也应该能看到她了吧?这么多年了,妈妈有想念过自己吗?她会为了自己而自豪吗?

季淼不想输,彻彻底底不想。

"嗨。"

季淼猛然回头,颜默诗挑眉看她一眼,了然地问:"走神了?"

季淼不回话,迅速洗手,收拾自己面前的东西,想要走。颜默诗冷冷笑道:"我一来你就走,你怕我?"

"你想多了。"

是不屑和你待在一块。

"季淼,你想没想过,为什么我会这么讨厌你?"

季淼皱眉。

"表面单纯无害,其实内心装的东西比谁都多,特虚假,总喜欢打着'对人好'的旗号,可做出的事情却是对别人的二次伤害还不自知,总是一副委屈的可怜模样,真是令人感到恶心。"

女生靠近她,带来了极低的气旋,她以只有两个人能听到的声音在季淼耳侧愤愤不平说出上面那段话。她撤掉了长久戴着的面具,露出难得真实起伏的情绪,话语里好像包含了不愿意回忆起的曾经。这让季淼大惊失色,她从不知道颜默诗是这样看自己的。

"默诗你怎么了?为什么忽然说这些?"

"呼……"

告诉自己呼气,吸气。很快,颜默诗已经换掉了刚刚几近扭曲的面容,声色也温和了许多。她留给季淼一抹漂亮的背影,给自己切了块抹茶蛋糕冲了杯咖啡,淡淡补刀:"你应该不在意自己没拿到何冠树的采访资格吧?反正你也不需要了,也许还可以在他面前嘲笑一番今天我们台里争先恐后为了见他一面而闹得不可开交的女生,是不是这样啊季淼?"

"……"

"季淼。"她喊住已经要走的女生,季淼回头,颜默诗侧目朝她笑一笑,"若要人不知,除非己莫为。我说过的,我会一直盯着你的。"

季淼险些没有拿稳手中的咖啡杯。

『叁』

一近下班时间,杨一就屁颠屁颠跑到季淼办公室来候着,他"生活委员"的称号已经在季淼办公室里越传越开,偏偏他自己还乐在其中。

"哎哎，让让啊！"杨一满脸狗腿地散开正聊天的众人，一跃就跑到里侧正伏案工作的季淼面前站定，端上一副标准好人的笑脸，半鞠躬表情正式地咳了咳说道，"美女你好，不知可有这份荣幸让你停下手中的工作朝我看一眼。"

季淼莫名地看向他，停下敲键盘的动作。

杨一继续介绍道："我是我们电视台的'生活委员'，好像这位美女看上去很面熟啊。噢让我想一想，我们好像从大学开始就认识了吧？"

"是啊，您从大学开始就是我的生活委员了，大哥。"

杨一无视她的吐槽，也无视掉众人极力忍住的笑声，他继续清了清喉咙，一字一句认真道："总而言之以后要是生活上有什么事情需要帮助的话，欢迎你来找我，杨一十分乐意为美女效劳。"说完他还摆了个自以为很帅的 Pose。

季淼完全无视那双伸过来的手，杨一八成是想让她拉自己起来，可季淼偏偏就不肯，杨一也就继续耗着。

旁边依次有人笑出声来，女生无奈叹息，转头寻找，终于从台板里掏出一个空矿泉水瓶递到他手上："垃圾桶离我太远了，麻烦帮我扔一下，谢谢生活委员。"

同事们这下没撑住，一片哄笑。

帮她丢完垃圾的杨一终于不再嬉皮笑脸，眼见着女生又开始专注于自己的工作，他犯了愁，声音也故意带上委屈的尾音："淼淼姑娘啊，今晚是不是该实现你的承诺，请我吃饭了呀？"

季淼一摸脑袋，差点忘了还有这一出。

杨一脸色突变："哎哎哎，季淼你不会又想耍赖吧？"

有人乐呵呵开始起哄："绕了一大圈，这才是重点。"

被杨一纠正道："这重点可重要了！"

季淼讨饶："请请请，我一定请，择日不如撞日，就今天晚上吧！你想吃什么赶紧订位置！"

杨一脸色大喜："就是喜欢淼淼姑娘这种爽快的女生。"他顺势就靠了过来,想把手搭上季淼的肩膀,被季淼眼疾手快躲开。

杨一一脸受伤,颜默诗在身后发出一声冷笑。

杨一回头,"喊"了一声,说道:"颜姑娘,本少爷今天心情好,不跟你计较。"

颜默诗耸耸肩:"祝生活委员如鱼得水,吃得开心玩得开心。"

"这话我爱听。"心愿得到了满足的杨一很高兴,连带看向颜默诗的时候神色也灿烂了几分。季淼无奈摇头,他还真是好哄。

下班了,整栋大楼如开了闸口的堤坝,而不断鱼贯而出的人群如同汨汨江流顷刻就没入了这个城市的交通体系之中。

笛城的顶级日料餐厅。

季淼惊叹:"这里很难预订的哎,你怎么做到这么短时间就能搞定的?"

"你猜。"杨一挑眉,一脸嘚瑟。

季淼点点头,喝了一口饮料:"好的,我猜完了。"

杨一没忍住爆了句粗口:"你怎么猜得这么快啊淼淼姑娘!一点都不给我面子。"

"好好好,我给你面子,不如你来猜猜我猜的是什么?"

"……"

女生环顾四周,餐厅的环境很好,至少每个座位之间留出了安全距离,有效地缓冲了错听到陌生人之间的聊天内容,同时也不至于让客人感到太过局促。她言语之间都是愿望实现的感慨:"这家日料店我一早就想来了,食材新鲜环境也好,一直都人气超高的,听说要提前三个月订位才会有位置所以我一直都望而却步。"

杨一接口道:"没那么夸张,提前两个礼拜就行。"

季淼拿起桌上的菜单敲了下他的脑袋:"好你个杨一,我还以为你是和这里的哪个老板关系匪浅才开了后门进来的,原来你一早就在打这个主意。原来今晚来我办公室催我请你吃饭根本就是早有预谋,你怎么

这么有心机啊，我敲死你！"她下手不轻，杨一连连讨饶，面上却是笑容不减。

身后忽然传来几声不合时宜的咳嗽声，打断季淼和杨一的嬉闹。

季淼回头，脸上还挂着刚刚的笑意，这一看到来人，立刻吓得站了起来："冠树学长……"

天啊，他怎么会忽然出现在这里？还偏偏好巧不巧看到了刚刚那幕！季淼看向何冠树，想解释，但是仿佛丧失了言语能力。

何冠树的面色是一如既往的寡淡冷漠，没有生气的痕迹，也没有高兴的踪影，让她紧张让她捉摸不透。

"学长怎么会……我、我们刚刚……不是，我给你介绍啊，这位是我同事，也是易维亚毕业的，叫杨一。杨一，这位就是何冠树，今天开会提到的策划案男主角。"

杨一也敛去不正经的神色站起身来。他还是分得清场合的，眼前这位可是当年学校里只可远观的风云学长，现在又是自己单位炙手可热的当红明星。而且看上去这位学长和季淼关系不俗——不想承认这个让自己心情欠佳的事实，可是一切都摆在面前，然而当局的女主角季淼却看不透，根本看不出男人的心思。而自己跟对面的何冠树同为男人，他们有着专属于男人的"惺惺相惜"。也就是说，他们做出的每一个细小的动作背后都有可以考究的原因，就好比现在这样，何冠树出现在这里，绝对不是偶然。

杨一的推测完全正确。

何冠树之所以会出现在这里，完全是因为不久前偶遇了从荨，而从荨又在此前的庞杂交通体系里偶遇了即将共进晚餐的季淼和杨一二人。概率已经无法解释这种偶遇中的偶遇，唯一的解释只有——天意。

何冠树简短地和杨一打了招呼，注意力又重新放回到季淼身上，他特别自然又落落大方地在她身侧坐了下来，看样子并不打算离开。

季淼忽然间什么话都说不出来了，因为他现在离自己的距离实在太近了，近到她可以特别明显地感受到今天他的气息失了一些温柔，变得有侵略性,就像现在这样,他极其霸道地侵占了她周遭的一切空间。

"季淼,今天你请客?"

"是啊。"她回神,表情复杂地揉揉头。

何冠树笑了:"菜单给我。"

"啊?"

她没反应过来,他便越过她去拿桌上的菜单,左手蹭过她的右臂,季淼瞪大眼睛,心跳指数飙升。

"不介意吧?"这会儿他抬头状若无意地看向对面杨一,虽然是在征询,面色里却带着无法让人拒绝的意思。

杨一还没回答,何冠树又得体地微笑:"谢谢了。"他说完顺势左手张开,似是伸了个懒腰,最后却懒懒搁在了季淼的左肩。

季淼浑身一个激灵,上一刻他给的冲击她还没来得及消化,这一刻又来得如此迅猛,季淼简直就要控制不住自己,为避免自己失声尖叫,她的手攥紧了衣角,侧目看向身侧一脸无辜的男人——今天的冠树学长太不正常了!

他倒是很不客气地点了一堆色泽味俱佳的菜肴。

刺身上桌,他问她:"芥末吃吗?"

"不太吃。"

"不喜欢?"

"嗯,太辣了,对嗓子不好。"

他点头,而后给她夹了块三文鱼蘸了酱汁,略过芥末,放到她的碗里。

季淼又一次震惊,杨一沉默着不说话,剩下何冠树一个人解释:"他们家的酱汁是自己调配而非外面直接购买的,很有特色,你尝一尝。"

"哦。"

……真的是非常不正常。

不知道为什么,话题的引导者忽然就变成了何冠树:"你刚刚说你们今天开会了,还有一个策划案是关于我的?"

"对的。"

"那你为什么不申请参与？"

"我……"

杨一乐得接腔："对啊淼淼姑娘，为什么你当时不举手？你要是举了，台长一定会挑你的。"

"我……"

何冠树皱了眉，语气耐人寻味："看来是真的非常不愿意接这个活。"

"不是的，当然不是的！"季淼赶紧解释，"是因为当时在看你的文案介绍，然后我又坐在很后面的位置……我不是故意不举手的，实在是情势所迫。"词不达意，手忙脚乱，她快急死了。

"事后也可以和台长单独申请。"

"后来又被台长留住说了些其他的事情，我就……"

"都和台长面对面说话了都没有提起这件事？"

"我……"

她抚额，真是一团乱啊，身边的何冠树仍旧面色淡淡，目光自上而下，泰然自若地锁定她。

杨一看不下去了，一语说出了最终的事实："季淼现在也不可能再进那个组了。"

对于他不合时宜的补刀，季淼用眼神瞪他，警告他少说几句。

何冠树也望向他："原因？"

"因为颜默诗进了组。"

三文鱼"哗"一下经过喉间滑进了肚子里，没预料到杨一轻飘飘就曝光了这个名字，季淼狼狈地咳嗽出声，咳得止不住，咳得脸颊通红。

何冠树顺势手搭上她的背，轻轻拍打帮她顺气，一副再自然不过的模样。季淼觉得这咳嗽看样子是更加止不住了。

『肆』

"所以，你喜欢这份礼物吗？"

从荨当然知道季淼会打电话向自己兴师问罪,可是——"我只是投桃报李啊,明明是跟你学的。那天晚上你将邵青延留给我的时候,也没有经过我的同意呀。所以今天特别巧地偶遇了冠树学长,我就特别巧地想起你给我发的短信,说你和杨一要吃饭,然后一不小心我就和他说漏嘴啦。可谁知道你的冠树学长真的跑去了,明明一点都不顺路的……这事情你怎么能怪我?"

说不过她。

"好啦,晚上还顺利吧?开心吗?"

季淼将头埋进枕头里,声音闷闷的:"说不上来的感觉,就是好奇怪啊。"

从荨在电话另一端哈哈大笑。

然而季淼没有想到,接下来电视台里还发生了更奇怪的事情。

接下来的第一周时间里,电视台策划小分队的各项活动均以失败而告终。一群女生个个跟霜打的茄子般,整天待在会议室里无精打采唉声叹气,与之前神采奕奕的状态相距甚远,只能在熬夜做好的方案里远远看着何冠树的照片,却始终见不到真人。

"十分抱歉,何冠树先生暂不接受任何官方组织的采访。"

以上是来自于何冠树工作室的官方答复。

每一次登门都被拒,偏偏还让人寻不到错处,反倒让意图采访的女生们面面相觑,不停反省是不是自己太着急了?是不是天天在他工作室附近围堵这件事真的太过分了?也许何冠树真的是低调到不喜欢在公众面前曝光的人呢。

"不是说颜默诗是何冠树的学妹吗?当初领导让资历平平的她进组,不就是为了这层关系吗?没派上用处?"

"哈哈别提了,颜小姐的脸都快丢完了。"

"怎么了怎么了?快和我说说。"

"原本人家工作室的工作人员还肯和我们派去的妹子说几句客套话,后来颜默诗一报上自己的名字,对方直接就开始赶人了。"

"哇噻！超不给她面子哎！"

"是啊，颜小姐估计从小到大都没受过这样的气，看样子在易维亚的时候，她应该不小心得罪过何冠树。"

"嘘，别再说啦。"

……

何冠树早就知道季淼电视台安排了这次采访却态度坚决表示不肯接受采访，而且还给了颜默诗这么大的下马威，季淼觉得学长的心思真是太难猜了。

"暂不接受""官方组织"……在一来二去确认真的无法采访到何冠树，小分队面临解散的境地时，台领导们又召开了一次会议，季淼却在这次会上被吓得不轻。因为主任的一句话，会议室里险些炸开了锅，而后所有眼睛齐刷刷地射向季淼，如果她是靶子，那现在已被万箭穿心了吧……

主任说的是："我们研究下来，何冠树还是有可能接受采访的，只要前提不是官方的组织。季淼，听说你和何冠树私交不错，这个任务就转交到你手上了，你全权负责，杨一辅助，其余组员随便你们挑。"

"季淼你和何冠树很熟？"

"熟到哪种程度？你有他电话号码吗？你单独和他吃过饭吗？"

季淼被一瞬间抛向自己的问题炸得脑袋有点晕，她面露难色，四处张望时对上了杨一——副了然于胸的表情。对方朝她摇着头叹了口气。

季淼心呼不妙，连杨一也不帮自己了，她觉得自己像是海平面上漂浮的孤帆，不知道怎么办，只能看风的心情了。

季淼垂下脑袋，语气没什么自信："我尽力。"

"这个态度不好。"

所有人的目光又递进了一层，都在向她施压。

季淼只得改口："我会全力以赴做好这个项目的。"

"这才对。"主任很满意他这个得力爱将，何况他觉得季淼的担忧是完全多余的，季淼和杨一都是对方钦点的人选。何冠树那方已经和电视台领导们明确表示过,只有见到季淼和杨一两个人,才会配合接受采访。

姑娘啊,你还是年轻了些。

主任看向季淼的眼神温柔了下来,心情也好了:"散会!"

没了领导在场,众人的讨论声霎时就喷涌过来即将淹没她,季淼招架不住,亏得杨一挤开人墙拖着她离开了现场。

"现在打算怎么办?"杨一双手插在兜里,兴致缺缺地问她。

"好好做呗,先想个比较新颖的立意点,你觉得呢?"

对于一秒就进入工作状态的女生,杨一也不知道是说她傻还是天真了。他死死瞪着她,瞪到女生浑身发麻。

"喂你发什么神经啊!"女生拿本子敲他。

杨一像是更生气了:"我要申请休假,你一个人去采访吧!我才不要一天到晚跟着你们两个人!"说完就把季淼一个人丢下自己走了。

季淼望着他的背影,不知道哪句话开罪了他:"有点莫名其妙啊。"

『伍』

"为什么要让季淼和杨一搭档来采访你?"

曼维尔庄园里的塑胶跑道上,邵青延和何冠树正并排跑步。

何冠树眯眸,阳光透过树叶缝隙洒下来,洒进他的眼睛里,他的喘气声伴着双脚跑步的节奏淡淡飘进邵青延耳朵,没有过多的情感:"就是想让杨一看着季淼采访我。"

"啊哈?"邵青延以为自己听错了,这算什么离奇的理由。

何冠树没再解释,他单纯不喜欢看见季淼和杨一在一起时那种肆意开心的状态,干脆就把这两人都搁在自己眼皮底下好了。

邵青延好歹和何冠树是这么多年朋友了,况且那晚上的事从荤添油加醋也告诉了自己。邵青延没多问,隐约知道季淼和杨一的饭局应该是导火索,可这顿饭局似乎早就被何冠树搅得天翻地覆了吧。

但要是就因为一顿饭,就非逼着饭局的另一个男生像个跟班一样到

哪儿都跟着两位主角,这个男主角应该是个变态吧?

邵青延侧目看一眼眉目星朗、侧脸轮廓完美、正在一丝不苟专注跑步的好友,又转念想到,如果做出这样事情的人是何冠树,女生们恐怕也都会原谅这个变态的男主角吧?

"你不专心。"

何冠树丢下一句话,加快了速度跑到前面去了,留下邵青延在身后大叫:"喂,何冠树!"

见他追了上来,何冠树率先掌控局面:"不许再问了。"

"咳咳!"

"真的好奇?"

摆臂的动作都与好友逐渐趋同,心思却还抵达不了他的深度,邵青延问道:"还有一个问题。"

"说。"

"颜默诗不会再参与采访了?"

"如果笛城电视台的领导班子们连这点眼色都没有,那也该换届了。"

"可你为什么严令禁止颜默诗接近你?莫非她对你有企图?我可从没见过你对哪个女生这么过分过。"

邵青延说得不假,何冠树是冷,但是他从不会主动对任何女生说出过重的话,或做出过分的行为,他会在顾及女生颜面的范围内,让她们识趣地远离自己。

比如这次的采访事件,从他对电视台普通女生们的态度和对颜默诗的态度,明眼人一看都会理解为"刻意针对"。

在有些场合,被刻意针对的人会收获大部分人的同情,反而能化弊为利;但有一些刻意针对是致命的,邵青延相信,颜默诗遭遇的这次刻意针对毋庸置疑是属于后者。

"没什么原因。"何冠树隔了会儿才说,脚下不自觉又加了速,又把邵青延甩开了。

真的没什么特别的原因,他和颜默诗完全算不上熟悉,在人群里相遇了他也未必认得出她，单纯是觉得如果没有颜默诗的存在，季淼会自在很多。

"好了，不聊我了，我也有事要问你。"

"我有什么好问的，我可什么都没瞒你。"

邵青延摆出一副"拒绝回答"的姿态，何冠树自然看出了他的紧张。

何冠树勾唇笑："谁关心你和从荨的事，我要问的是夏芷澜那边你处理得怎么样了？"

不提还好，一提邵青延就觉得无奈："夏芷澜这个烂摊子明明是你给我揽上的，为什么现在要我一个人去面对？"

何冠树默了会儿，看向邵青延，唇际稍扬，笑容里有一闪而过的坏意："因为，我相信你。"

邵青延一拳就挥了过去，何冠树躲开："不闹了，专心跑步。"

谈话告一段落，何冠树率先加速，快步跑了出去，邵青延拿他没办法，自己调整好呼吸也立刻跟上，留下清凉的夏风在身后，吹得叶子响声清脆。

不管如何，通过何冠树回国后发生的这一系列的事情，已经极其明显地让邵青延感受到了，在何冠树的领域里，那个叫季淼的女生已经开始占据了，越来越举足轻重的位置。

『陆』

"阿嚏！"

季淼又抽出一张纸巾，已经不知道打了多少个喷嚏了。

"肯定是被骂死了。"从荨不怀好意地笑话她。

季淼无力辩驳——采访开始得挺顺利，已经和何冠树工作室接洽完毕，并确定了第一次采访的时间。这无疑让原本还想看她笑话的女生们心碎一地，这回又纷纷转了风向，来请求季淼让自己进组。

"虽然宋师姐平时一直温吞，但她偶尔说的话真的一针见血。"季淼赞同她的观点，要是让这群女生进组，不仅对工作进度完全无任何裨

益,恐怕看到何冠树偶尔对自己做出亲昵的举动都会想要杀人吧?毕竟,最近这段时间,冠树学长的举动都毫无章法可循啊。

"那你就打算单干了?"

"没有呢,挑了一些人,但是得罪了更多人。"

从荨笑道:"都怪你的何冠树。"

"对!都怪他!"季淼咬牙切齿。

"嗯,那赶紧找你的冠树学长索赔!"

季淼还想点头,这才终于听出从荨原来一直在消遣自己:"从荨你又笑话我!说什么呢!谁的冠树学长啊,你别乱说!"

"死要面子活受罪。"从荨依旧落井下石。

季淼干脆不理她,继续埋首涂涂画画。从荨起身去给自己洗苹果,问她要不要,季淼摇头:"画东西呢,没手吃。"

"那你就看着我吃吧,我可不打算喂你,毕竟手把手喂你这待遇只能留给何冠树。"

"从荨!"季淼大叫。

"干吗啦,是你一下班就跑到我这儿玩神秘。不仅霸占了我的工作台,还霸占了我的纸、我的笔,在那儿不知道画什么东西,还不允许我说话,你想憋死我啊,你怎么不去找你的冠树学长呢?"

"……"不打算再理她了。

从荨凑到季淼的身边,看她在白纸上描摹着暂时还看不清楚轮廓的素描:"你在画什么?"

"在给冠树学长的采访策划方案想主题呢。"

"哟,还真挺上心。"从荨咬了口苹果,话里有话。

季淼的神色很专注,台灯的光晕照在她半边脸上,她的长发垂下来,摇晃出淡淡光影,认真起来的她真的很美。

"看上去好像是鸟?"

季淼点头,声音里流淌着绵长的回忆和温柔:"是啊,一只鸟,蓝色的鸟。"

从荨又咬下一口苹果:"可是你的冠树学长会喜欢吗?他可不像你,会喜欢这些比较幼稚的生物。"

"你才幼稚呢。"季淼瞪她一眼,放下笔,目光直视着前方,却又像是虚焦于某一处充满回忆的曾经,"他一定会喜欢的。"

——我确定。

——是你亲手将它送到我的面前,让我知道这世上还有这样一种存在。它会发光,它会飞翔,它让我热泪盈眶,也让我怀抱希望。

——如果你还记得,如果你能想起,你是会感动还是会唏嘘?

——我比从前更加期待。

"这样啊。"从荨点点头,"有什么特别吗?"

"当然有,它们一直都非常非常的特别。"

"是什么鸟?有名字吗?"

"有,它叫知更。"

季淼的声音放得很柔,脸颊上绽出浅浅的笑意,同他之间的这种微妙联系随着时间的更替,像是蒙尘却始终存于她的胸间。知晓这段曾经的人越来越少,于是我更像仅存的朝圣者,从那时起就下定了决心要朝你的方向狂奔,以你为我的荣光。

『柒』

邵青延刚到公司就听说笛城电视台有人来了,想寻求合作。

"和我们合作?"

秘书点点头,邵青延手撑下巴,除了季淼,他想不出其他他认识的人了,但是这不像季淼的处事方法,她会直接来训练室找自己或者通过从荨。这么流于形式化的公然造访,事前却并没有接到电视台的任何官方消息。邵青延皱眉问:"来的人叫什么名字?"

"她说她叫颜默诗。"

"什么?"

这有些出乎邵青延的意外:"她人现在在哪儿?"

"在夏小姐的私人休息室,刚刚在门口她们撞见了,夏小姐听说是学妹,就把她带进去了。"

"胡闹。"

邵青延立刻朝夏芷澜休息室方向而去。

"所以,你来找我们夏小姐只是为了说这些?"说话的依旧是夏芷澜身边那个趾高气扬气焰嚣张的助理陈程,她低垂着眼睛看向正坐在夏芷澜对面的女生。这个女生很漂亮,表面看上去真的很有礼貌,但就是无法给人留下好印象,助理对颜默诗没来由地感到讨厌。

"你说完了吗?我们夏小姐的身价你可能不清楚,如果随便哪个电视台派你这么个小人物就能约到我们夏小姐,那她的通告未免要铺满天了。你们电视台正式文书也没有,说不定我们这边答应你结果你们台领导却不批准,而且你的表达能力也不行,说了半天我依旧没有感受到未来可能为我们夏小姐带来的利益,这如何能说服我放弃其他的通告来配合你这边的时间?"

助理虽然态度恶劣,但句句都出于从夏芷澜的角度来考虑的。

在这个圈子里,本来就是弱肉强食,一味的示好或者妥协并不是随处适用的金科玉律,懂得拒绝反而是中庸的处世之道。

颜默诗被呛得面色发白,下意识就看向夏芷澜,对方正专注于自己的指甲,亲昵地和美甲师交流着心得,对她们二人的战火并不关心。

"学姐,"颜默诗开口,目光灼灼地直视夏芷澜,"其实我来找您,提出和您开展这个合作,可能短期内对您的人气增长并不如您预想那么高,但未来一定会有值得期待的长足发展。"

女主角神情淡淡,不为所动。

助理接话:"难以置信。"

"学姐,能和您单独说几句话吗?"

"对不起,颜小姐,我已经给足你面子了,请你离开。"

"学姐……"颜默诗被助理扯着袖子拽起来,行为粗鲁。

夏芷澜对着指甲吹了吹气,颜默诗佩服她的定力,但是心底也同时浮起一股淡淡的恨意——本已给足了你面子,是你不给我台阶,所以接下来这样做是你逼我的。

"学姐,你可能不知道,我们台里最近还负责了一个采访策划项目,主角是何冠树。"

什么?

夏芷澜的反应只用了零点零一秒。

抽手、抬头、瞪大眼睛,她的情绪是如此外漏,完全无法置信:"你再说一遍。"

助理对于夏芷澜突变的反应有些意外,她没有料到已经将颜默诗推到了门口,反转却在此刻上演。那个叫何冠树的人,究竟和夏芷澜是什么关系?

"芷澜,你怎么了?"

助理的话还没说完,就被夏芷澜打断:"我接受。"

"芷澜,你不要冲动!"

"谢谢学姐!"颜默诗却是立刻鞠了躬,掠开一脸愤怒的助理,径自跑到夏芷澜身侧,将名片递给她,并不断表明决心,"请学姐放心,您的推广宣传方案我会全力负责一直跟进,并且会在电视台里帮您力所能及地争取到最大化的资源!"

夏芷澜依旧是怔忡没有回神的状态,刚刚那个名字响在空气中,带来一段尘封却永远无法忘怀的记忆,仿佛在她的心上用力地开了一枪;也像是"唰"一下就狠力地撕开了已经结痂的伤疤,露出内里的腐肉。虽然疼痛,但仍旧没有办法说服自己拒绝,哪怕会再次流血也依旧心甘情愿卑微地主动上药,想要和他重新建立联系的心愿是如此强烈,强烈到可以不顾一切,哪怕拿前途去进行一场豪赌,也无所畏惧,也无怨无悔。

"夏芷澜!"

助理的愤怒指数往上直飙,夏芷澜沉默地低头接过颜默诗的名片。

她的长睫毛簌簌抖动，在脸颊上投下清晰的阴影。

"谢谢学姐！"

颜默诗再次致谢，声音里都染上了一丝轻快，道过别后她没多做停留，经过助理身侧的时候可以明显感受到她在愤怒地颤抖，颜默诗得意地眨了眨眼，拉开门。

没有预料到，门口正闲闲立着一个男人。

助理立刻紧张了起来，屋内的夏芷澜同时警觉，下意识就将名片藏到了身后。

邵青延一脸高深莫测，眼神牢牢锁向这个一手搅弄风云的女生。颜默诗有些发窘，被他逼人的目光探寻到浑身不适。

颜默诗朝他鞠了躬，下一刻快步离开了现场。

助理意欲解释，被邵青延抬手制止。他看一眼夏芷澜，目光深深，情绪复杂，而对方不卑不亢地与他对视，那目光里的倔强和疼痛，让邵青延想说的话刚刚浮上唇边，又被再度按下。

『捌』

笛城电视台，午间休息室里，女生们又开始例行传播最近的头条八卦。

"听说了吗？颜默诗替台里拉到了夏芷澜的专访。"

"天啦，我超喜欢她的，她超漂亮超有气质的！最近又是演电视剧又是广告代言，火得不可思议，她的身价应该很高，我们台里舍得出这个钱？毕竟何冠树的那个项目应该耗费了不少资源。"

"没花多少钱，听说是颜默诗一个人谈下来的，台领导事后才知道。虽然对颜默诗擅自决定的行为颇有微词，但一想到未来能带来的巨大收益，这事便也就过去了，上头说了夏芷澜的项目由颜默诗全权负责。"

"运气真好，怪不得一进我们电视台就备受重视，原来自己手里掌握了不少资源，那就期待她的表现咯。"

"现在回头想想，不觉得当时何冠树的方案很蹊跷吗？"

在一群人热烈的讨论中忽然出现了一道不合适宜的疑问声，但是女生们的八卦心一旦被勾起，只会越演越烈，并不会在意接下来要商讨的内容是否需要有道德担当，仿佛谈论别人的人永远比别人自己更具资格，可以肆意传播未经考证的消息，也可以肆意指责别人。

所以很快，这个抛出问题的人吸引了全部的注意，女生个子有点矮，笨重的刘海下戴着大大的圆框眼镜，皮肤色泽很差，也许因为最近工作量过大，整个人都散发出一股陈腐的浊气。

"小霞你知道些什么内幕？快说快说！"众人几乎立刻调动了自身所有的联想能力，大多数人眼神里传递的讯号都是："绝对有内情。"已经达成了共识，接下来说的话无论真实性与否，都会被判定为真实，这就是为了满足自己私欲而存在的、永不会消失的，谣言现场。

"从既得利益者的角度来分析，往往是最接近事实真相的推测。"

——开口就扣上"既得利益论"的高帽子，几乎能洗掉一大半人的脑子，但其实说到底也只是个"推测"，偏偏旗帜立得根正苗红。

"你们想，谁一开始不在团队里，最后却成了团队的领军人物？"

"是季淼！"

"Bingo！而且颜默诗完全没有理由遭受这么大的羞辱，以何冠树的气量，断断不会做出为难一个女孩子的行为。你们联想一下之前台长叫住季淼和颜默诗两个人说要培养女主播的事情，这不是摆在面上的争斗吗？"

——分析得有理有据，成功地将对手抹黑，依据却是站在"对何冠树本人非常了解"的基础上才做出的判断。可问题是正说话的这个小霞私底下连一句话都没有同何冠树聊过，就连邵青延这种与冠树从小一起长大的人，都不敢保证对何冠树百分之百了解，何况旁人。只是这件事季淼恐怕自己也只能喊冤，她怎么会想到冠树学长会为了她变成大家口中"气量如此狭小"的人。

叫小霞的女生一口气说完了这一串，回身自顾自地冲起咖啡，留下一群人面面相觑，对谣言进行二度分析和传播。

"原来这一切都是季淼做的啊,天啦太恶劣了。"

"原来颜默诗只是要反抗不公平待遇才去找夏芷澜证明自己啊,我要支持颜默诗了,希望她可以成功。"

"我也是。"

……

八卦导向似乎达到了传播者想要的结果,等女生们相继走完了,话题的女主角才撑着下巴一脸微笑地走了进来。

在原地等着颜默诗的女生,正是小霞。见到委托者来了,她神色浮起明显的厌恶感,伸出手:"我帮你做好了,给我。"

颜默诗依旧微微笑,拍了拍女生的肩膀,温柔安慰道:"我真的很感谢你,但是谁能保证你取回了这个U盘不会对我倒戈相向呢?你放心,接下来我不会再让你替我做事情,因为一个棋子如果出现太多次,可信力就会下降很多,我还不会这么蠢。我向你保证,等这件事到了无法扭转局面的那一刻,就是我将东西还给你的那一天。"

小霞是剪辑部门的新进员工,因为迷上了最近做节目的明星嘉宾,动用工作关系查到了明星的家庭地址和身份证件相关信息,并做出了不理智的"私生饭"追星的行为。这些行为证据都被刻录在了U盘里,而U盘在颜默诗手里,一旦曝光,小霞不仅会遭到粉丝们的集体炮轰,还会丢掉电视台的工作饭碗。所以她被迫听命于颜默诗。

小霞气得发抖,瞪向颜默诗:"你太可怕了!"

颜默诗仍旧笑容无辜:"可是在粉丝们的眼里,'私生饭'比较可怕呢。"

一句话就将女生堵得无言以对,她涨红了脸,最后也只能狠狠撞了一下颜默诗的肩膀,走出休息室。

出门的时候不小心撞上了宋一燕,小霞忽然极度敏感,瞳孔瞪得极大:"宋、宋师姐……"

宋一燕做了个"嘘"的手势摇摇头,她的目光忽然让小霞安定了下来。

小霞点点头,抱紧了双臂打过招呼就走了。

宋一燕慢慢放轻了步伐,移到门边。

休息室周围没有繁杂人影,所有的同事都已经回到工作区进入了工作状态,宋一燕将自己隐藏在门楣处,隔着门缝朝里望去,颜默诗身影纤细,一身洁白连衣裙看上去出落得纯洁高贵,但也仅仅是看上去而已。里面的女生面带笑意,一双美目盯着桌上切蛋糕的刀,随后拿起,像观摩艺术品般审视了几秒,然后径直插进了整块圆形芝士蛋糕,来回地翻搅引起一阵阵碎屑,天翻地覆,蛋糕被破坏得凌乱不堪,而女主角却仿佛对这一切分外享受。

宋一燕难掩心中的惊诧情绪,她皱眉离开了现场。

『玖』

颜默诗为台里很多人拿到了夏芷澜的签名照,一时风头大起。

无独有偶,夏芷澜亲自来过电视台几次,颜默诗每次都在一众男生女生无比艳羡的眼神中跑出去迎接,并全程陪同夏芷澜在会议室里一待就是一个小时以上。在颜默诗尚未拿出详备的方案以前,夏芷澜的行为又为其收获了一批粉丝——"真的是超有亲和力的明星哎!事必躬亲的明星现在可没几个了,以前总有她摆架子的新闻流出,我看真正摆架子的是夏芷澜的助理吧。你们有没有瞧见,她见谁都是一副'欠我钱'的模样。"

陈程对夏芷澜强烈坚持要来参加电视台的活动,直接影响了一批通告的进度这件事,对颜默诗怀有极大的敌意,更何况以她经纪人的直觉察觉到,夏芷澜对何冠树过分在意这件事,是一枚显而易见的定时炸弹。

绯闻炒作向来是双刃剑,运作得好可以让主角热度分分钟暴涨,然而在时时需行走在刀尖的娱乐圈里,很少会有艺人因此而受益。

可是夏芷澜的固执和公主脾气,让陈程只能退而求其次,希望她撞几回南墙,就能死了心。

更何况久经沙场的陈程一眼就瞧出,这个负责人颜默诗并没有真才实学,已经过去好几天,仍然连像样的方案都拿不出来。

——花蝴蝶，专门依附别人帮助徒有外表的女人。

陈程的眼光确实毒辣，一眼就看出其中的猫腻。最近单位里确实有好些男人纷纷来向颜默诗示好，总以"对夏芷澜的策划案有好的想法"为切入点对她展开攻势。颜默诗一直都维持着得体的微笑，面对所有人的殷勤，她都撑着下巴眨着一双明媚又无辜的大眼睛问他们："可是我最近好崩溃好忙的，请问你能不能帮我拟个初稿呢？这样我就有时间陪你聊天啦，不然我现在要工作了，最近领导交代了好多任务要做，我忙不过来啦。"

"好好好，我帮你做！明天就给你！"

一时间，颜默诗收到了很多份质量良莠不齐，总体而言没有多少亮点的策划案。

现在拿给夏芷澜看的还是其中最优秀的一份，然而直接被陈程摔在了桌上。

"简直让我质疑你们的工作能力！"

明明已经骑虎难下，陈程依旧抱着最后的希望拽起夏芷澜："你还有反悔的选择，现在知道这事的人不多，即使合作吹了也不至于给你过度招黑，我们公关还可以应付得来，再拖下去连我都救不了你！"

"陈姐，"夏芷澜声音温温的，"就依她的，我信她。"

"你！"

……

"实在是看不下去了。"

杨一在季淼的办公室里把颜默诗最近的行为给吐槽了个遍，说部门里有很多男人因为争先恐后帮颜默诗干活导致他们自己的工作进度耽误了很多。他绘声绘色地对经常在办公室、茶水间、走廊里各处上演的场景进行还原，活灵活现地模仿了那些男人焦灼和拍马的神态，惹得办公室里的前辈们笑得前俯后仰，一直到当事人一脸风暴地回到了办公室。

颜默诗难得地没有端着脸，兴许是觉得在杨一面前没有必要再装，她怒声道："生活委员是不是觉得自己工作太闲了，天天往季淼这儿跑，人家季淼心思根本不在你身上,你不觉得自己太自讨没趣了吗?"

办公室的气氛立刻降温,不激还好,一激他,杨一立刻肾上腺素飙升:"总比你好多了,你不就仗着自己有几分姿色,天天让别人帮你干活,还和我们这里抢资源。前天晚上你要占用剪辑室我们让给你了,结果你也没拿出像样的剪辑带;我们和画报的摄影师提前一周就定下了时间,结果昨天出了点意外就被你们抢了去,没出片不说还耽误了人家摄影师一下午的时间。颜默诗你为什么不能反思一下自己的工作思路?没条理没计划又不肯听取别人意见,把你招进来简直就是丢我们电视台的脸!"

"杨一!"

眼见他越说越过分,生怕闹得大了影响到的其实是杨一自身,季淼起身拉住他:"算了,都过去了,毕竟她很多流程都不熟,而且她的项目跟我们也没有关系。"

颜默诗的脸色已经煞白,被杨一说得都快哭了。

杨一却甩开季淼的手:"季淼你就是个软柿子,非要她欺负到你头上了你才知道反击?"他狠狠指着季淼,很心痛也很生气,说完就气势汹汹地离开了。

办公室里的其他人也生怕战火烧到自己身上,相继找借口出去透气了,只留下颜默诗和季淼两个人。

颜默诗看向季淼的目光里含着无尽的羞辱和恨意:"原来你就是这样在背后折损我的?"

季淼回到自己的座位,没理她,准备收拾东西下班。

"嗬!"颜默诗冷笑,情绪逐渐平复,她将棕蜜色的长发拨至耳后,"我也想好好地进组学习,哪怕是从幕后做起,字幕、剪辑、配音、音效我也都想一件一件学,可是你们给我这个机会了吗?何冠树那样对我,还不是因为你?"

"颜默诗,这些没有事实依据的话,你不要随便乱说。"

"我乱说?"颜默诗笑,"你扪心自问,何冠树为了你做这样的事情,你是不是很高兴,高兴再也不是跟在他身后默默无闻的小跟班了,高兴

他终于正眼看你了?"

"无法沟通。"

"你别走!"颜默诗一把拉住她,"你和杨一不是想知道我为什么把夏芷澜请来吗?我不怕告诉你季淼,我是有目的的,我的目的就是要让你认清楚你自己的位置。"

"你放手。"

"季淼,我拜托你清醒一点吧,何冠树对你只是暧昧的关系,夏芷澜却是他唯一承认过的女朋友。就这一点上,你就输了!"

心忽然一下被捏得很痛,毫秒之间患上了失语症。

"戳中你痛处了?"颜默诗像是收复失地的将军,松开了季淼的手。

季淼垂手站在原地,黄昏的日光晒在她的背上、她的黑发间、她的袖口处,明明应该是温暖的存在,却镀出了一层薄如蝉翼的忧伤。

是的,颜默诗说的都是无法辩驳避无可避的事实,没有语病,没有逻辑错误,但就偏偏无法令她心悦诚服地接受。

『拾』

城市的夜晚,灯红酒绿的十字街头,光海琳琅,四处都是热闹的气息,心却空空的。

好像,现在正发生着的,与曾经已发生的一些事情,在冥冥之中,以相异又相似的轨迹,重合了。

曾经有这样强烈的失重感还是在那几乎容纳了她青春岁月里最多情感的一天——在回家的很长一段路里,浮现在季淼眼前的,都是那条过分靓丽的大红裙裾,在赛场上盈盈蹁跹,在麦当劳门口看不见冠树的地方和旁人打赌。夏芷澜有肆意张扬的美丽,因为她有资本,因为她是那个能名正言顺地站在何冠树身侧的人。

名正言顺,所以才会让季淼羡慕到自卑。

季淼拽紧了要滑落肩侧的包,抱了抱双臂,继续往前走。

风刮过脸,也刮过岁月。

棒球赛后的第二日清晨。

食堂里,周围的女生似乎都准备了一晚上的新闻打算今天来交换。

"我听说昨天那封战书其实是芷澜学姐让宫御风来向冠树学长挑衅的。"

"为什么?"

"逼着某些人看清楚自己的心意呗。学生会的那些人说,何冠树和夏芷澜合作过很多次,经常出双入对,芷澜学姐早就喜欢上他了。可是学长迟迟不肯捅破这层纸,于是学姐们就给夏芷澜出了这个主意,半路杀出个程咬金让何冠树有危机感,逼着他英雄救美,两人顺理成章走到一起,而且还吻得那么轰轰烈烈!"

"话说回来,宫少这回真的很丢脸哎!"

女生们"哧哧"笑开。

季淼险些摔掉汤匙,见她舀着酒酿圆子发愣,杨一在她眼前挥了挥手:"听八卦听得这么入迷?饭也不吃了?"

怎么会?自己没有说出去,怎么会传遍了学校?

"淼淼姑娘,你不会也喜欢上了何冠树吧?"

回神的季淼对上杨一一脸高深莫测的表情,她急忙掩饰掉乱了的阵脚:"瞎说什么呢!"

"没有就好,"杨一挑挑眉,继续吃汤圆,"你的冠树学长看上去是很厉害啦,但那种男生我们只能远观,还是不要走得太近比较好。"

"为什么?"

"你还问为什么?"杨一敲了下她的脑袋,"夸你单纯呢!总而言之你这样子的女生在他面前就跟一张白纸一样,动动眼睛他就知道你在想什么。你听我的话没错的,夏芷澜和他才是一路人,你啊,是抓不住他的。"

季淼默然,心情一瞬低至谷底,叽叽喳喳的女生们忽然都不说话了,眼睛齐刷刷望向季淼的身后,女生回头。

食堂西边最漂亮的落地玻璃窗外是一片青葱的花园,而那石板小路上正远远走来一群高年级的人:邵青延酷酷地走在最前面,下巴微扬,面无表情;何冠树双手插兜里,低调地走在后面;夏芷澜挽着他,笑得很亲昵;他们的身边还围着一些男生女生,一路笑着踢踢打打。

人群里最耀眼的风景永远都是何冠树。几乎是他一进场,就像磁铁一般把所有人的目光都吸过去了。

他们坐在高年级专用区,夏芷澜靠在他肩膀上,有人帮他们买好早饭,芷澜舀了一口皮蛋瘦肉粥,吹吹气后喂到他嘴边,他张口吃掉。

明显地感觉到人群中的气氛又热烈了,可男主角依旧是淡得不能再淡的表情。

季淼站起身:"我吃饱了。"

杨一还在吞小笼包:"哎季淼,你等等我!"

……

"哎!你等等我啊!"

身边忽然掠过一对男女,笑声太过热烈,打扰到她,季淼停下脚步,回头看。

周遭炎热的夏意好像都难以抵达她的身上,一想起何冠树曾经在别人身侧做别人的依靠对别人微笑,她就觉得她什么都输掉了。

季淼抬头,想让眼泪回眶,却偏偏在抬头的时候对上了正前方那座大厦 LED 屏幕上放出来的大大的广告。刚刚在自己回忆中无处不在的夏芷澜这么快就出现在了面前,偌大的 LED 屏幕上的她 360 度无死角,时而俏皮时而冷艳,她手里推荐的那款护肤品,已经在近期掀起了抢购风潮。

季淼的心又往下沉了一寸。

这样热烈耀眼为他而来的存在,他怎么可能会看不见?

他对自己永远是若即若离的态度,哪怕是距离最近的现在,他又何曾给过她明确的反馈？一切不过都依靠着她的想象，不过是靠她死撑到现在。

季淼忽然在街头哭出声。

周遭光芒澄透，而她内心寂黑一片。

关掉电视机，房间里最后的一丝光亮也归整于零。

夏芷澜正坐在镜子前，她仍维持着举手的动作，遥控器的方向朝后，方才从镜子里看完了整个广告，竟然越看越陌生。化着精致妆容的她即便在笑，那笑却像蒙上了一层厚厚的灰尘。不过和他走散三年而已，为什么整个人却像是苍老了十年？

她拿出化妆棉，旋开瓶盖，挤上卸妆液。

化妆棉抹过眼睛、眉毛、鼻翼，再到嘴唇。镜子黑黑的，她看不清脸，却觉得触感真实。脸颊上湿湿的，被化妆棉吸走，再从眼睛里滴落，如此往复，幸好周围很黑，能给她最后一丝不被人窥探的安全感。

脸上被卸妆液惹得黏腻，夏芷澜站起身。

……

"冠树，我喂你好不好？"

食堂里，她舀起一口皮蛋瘦肉粥，吹了吹，递到他嘴边。

他的脸明显往后靠了靠，她装作没看到，他终于张口吃掉，周围有起哄声，她满意地笑了。

"冠树，陪我去吃饭好不好？"

公交车站，她拉着他手臂撒娇，击退了想上前勾搭何冠树的女生们。她看见他的眼里没有情绪，却在停顿良久后，应了一声"好"。那一刻，她心里是得逞的胜利在摇旗呐喊，她将头靠在了他的肩膀上，他没有再回应。

"冠树！"

他赢了！

心一瞬被激动和满足填满，在一片欢呼声中，几乎是没有犹豫和思考，她抛下了自尊和骄傲，穿着她的大红裙一路奔赴到他的身边。他看见雀

跃的她，眼里有些意外。她不管不顾，将这当作不会重来的最后一次机会，猛然踮起脚尖，她钩住他的脖子，将自己送了过去。

然而，他立刻侧开脸，出于本能地避开了她的献吻。周围起哄的人太多，几乎与她同时，他伸出手扶住她凑近的脑袋顺势将她揽进了怀里，没有让众人看到她茫然失望的受伤目光。而她直直撞进他的肩窝，闻到属于他的气息，带着刚刚运动完的汗意，让她眼眶黏热发胀，却不能哭出声来。她低了低头，不让周围越来越高涨的欢呼人群看见自己的悲伤。他们都在庆祝她和他在一起这件事，只有她自己知道，好像一切并不如她想象的那样。

……

"砰！"

右膝好痛，因为太黑，她撞到了茶几角。

撞痛了神经也撞醒了记忆，夏芷澜跌跌撞撞来到卫生间，旋开水龙头，在一片清水中洗掉自己的伪装、面具，还有刚刚痛哭了一场的眼泪。

周遭墨黑一片，她内心是更加黑暗的万丈低谷。

Chapter 5
第五章

我希望我们能不要再蹲着哭或踟蹰
而是可以站起来亲密接触

『壹』

季淼回到家。

又嘈杂又闷热的空气扑面打来,客厅里的光盏都被烟雾扰得发虚,季淼怔忡,眼前的情景熟悉到眉眼发酸。

"哟,淼淼回来了?几年没见,长这么高啦!"

说话的是个胖胖的中年叔叔,季淼依稀认得他。在他的身后,季之显眯着眼看向自己。

季淼连忙脱下鞋子,吸一口气换上快乐的表情:"叔叔阿姨们好,不好意思我加班,回来晚了。"她已经走了一路,脱下高跟鞋的脚明显肿胀到发红,急需热水来缓解疼痛,然而面上依旧是神采奕奕地同客人嬉笑话家常。女生落落大方地坐到他们身边,听着长辈们间数十年如一日的重复唠叨,不时添下茶和水果,仿似这只是再寻常不过的一天,仿似前一刻在街头痛苦到不行的那个人,不是她。

终于煎熬到客人全部道别,客厅里的壁灯依次休憩,季之显也有些累,在季淼收拾杂乱不堪的客厅时,他已经洗漱完毕准备就寝了。

季之显看着她忙碌的背影,顿了顿才说:"你也早点休息。"

女生回了一句没有情绪的"好",低着头将果皮悉数倒进了垃圾袋,扣紧袋口，拎到了门口，再反锁好大门。

季淼做完这一切后回到屋内，季之显已经上楼了，空气里终于恢复了彻底的安静。

季淼拿着干净的换洗衣服去洗澡，对着镜子她看到背上的那条青紫疤痕，停顿了半刻，她回房又取了药膏再回来。

季淼沉默地打开淋浴花洒，拉上门帘，开始冲刷自己。

洗完出来的时候，她低着头，一边用毛巾擦头发一边去饮水机那儿想给自己倒杯水。季之显就那么突兀地出现在黑暗里，季淼没有防备，吓得心一抖，过大幅度的动作，毛巾都掉到了地上。

季之显的目光扫过来，季淼进出蚊子般的声音："爸。"

季之显放下杯子，连呼吸都是粗重的，依旧是紧锁眉峰的样子，他沉默地上楼回房了。

听到"砰"的一声关门声，季淼悬着的心才再度放了下来，她静默地待在黑暗里，觉得更累了，需要一个柔软的依靠。她朝下寻找，将身子窝进了沙发里，她抱着双膝，一整颗心空空荡荡的。

在黑暗里，她慢慢找到了自己的位置，没有人能看清她的模样，包括她自己，这让她更有安全感。

为什么会对那场棒球赛记得那么清晰，细致到每一个细节都可以倒背如流？

听说过蝴蝶效应吗？在这个地球上，某个遥远地方的蝴蝶扇动了一下翅膀，有可能影响到了远在几个大洲之外的世界。

正是因为那场比赛、那个她不愿意相信的吻、来自于颜默诗那些黑暗的阴谋，以及何冠树明知一切却偏偏不动声色的态度，所有的一切合在一起，几近压垮了她，所以回家之后才会让一切更加不受控制。

那天也如今晚一样，唯一的不同是，那时的她还不能像现在这样，伪装情绪。

那天放学回家，她推开门险些被绊倒，季淼试探地喊了一声："爸？"

一阵乌烟瘴气的烟草味就趁机而入，灌满了她的整个心肺。

紧跟着客厅里响起很多人的脚步声和说话声，许许多多的不曾见过的面孔一刹那间全部转向她，像是把她当成一件商品一样观摩。

"老季，这就是你的宝贝女儿啊，都长这么大了，我上次抱她的时候还是小丫头呢！"

"季老师，你的女儿一看就是个好的音乐苗子啊，她肯定继承了你的才能，可不能错过培养的时机。"

季之显淡淡笑着打断："我从不强迫她学音乐，她的乐感和特质都挺好，就是读书太忙没有多余的时间。"很好地将话题转向了家长最关心的读书的问题上，再又十分巧妙地在别人问到"那淼淼现在在哪里读书"的时候，季之显笑得更开心了。

"她也算争气，考进了易维亚大学，现在学新闻传播。"

"易维亚大学啊！那可是笛城的金字招牌，还是老季厉害，我们都要向你学习！"

"哪里哪里。"又是一阵笑声。

……

每次都这样，能不能多有一点创意？

面具。

全是虚伪的口不对心的面具。

那对送了中华烟和茅台酒坐在沙发上的夫妻，应该是小女儿要参加市里的音乐节比赛了，来请爸爸给她做赛前辅导的；还有站在窗边一口接一口吐着烟雾的光头男人，应该是来请爸爸去他们私立院校做讲座的；而那个一脸讪笑全是横肉的男人肯定是以礼物来换爸爸今年在笛城的演出门票的……

季淼转过身扶着门楣换下自己的鞋子，然后将自己的拖鞋从一堆鞋子的压迫下拯救出来，叹一口气，一双双理好鞋子。

季之显不断在身后催促道："站在门口干吗？快进来见过各位伯伯阿姨。"

透不过气的情绪更重了,女生捏紧了自己的书包带,拼命克制想要发火的冲动。最寻常的一段路,从门口到饮水机,书包垂在身侧,她看见自己的水杯被挤在一堆茶杯最里面,火气好像又涨潮了。她拿出杯子,去洗手间洗漱干净,再回来动作粗鲁地凑到饮水机前,"咕咚咕咚"喝下一大杯水,然后含混不清地应付叫道:"叔叔阿姨们好。"

没有笑容,翻了个白眼,家里的气氛一时冷了冷。

——就是这么不懂事。

——就是不肯给你面子。

"我回楼上了,你们慢聊。"走上楼的半途中她看见季之显脸上压抑的怒气,忽然心底浮起一股病态的快感。

季淼从没想过自己也有胆子这么大的一天,就像玩火,明明知道后果惨烈,依旧克制不住。她停下步伐,低眉对上依旧谈笑的大人,冷冷开口道:"不好意思麻烦各位叔叔阿姨回家的时候带上你们的礼物,我爸爸从来不收礼,你们这样做,他会很为难。"

她重重带上房间门,整个人都靠在门板上,脑中反复播放着今天发生的事情,以至于迟迟进入不了写作业的状态。

楼底下的客人们不知道何时散去,忽然响起"砰"的一声。

"季淼,你给我滚下来!"

季淼打了一个寒战,没有动作,接着爸爸气势汹汹地冲了上来,一脚踹开房门。而后,"啪"的一声!非常用力的一个巴掌,季淼可以明显感觉到右脸立刻肿了起来。

季淼捂着脸拼命瞪大了眼睛不让眼泪逼出来,眼前的父亲暴躁如公牛,指着她骂得粗俗不堪,与以前在舞台上绅士得体的那个古典音乐家完全判若两人。他越说越气:"爸爸的朋友来到家里,你摆脸色给谁看?这样没有教养的孩子传出去不是丢我的脸吗? 你不是写作业吗,怎么书包到现在还没有打开?"

一句一句,"嗡嗡"响个不停。

父亲越说越气,又冲过去拿起书桌上的茶杯、陶瓷罐砸向地上,碎

片布满一地,她的额前撞上床脚,头一阵眩晕。

一直维持这样的声嘶力竭直到半个小时后,由季之显的一句话画上句号:"这学别上了,越读越不知道天高地厚,明天待在家里交一千字的检讨!"而后父亲走出去,锁上了房间的门。

季淼跪跌在地上,伸手扯了扯门,然后绝望般地抱紧了自己,伏膝咬着嘴唇:"不哭,不能哭。"

她这样告诉自己,不停地深呼吸。

眼前是一片凌乱的纷杂,头顶的灯光摇摇晃晃。

……

猛然惊粟,季淼在黑暗中睁开眼。

周围是安静的,没有他,也没有争吵,毛巾依旧挂在肩上,头发仍然湿湿的,所有的一切都提醒着她,刚刚那一场,都过去了。

她揉了揉头发,烦躁地站起身,双脚在黑暗里摸索到了拖鞋,她扶着楼梯扶手一步一步上了楼。

沉默的夜色仍在身后呼啸流转。

——如果可以选择,谁愿意被迫长大?

『贰』

忙碌起来的时候,会发现时间如指缝的流沙,流逝得非常快。

这样也挺好的,就完全没有时间去顾及和想起让自己不快乐的事情。

杨一前前后后找了好久,才在剪辑室里抓到了完全没有形象的季淼。

"我的天,淼淼姑娘,你真的不要你的脸也不要你的命了?昨晚上又通宵了?"

他好不容易在她旁边已经堆积如山的文件中找到了一丝空地,将外卖的红枣茶放过去。季淼掀起眼皮看他一眼:"谢了。"

她伸出手去够,这才发现盖在大红色空调毯下的双腿已经由于几个小时没有活动过而酸麻到不行,皮肤也因为过度疲惫而显得油光满面。

她摘下眼镜揉了揉已经通红的眼睛，没有杨一来提醒自己，她还没觉得很累，现在从紧绷的状态里忽然舒缓下来，她感觉自己可以随时睡着。

杨一打量着她随意盘起来已经摇摇欲坠的花苞头和她深重的黑眼圈，一边叹气一边帮她打开外卖盒："几天没回家了？"

季淼掰开手指头，仔细回忆："两天，哦不，好像是三天了。"

"你爸没说你？"

她摇摇头："我跟他说我住在从葶那里的。"

"从葶还真是好用的'背锅侠'。"

季淼闷闷应了一声，低头喝红枣茶。

杨一将外卖递给她，她皱了皱眉推开："我没有胃口。"

"你多少吃点饭啊，难道真打算为了这个案子拼得连身体也不要了？"杨一越想越气，更多却是气自己没用，"对不是自己的策划案还这么上心，也不知道该说你傻还是太拼命。"

季淼又闷闷应了一声，没反驳。

杨一抱怨的都是事实，她不是傻，如果有别的选择，她根本不愿意接这个活。她熬了两个通宵，连续两天只睡了五六个小时赶工的策划案，并不是她自己为何冠树做的项目，而是颜默诗的项目。那个让她连续盯着这么多个小时，恨不得将每一个角度都看遍了的画面主角，不是旁人，正是夏芷澜。

"我简直对你佩服得五体投地！"杨一大叫。

她自己又何尝不佩服自己？

可现实就是这么巧，颜默诗生病请假了。

——重感冒，高烧三十九度八，连睁开眼睛都没有力气，实在无法上班。

领导把颜默诗编辑的短信拿到季淼面前勉强求她帮忙，季淼才知道颜默诗的"好友论"已经完全深深种在了台领导的心中。她想推拒，说了几句才发现台领导只是给自己一个台阶下，这事已经没有反转的余地了，于是她只能接受。

可她自己会不生气不委屈吗？每一天来自于颜默诗的负能量都需要她自己用力排解，然而舒解完了又要在迎接第二天光明的同时，再次迎接新一波层出不穷的负能量。

就拿现在来说，夏芷澜的这次专访仅刚刚完成前期工作，季淼剪辑时才发现素材一塌糊涂，好的镜头剪零碎了，配的字幕也完全不能引人入胜。季淼不仅得耗费大量脑细胞来苦思冥想寻找亮点，还要重新联系团队补拍了好多镜头，奈何她没有勇气去亲自面对夏芷澜，宁可选择躲在剪辑室没日没夜地做节目，外面就交给杨一帮她跑前跑后。

"谢谢你了，生活委员。"

看见她如同小鹿一样的眼神，杨一也不忍心再责备她了，他摆摆手："不客气。"

"有没有受委屈？"

"啊哈？"对上她抱歉的眼神，杨一忽然有一股想要揉揉她脑袋的冲动，最后仍旧是辛苦地维持着抱臂靠着桌沿，故意用上轻松的语气，"我是谁啊？我可是见到美女就忍不住要帮忙的生活委员！你忘记我在大学的时候最想接近夏芷澜了？真是可惜那时候她天天黏着何冠树……"

明显见到季淼吃饭的动作有了一瞬的停滞，杨一立刻扯开话题："我就是想说，这次能近距离跟梦中女神夏芷澜接触，高兴还来不及，哪里会受委屈？你就别瞎操心了，赶紧吃饭吧。"

季淼笑一笑，没再追问了。

任谁碰到不专业的工作伙伴，都会不耐烦，夏芷澜也不例外，但杨一觉得那些指责和埋怨并不算什么，他唯一担心的就是："淼淼姑娘，你说我俩总这样跟在后面给颜默诗收拾烂摊子也不是个事儿啊。"

"你有办法吗？"

杨一陷入思考，季淼替他说了："除非她换部门或者我走，并没有其他的办法。而且她实习期一过，就可以竞聘女主播了，到那时还会有更多麻烦的事情发生。"

"你倒是看得开。"

"我没办法阻止,只能让自己想开一些了。现在就只想赶紧把这带子剪完,然后请假休息。"说完她又投入到工作里去了。

杨一走到她身后开始给她捏肩。

季淼受了惊吓立刻弹开,惊悚地看他:"你干吗?"

"给你增加动力。"

"我不要!"

"喂,别人求我我还不屑给按呢!"

"你别碰我!走开啦,快走开啦!"

"好好好。"杨一举手投降,退后了几步。

季淼站起身:"我去洗个脸。"

杨一看一眼表:"天气预报说今晚有雨,我等你?"

季淼拒绝他:"不用了,我还要好几个小时,你先回家休息吧,这几天也够累的。"

杨一还想继续说,季淼已经拉开门走出去了。

干脆利落地回绝,每一次都是这样。

不留余地,不可能喜欢。

『叁』

雨水几乎是砸在窗户上的,像弹珠一样。

跑步机摆放在别墅三楼采光极佳的地方,然而现在眼前只有雾蒙蒙的一片,视线无法穿越厚重雨帘直达远方。单穿了一件白背心的何冠树正沉默着在跑步机上运动,速度从慢至快,思绪由近及远。

季淼很多天没有和自己联系了。

速度变快了,何冠树加快了摆臂。

刚刚那是在想她吗?

他皱了眉。

窗外开始打雷,暴雨有加剧的趋势,他平视灰白落地窗的视线动了动,

响雷隔了几分钟,再度响起。

何冠树伸手调了按钮,跑步机开始减速。

他拿起旁边的毛巾,擦汗,朝浴室走。

他脱下背心,旋开淋浴花洒。

二十分钟后。

吹干头发换完衣服的时候,窗外的暴雨仍旧未停,何冠树没再犹豫,从柜子里拿出长柄黑伞,带上车钥匙,出门。

电视台里,季淼待着的剪辑室是完全密闭的空间,在大楼很隐蔽的深处,她并不知道外面是凶猛的雷暴夜。

几乎忙到快要忘记时间,一抬头才发现已经是晚上十点,季淼最后看了一遍已经烂熟于心的专访剪辑,这才满意地伸了伸懒腰。

存盘,上传,双击确定。季淼摇摇晃晃地推开椅子站起身,头晕到险些站不稳。季淼扶了扶桌沿,好不容易才能睁开眼睛,实在收拾不动混乱不堪的桌子,她决定先回家睡一觉,明天再来整理。

在洗手间洗了很久的脸,才能勉强压制住太阳穴的疼痛,却依旧洗不掉已经暗黄到极致的脸色。

季淼给了自己一个大大的苦笑,她揉着额角,抬起的手臂挡住了视线,并没有发现拐弯处一闪而过的身影。

打开手机时才看到了何冠树的未接来电,季淼瞪大眼,看了好几遍,确定自己没有看错,她下意识就要回拨回去,却在刚按完回拨就立刻掐断,她将手机靠着自己胸口,好像靠过来的是千斤巨石,压得她无法正常思考。头更疼了,忍住不去猜测他找自己的原因,却又控制不住自己想要更靠近他一些。

像有感应似的,何冠树的电话又打了进来,季淼很努力才让前几日抗拒他的情绪走开,接通电话:"冠树学长你找我?"

何冠树一直坐在黑色的车里,雨水几乎包裹了一切,潮湿闷热的气息无孔不入,若不是忽然听到她温柔的声音,何冠树几乎要忘记自己究竟在这里坐了多久。

他低低的嗓音像清冽的梅子酒，与雨天有相似的情绪。他说："外面下雨了，正好经过你单位，就想问问你下班了没，要不要送你一程？"

"下雨了？"季淼慌慌张张拉上包的拉链，没有再检查私人物品就往外走，她走到有亮光的走廊里时，差点惊到，还好刚刚她并不知道外面是这么恐怖的天气状况，不然她完全无法顺利完成任务。可是一想到未接电话起码是一个小时以前了，现在学长肯定已经回家了。

季淼的语气里充满懊恼与不安："我刚刚没有看到电话，真是不好意思。"

"没关系，你现在下来吧。"

季淼不知道，为她担心了一整晚的还有杨一，也是在现在，他正一遍一遍拨打着她的电话，然而传来的只有冰凉的女声播报——对不起，您拨打的用户正在通话中，请稍后再拨。

杨一忍不住挂掉电话，很着急："这个丫头，到底有没有安全回到家？"实在放不下心，干脆拿上两把伞出了门去电视台。

季淼维持着让手机贴紧耳朵的动作，何冠树的回答让她的眼睛恢复了一丝光亮，就好像一件事情已经完全走到了悬崖，却忽然在面前出现了一座通天桥。她拼命在眼前扇着风，点点头："学长等我，我马上就来。"

"好。"

何冠树挂了电话，打开车门撑开伞，朝大楼正门走去。

季淼一出电梯就看见等在大厅里的何冠树，长身玉立，一袭黑衣，闲闲地站在那儿，偏偏能带出一股无与伦比让人着迷发疯的气质。

季淼停下脚步，倒是何冠树回头看见了她——憔悴得不像样子了，真的会让人有点心疼。

他提步朝她走去，季淼摸了摸包，忽然浑身一个激灵。

"糟糕。"

"怎么了？"

"我钥匙忘记带了。"

刚刚忘记检查了，她的家门钥匙挂在零钱包上，刚刚被她带到洗手

间去了，洗完手就忘记带出来了。

"我得上去拿一下，抱歉请冠树学长再等我一下。"

"等等。"他叫住她，"怕不怕？"

"还好，灯都开着。"

何冠树回头朝保安问道："天太晚了，她会害怕，我可不可以陪她上去取东西？"

季淼并不知道何冠树的魔力竟然大到能让向来公私分明的电视台保安都变得通情达理："没问题，何先生。"

"谢谢。"何冠树朝他点头致意，而后揽着还在状态外的季淼朝电梯走去。

"几楼？"

季淼报了个数，他探过身子按下数字键，挡住了她面前大部分的光。

季淼捏着包带低头往后退了几步，现在这样蓬头垢面的样子，实在不应该离他太近。

久默无言，两未相看，却不觉得尴尬，仿佛已经习惯这种存在。

"叮咚"一声，电梯门开。

季淼扶了扶眼镜，率先出来了。

何冠树四下望了望，右手稍提着长柄伞，左手插兜里，楼层里空无一人，女生像小鹿一样快步往终点走去，似乎并没有因为窗外的轰鸣雷暴而受到影响。他慢步跟在身后，皮鞋在空荡的办公环境里发出好听的节奏声，给她陪伴。

"学长，我的东西落在洗手间了。"女生有些局促地指了指靠里的方向，大概是示意他不要跟了。何冠树点点头，停下来了，长柄伞定定杵在了地上。季淼转身快步朝里走。

他闲来无事看着一个个格子间，像蓝色的鸽笼，这就是每日容纳她悲喜的地方。

隔了会儿，走廊上传来轻微的窸窣声，何冠树蹙眉，往声源看去，隐约看到一个黑影。

他立刻跟过去。

黑影消失了，他放轻脚步，前方已经没路，他退回来，抬头，眼前紧闭的门上标识着"剪辑室（三）"四个字。

这里并没有窗户可以看到里面的状况，何冠树的身体倚靠着门，耳朵贴上去，隐约听到里面传来压低的视频声和仪器摆动的声音。

何冠树的手机传来振动，是季淼的电话。

他离开了剪辑室，朝电梯方向走去，女生等在那儿。

何冠树微笑："拿到东西了？"

季淼点头。

二人一前一后走出玻璃门，暴雨依旧没有停的迹象，雨珠溅到她的身上，何冠树撑开伞："我的车在对面。"

黑色的伞檐足够大，自他左侧倾斜下来的一方天空，虽然是黑色的幕布，却像具有能放晴的能力。这一平方米之外的地方全是狂风骤雨，但现在自己正拥有着期冀已久的小确幸——饿了有喜欢的人送吃的，下班了有喜欢的人来接，委屈了有一个肩膀，开心了一回头就可以看到他的笑脸。

"可是，这都只是他给你的暧昧不是吗？"

颜默诗的冷笑立刻掐灭了她好不容易重新燎原的希望火焰，季淼脚步停住，何冠树慢了半拍，女生有一半的肩头落入了暴雨中，何冠树走回来："怎么了？"

季淼抬头，眼镜背后的那双布满红血丝的眼睛很疲惫，却又很坚定，想要求一个答案："学长不是回家了吗？怎么给我打电话的时候还会在这里？"

"说过了，正好经过。"

她又想要哭。

"可是，为什么呢？"

真的是因为他也对我有那么一丝丝的喜欢吗？如果是的话，能不能开口，能不能告诉我，能不能不要再让我猜了？

"你呢,在忙什么?这几天都是加班到这个点吗?"

见到他眉间有隐匿的不快,只当是自己问了逾矩的问题,话题忽然就被扯开,连带着情绪也跑了偏无法再回到正轨,季淼低着头回答他:"有个采访带子要赶着剪辑出来,同事生病了,领导让我帮忙。"

"剪辑?"

她点点头。

"是不是在第(三)剪辑室?"

季淼又点点头:"学长怎么知道的?"

"那就是了。"他的表情忽然凝重,像是在飞快思考。

本以为就那样越过去的话题,又再度被他轻飘飘提起,他可能并不知道,在一个人的心间扎下一根刺也许还能忍受那种疼痛,但好不容易忍下去了,那个扎刺的人又云淡风轻地伸出手,将刺往里推了几厘米——季淼扬起脸,退后拉开和他的距离。

噼里啪啦,她真实地站在了暴雨中,后背几乎顷刻就被浇湿。

他皱眉又要上前,季淼喊住他:"学长真的不知道吗?"

他的眉蹙得更深一些。

"上次我们四个人吃饭的时候,学长不是已经知道芷澜学姐回来了吗?"

他听见她的声音一个字一个字往外蹦:"颜默诗负责芷澜学姐在我们台的策划案,后天有个先导预告片要播,这几天我都在赶工。"

颜默诗……何冠树听到这个名字时,立刻将一切都串起来了。他眼神变得清亮,还带了一丝狠意,他的伞立刻撑过来,手覆上她的肩,这才发现她已经淋得湿透。何冠树对她几乎是以命令的口气说道:"你剪辑的那个带子不要再用了。"

这完全出乎季淼的意外,她失笑,侧过脸:"学长知道自己在说什么吗?"

他不语。

"我天天熬夜做出来的东西,学长看都没看就要我放弃?为什么?

觉得我做得不好吗?还是因为对方是芷澜学姐?"

季淼突然失控,说不出剩下的话,呼吸都开始变咸,并不是因为周围的水汽太重,而是因为自己的内心,像是受尽委屈的孩子,又不能当着他面哭出来,情绪涨了潮,那种湿漉漉的潮意不断在胸腔翻腾,往上冲涌。季淼倔强地看着他,问他:"学长回国这么久,见过芷澜学姐吗?"

"季淼……"他加重了语气。

她不管:"肯定见过了对不对,所以为什么呢,为什么现在要出现在我的面前呢?为什么要给我错觉?为什么要轻易地就否定掉我的一切?"

说不出口了,幸好雨过大,浇到她的脸上,浇到她的眼镜上,让她觉得眼前变得模糊是因为大雨,而不是心痛的眼泪。

"季淼。"

何冠树定定地看着她,看她抚额,看她抹掉嘴巴上的雨,看她大口呼吸,看她拼命维持平静,他遮住那还想继续吞噬她的暴雨,看见她在自己面前颤抖,他忽然想要抱一抱她,却怕会吓到她。她湿漉漉的发丝贴在脸颊上,他伸出手替她一一拨开,手碰到她额际的时候他忽然就想起过去那么多年里,常常看到她额角挂着的青紫,那一瞬间,那种离她很遥远的感觉再度真实朝他袭来。

何冠树的温热指尖贴上季淼的前额,轻轻触碰,隔着指尖女生看到他的眼神,很悠远,很不可捉摸。

不远处的街角,杨一撑着伞,另一只手还握着另一把伞,遥遥望向雨帘中这两个身影,何冠树揉她额角的模样,每一下都好像饱含了无限的温柔。

在他的温柔中,杨一站成了一座孤单的雕像。

"回家吧。"何冠树轻轻说。

季淼像是很累,挣脱掉他的手,重新没入雨帘中,她向他鞠了躬:"抱歉,学长。"

何冠树看见季淼像一道孤绝的风,转身离开了自己,带着义无反顾

的坚持。

虽然很想去追,但理智告诉何冠树,现在更重要的事情是给邵青延打电话,让他通知夏芷澜,单方面要求电视台撤掉后天要在各大平台播放的先导宣传片。

"为什么?"

"别问为什么了,照做吧。"

"夏芷澜可能会发脾气。"

"跟她说这是为她好。"

"你还关心她?"

"不是。"

不是她。

邵青延"哦"了一声,默了会儿又问道:"你在哪儿?这么大的雨你还在外面?"

"嗯,挂了,我还有事。"

何冠树收起手机,上了车,眼前已经看不见季淼的身影了,他叹一口气,驱车朝季淼家的方向开去。

『肆』

这个习惯不好,季淼知道,但是已经跟了她很多年了。每次情绪大起大落承受不住的时候,她都喜欢借助一些外力,仿佛这样就可以帮助自己分担悲伤。只是这回,没跑出多久,她就后悔自己在逞强了。

枝干粗壮的茂盛大树都被风吹得"沙沙"直响,每一次响彻在耳畔的轰隆雷电声同时也响在心脏深处,更何况暴雨已经让她的衣服紧紧贴着身体,实在是糟糕透了的状态。但偏偏越糟糕,人反而能变得彻底寂静。周围环境已经够坏,自己的状态也不会再坏到哪里去了。

杨一就是在这样的情况下出现的。

季淼怔忡,杨一一反常态地冷着面孔,一言不发,他侧过脸没有去看狼狈的季淼,脱下自己的外套给她披上,手在她头顶像是画了一个大大的圈,将她圈在最中心。他替她拎了拎衣领,伞也来得刚刚好。季淼低着头,盘起的花苞头已经摇摇欲坠零散不堪。

"你怎么知道我在这里?"

"跟过来的。"

季淼诧异:"你看到了?"

杨一吸了吸鼻子,揉了揉她的头发:"看到了,也不知道说你什么好,总是这么不让人省心。"

多的话一句没说,他也不想问。这么多年了,早就可以确定身侧的她一直都喜欢那个他,她有那么明亮的眼神,望向何冠树的时候从来都不懂得掩饰,也作不了假,但是有什么办法呢?谁让出现在自己面前的姑娘,是她呢?

"走吧,回家赶紧睡觉,如果你明天还想上班的话。"

"我明天请假。"

"请了没啊?"

"不敢……不如你明天帮我去说下,我生病了。"

"说什么呢,呸呸呸!"

"去不去?"

"好好好,我去说我去说,大小姐你就回家安心休息,记得喝点姜茶。"

"啰唆鬼。"

"你个没良心的!"

杨一一把揽住她,紧紧钩住她的脖子勒到自己胸前。

季淼举起双臂在他面前乱挥:"杨一你胆子肥了啊敢碰我,给我放开啊!"

"就不放!"

知道她的悲伤很深很重,所以回应自己的语气才会这么响这么闹,她需要伪装,哪怕这伪装一碰即碎。她在自己面前总是这样一副快乐的样子,让他无力,无法再走近一些,可他也没有办法,只能陪着她一起

伪装。

杨一拖着她往前走,感受着她大声背后的颤抖,他与她共撑一把伞,伞却明显地倾向了她那一端。

雨可能真的是太大了吧,所以能冲破厚厚的车前玻璃,一直冲到何冠树的面前。

他的指尖敲打着方向盘,脸色阴晴不定,杨一和季淼的背影已经看不见很久很久了。黑色轿车的双排灯却仍在雨帘中闪动,就像厚重雾霭中的一束薄光,透着浓重的压抑,丝毫没有停下来的迹象。

『伍』

终于,回到家了。

季之显的疑问可能会成为压垮季淼的最后一根稻草,幸好他不在。

季淼关了手机,一瞬感到放松,洗完澡后却忽然连路都走不稳了。她扶着墙沿睁不开眼,本来就劳累过度,又淋了一场暴雨,心情还糟糕透顶,她现在头已经疼炸了,刚刚吐了一场,晚上吃的外卖几乎全都吐空了。

吃了点药,季淼钻进被子。

身体糟糕,所以才会让负面情绪出来胡闹,连梦里都不肯安生。眼前恍惚出现了很多个何冠树的影子,摇摇晃晃,季淼想伸手去抓,但是一碰到影子就碎了。她抓不到,她无法靠近,那么多个何冠树,笑的、帅的、生气的、温柔的,可没有一个是她的。

然后出现了季之显愤怒的脸,她拼命朝后躲,但是躲不开,她双手高举,将头缩了进去,等待预想中的疼痛。

还有妈妈的面容,依旧停留在十几年前的模样,她不肯回头,不肯给到季淼最后的眼神,妈妈的背影走得那样决绝,她丢下自己,她走得太快,终于,她成为黑白。

……

画面一帧一帧切换，季淼觉得自己像是被箭射中不断坠落的飞鸟，又像是触了礁正疾速没入深海的沉船，孤独像从遥远的旷野吹来的风，那么刺骨，那么冰凉。

『陆』

每一次在争吵过后的晨昏交替，她睁开眼睛都会为接下来要面对的局面感到头痛。

早餐桌前，季之显沉着脸："检讨写完了没？"

女生点头小声答："写完了。"

她双手递上检讨，全是按照爸爸最喜欢的格式写下诸如此类"不会再这么不懂事""会尊重爸爸的朋友们""让您生气失望我很抱歉""我会更加努力学习"等等，都是几乎已经写烂的话语。

季之显沉默地扫过一行一行，季淼忐忑地捏着书包带："今天有考试，我能出门吗？"

没有回应。

客厅的窗户上映出她笔直的身影和模糊的轮廓，右脸经过一晚上湿毛巾的冷敷，红肿差不多消退，只是额际上的青紫瘀痕依旧明显，季淼将齐刘海全部遮下。终于，季之显冷冷地挥挥手："考不好你自己看着办。"

季淼点点头，压力很大。

如果站在天空的角度往下俯视，就会看见季淼与从荨两个状况都不太好的女生，正从不同的方向一点一点往中间汇合，就像小溪终要汇向大海。

霞霏巷。

季淼刚走到巷尾转角时，就冷不防受了惊吓。

那个女生桀骜不驯的背影或许还不足够让她熟悉，可是她手腕上那条快要褪色的红色六芒星手链却像是会开口说话一般。

从荨身边绝不是安全的气息，以季淼目前的境况实在不该多管闲事，

但她顾不上更多，立刻喊了出来："老师来了。"

一句话吸引了他们的注意，但也只是短暂的注意，接下来是更大的哄笑声，为首的那个男生吊儿郎当地走到季淼面前，季淼扶着墙壁的手指都快抠下一整块碎末，颤抖到不行。男生走到离她几步远的时候停了下来，将她上上下下打量一番，并没有为难她，而是转向从葶："这就是你找来的帮手？"

众人大笑，从葶发出一声闷哼，声音极冷："我不认识她。"

众人闲闲看戏，从葶推了把季淼，恶狠狠道："没你事，快给我走！"

"我不走，你快跟我去考试……啊！"季淼的话还没说完就被从葶一把扯住马尾往下猛拉，她只觉头皮阵阵刺痛。

哄笑声更大了。

从葶看着季淼捂住头瞪着一双大眼睛看向自己，那样清澈干净的眸子里担心和委屈一览无遗，她愣了一瞬，忽然又猛地拽紧季淼衣领往上提靠近自己。季淼的脖颈被勒得发红，从葶的身高超过一米七，所以季淼被迫跟她一样高时脚跟都险些离地。从葶用眼角余光看到他们都不曾多心，便在季淼的耳边快速吐出了音量极低的三个字。

季淼不可置信地盯着眼前脸色惨白的女生，冷不防又被推倒在地，白衬衣染满了泥。

"小姑娘，你收起你的滥好心吧，今天是我们宫老大和从葶有些话要聊一下，不会对她怎么样的，你还是安安静静背着你的书包去上学吧。"

季淼最后看了一眼从葶，站起身慢慢拍走身上的泥，默了默，而后转身朝学校走去，只是在拐进校门的那一刻，步伐生生地就被钉在原地，不知道该往左还是往右。

学校钟楼上的大钟指针摇摇晃晃迈向八点，被刚刚巷口的事情耽误了半刻，现下离数学考试的开考时间只有五分钟，门口已经没有学生，教学楼里远远传来提醒进入考场的喇叭声。明明太阳还没有爬到顶空，可她仍觉得现在的阳光太过刺眼，她的汗一滴一滴落下，全都燃烧成焦虑的热意。

考试的重要性不言而喻，不光是直接决定期末的绩点和评优、未来的保送，更是缓和目前季之显和季淼父女关系的唯一途径。

从葶和季之显的两张面孔在脑海里来回播放，季淼痛苦地闭上眼。

八点整。

季淼终于提步跑向了篮球馆。

她知道他们都会在那里。

季淼不清楚从葶和邵青延之间是什么关系，所以当从葶贴着自己的耳郭说出"邵青延"三个字时，她也讶异至极。而现在，她完全顾不上自己将要以这样满身是伤的姿态出现在跟邵青延形影不离的冠树学长面前，尤其还可能会碰到正和他如胶似漆的夏芷澜，自己的狼狈和对方的高贵会产生无比强烈的对比……她只知道心底有个声音一直在叫嚣，她必须保护从葶，以她力所能及的力量。

学校东侧的篮球馆。

季淼闯进去一眼就看见了人群中的何冠树，帅气的弹跳动作，落地时篮球刚好落进篮筐，看台上都是大四的几个学生会元老，夏芷澜不在。

视线以何冠树为中心，往西南方向偏移十五度，邵青延双手插在球裤兜里，戴着红色的头带，背对着她。

何冠树眼角稍提，这个女生，就是那晚雨天里碰到的女生，他有些印象。何冠树将球朝队友一抛，刚想开口："帮我挡挡那个丫头。"可是季淼喊出声的话却是："青延学长，请你帮帮我！"

微微出乎何冠树的意料之外，她眼光的聚焦点并不在自己身上。

邵青延恍若未闻，示意何冠树传球。

尴尬。

看台上学生会的人显然都把她当成了一如既往的花痴学妹。

"喂！小学妹，你现在不去考试跑来找你的青延学长，不怕被老师骂吗？"

季淼浑身硬邦邦地杵在他们的嘲笑声中，可惜她口中的"从葶"二

字并没有成功激起男生的记忆波纹,邵青延对她的一再阻拦终于变了脸色,瞳孔里浮起没有温度的冷淡和嫌恶:"走开。"

季淼坚持:"从荨在霞霏巷被宫御风手下的一群人围住了,请你帮帮她。"

何冠树走近,皱眉道:"你不去考试?"

"来不及了。"也不知究竟她指的是考试还是救人。

她的刘海因为奔跑显得凌乱,露出前额若隐若现的淤青。

何冠树眼色稍霁,默了半晌:"青延,你去看看。"

在目光和冠树短暂对峙三秒钟之后,邵青延才将球扔给队友,拎起外套朝大门走去。

霞霏巷。

那群人很恶劣,从荨的状态很不好,邵青延的脚步声都好像泛着冷气。

领头的人这才回神叫骂:"死丫头,你竟然去找帮手!"连宫御风都惧怕邵青延,何况他们。很快,他们一溜烟逃得飞快,季淼跑到从荨身侧,女生眼睛里的光芒虽已暗淡,却依旧有股遗留的傲气。

邵青延蹲下身子,对着这个第二次见面的女生,声音放得有些轻:"我送你去医院。"

"不去。"从荨拒绝。

"去拦车。"这是对季淼说的。

从荨剜了一眼他,撑起身子作势就要走:"你没资格管我。"

季淼已经拦下车,邵青延三两下就将从荨丢进了车后座,在她发作前抢先报出了地址,曼维尔庄园。

"你也去。"

季淼因为这句话浑身变得僵硬,想走和不想走的两种情绪不断在脑海内相互拉扯,直到车轮稳稳归于静止状态,从荨已经陷入沉睡。

管家应了门,邵青延说:"快叫私人医生。"

"我好像没答应把房子借给你做善事。"何冠树一袭运动服站在楼梯上,夏芷澜站在他身后,季淼移开了视线,尘埃落定的心情。

"你开的口,当然要一起负责了。说吧,哪个房间?"

"直走到底右转第一间,"何冠树耸肩,"医生已经在房间里面等着了。"

"谢了。"

私人医生给从葶检查的时候,季淼等在外面,邵青延和何冠树他们在楼下客厅里聊天。季淼看见夏芷澜一直被何冠树逗得合不拢嘴,长长的头发摊在他的胸前,她偶尔将头搁在他的肩膀上时,何冠树的嘴角也会跟着流露出一丝难得的微笑,而邵青延宛如没看见,不受影响。

"好了,你该回去了。"

"我再留下来陪你一会儿好不好?"夏芷澜摇着他的手臂,罕见的小女人姿态。

何冠树低头在她耳边说了些什么,惹得她缩肩娇羞笑笑,捶捶他:"好了好了,那我现在就走,你可得说话算话。"然后就是带上大门的声音。

季淼回到房门口,她看了眼时间,数学考试应该已经结束了。

『柒』

不记得是如何回家的了,唯一还留有印象的是在自己走出何冠树家门时他看向她的目光。厚厚的刘海遮在额前,而他的目光似乎要穿透它们。没等到他开口,就快要擦身而过时,季淼忽然鼓起勇气说道:"冠树学长,今天谢谢你了。"

何冠树单手插在兜里,眉峰淡淡的:"没事。"而后关上了门。

季淼在门口看了一下暗红色雕花大门上的门牌号,盛夏的阳光晒在上面,空气里还悬浮着他的气息,如此温热的场景,却让她觉察出了丝丝凉意。

"我回来了。"

有气无力的声音,季之显坐在沙发上抽烟,看也不看她就问了句:"考

得怎么样?"

季淼脱鞋子的动作一滞,明显感到自己额头的青紫更疼了。

她太了解季之显的脾气,如果她现下不坦白一切而是等着事情被他发现的话,她会死得更惨,他的震怒会如龙卷风暴一般伤害到她不算,更会以不计后果的方式弄得尽人皆知。季淼可以想象到他火气冲冲地赶到学校,当着所有老师和学生的面将她的东西全部打包好带走,一边收拾一边骂她,再带着她去主任室走一遭,表示对教出了一个这样的女儿感到痛心疾首——他从来都是这样,做事情不会考虑别人的感受,全依仗着自己的脾气来,仿佛季淼是一个多么糟糕的存在。

而她会被所有人看笑话的细碎耳语刀刀凌迟,然后整个易维亚都会知道她有一个对她家暴的爸爸。

"愣在那儿干吗,没听到我问你话吗?"季之显的音量又高了一个八度,拉回了季淼的思绪,她整个人跟着一颤,受惊地看向季之显。

不能现在说,不能让颜默诗、从荨,以及她在乎的冠树学长或是学校里其他的人看向自己的目光都披上同情的外套……绝对不可以坦白。

像被抽空了力气一般,女生最后的小声回答是:"还行,最后一道大题没做出来。"

季之显沉默了,一口一口地抽着烟。

季淼僵硬地挪动身体,这样压抑的气氛让她胆战心惊。果不其然,季之显凉幽幽的声音再度响起,让挎着书包刚刚迈开第一级台阶的女生险些倒在了楼梯上,他说的是:"既然坐在教室里考试,那难道是你们辅导员眼睛瞎掉了,所以特地打电话给我问你为什么不去考试吗?"

季淼听到了自己的心脏"咯噔"了一下。

"我说你一早就出门了,我们都以为你路上出了什么意外,现在你自己倒完好地跑回来了,还对我撒谎说你考完了。你倒是给我解释解释,你今天一天死到哪里去了,是不是又跑到你妈那儿去了!"季之显带着风暴站起身来。

"我没有……"季淼太过害怕他的逼临,手心紧紧拽着书包肩带,整个人不断往后退，不料被台阶绊倒，"砰"一下整个人砸到了地上，下一秒又被他单手拎了起来。

"爸……"她哭哑着嗓子。

"这种时候你知道叫我爸了？顶撞我、欺骗我的时候怎么没有想起来我是你的爸爸！"季之显越说越生气，抄起早就准备好的家法木棍，朝季淼的背部挥去。

季淼的哭声陡然失控，她拼命躲避："爸，我错了！啊……"

如何道歉都不管用，季之显涨红了脸，眼里迸出的光都满含凶意："让你撒谎！我让你撒谎！手里拿着什么？我倒要看看你书包里装了什么宝贝东西要这样护着！"

书包被季之显一把抢走，"唰唰唰"所有东西都被倾倒在地上，除了书本之外，还有一条暗红色的手链引起了他的注意。

"这是什么？"

季淼缩在墙角，眼睁睁看着季之显拿起六芒星手链看了看，然后一把朝客厅的墙边砸去……手链落地了，清脆断裂的声音落入了女生的耳朵里、心房里……季淼疼痛地闭上了眼。

结束了。

背很疼，无法倚靠任何绵软物体。

周遭寂静到只能听到她对镜给自己涂抹药水的吸气声。

季淼将自己反锁在洗手间里，对着镜子里薄弱的光线，像是在与另一个自己无措对视。心疼的情绪在空气中蔓延，被黑暗予以具象，可以真实地握到手上，镜子外的这个实体和镜子内的那个虚无，这么多年一直相互依衬相互怜悯，却始终无法合力挣脱这个牢笼。

她趴着睡了一整夜，一早就被季之显叫起来："今天是不是还有考试？"

季淼揉揉困顿的双眼，点点头。

"快起床，我送你去。"

季淼的精神被这一句话激得清醒了大半,她双脚在地上找着鞋子,因为牵扯到了背部的伤口,女生没忍住轻轻吸了一口冷气。季之显离开房门的步伐稍顿,回头看了一眼她,然后离开。

送她到学校的一路上,季之显一直沉着脸,半个字都没有。直到下车的时候,他才开口:"考完就回来,十点钟结束的考试,如果十一点还没到家,我就打断你的腿。"

季淼虚弱着答应了。

十点一刻。

走廊上熙熙攘攘的人群悉数在探讨着答案。

"哎呀糟糕了,刚刚听力我好像涂错了答题卡!"

"我觉得今天的阅读好难喔。"

"别提了,我作文都没来得及写完……"

今天考的是英语,这原本是季淼的强项,可惜今天考得实在是头晕眼花。季淼被人群推着往外走,碎石子在脚底硌出疼痛的热意,季淼抬头,意外撞见了人群里从荨的身影。

从荨也看见了她,几步走了过来。

"谢谢你。"她说。

季淼默了默,光线溢进她的眼睛里,那样澄澈,也那样悲伤……

从荨打算走了,她才开口道:"从荨,你需要朋友吗?"

"什么意思?"从荨皱了皱眉,然后她才摇摇头,"我不需要。"

"可我想当你的朋友。"

"我已经说过了我不需要。"从荨冷笑,"你别以为你帮了我就可以随意支配我,我告诉你我……"还没说完就被季淼悠悠的语调打断了,她的声音那样无助:"可是我需要你这个朋友呢。"

……

一连考了一周,最后一场考试也结束了,代表真正意义上的暑假到来。

大家在教室里收拾着书和题集,每个人都神采奕奕,季淼却像有无比沉重的心事，目睹着一群人的狂欢，就连去洗手间的路上都熙熙攘攘，直到被颜默诗拦了下来，她才抬起头："是你。"

颜默诗的身侧还跟着几个女生，每次出场都被众星捧月着，不像她形单影只。

"缺考了？"其他女生听起来的感受是颜默诗在安慰季淼，诸如"有什么困难需要帮忙的话可以找我"，可在季淼听来，更像是幸灾乐祸。

季淼垂下眼帘，调整了耳机的音量，淡淡地说："没关系，下学期补考。"

"好吧。"颜默诗歪了歪头，换上一副鼓励的表情，"那你加油啦，虽然觉得季淼你会不会把这次考试的重要性想得太轻了，这样好像不太好呢？但毕竟你最近正好家里出了点事情，应接不暇也是有可能哦？"

温温柔柔的语气，打着"关心"的幌子绵里藏针，就是为了狠狠朝她的痛处扎去。

"季淼，"从荨的声音插入得刚刚好，季淼回头，她扬了扬手中的作业本，"我有道题目不会，你过来一下。"

季淼不再理睬颜默诗她们。

"我们走吧。"颜默诗耸了耸肩。

季淼翻遍了从荨手中的作业本，有些奇怪："什么题目？你不是全都会做吗？"

"骗你过来的，"从荨收回作业本，"不喜欢她。"

季淼有些诧异："为什么不喜欢她？"

"很假。"从荨无所谓地说道，一语中的。

季淼觉得很意外，第一次听到除了自己以外，会有人对颜默诗是这样的看法。

季淼偏头重新望向走廊上渐行渐远的一群女生，恰好颜默诗扬起脸望向了阶梯上方，似乎是与谁的视线交汇于空中的某一个点，而后女生垂下眼帘，脸上恰到好处露出一抹红晕，唇畔也绽放出如夏花一般的璀璨笑意。

完美无瑕的角度、完美无瑕的羞涩,以及完美无瑕的微笑。

一切都经过了准确计量一般,就好像时刻都戴着面具。

季淼低头开始收拾自己的东西,从荨拍了拍她的肩膀:"一起走吧?"

"哎?"季淼不明白,半晌才眼睛放光道,"从荨,你想起来了对吗?"

这大概是季淼这几天来唯一值得高兴的事情了。

"走了啦。"从荨一把揽住了她的肩。

"快告诉我,你什么时候想起来的?"

季淼左右摇晃着她的手臂撒娇,可从荨偏要装出一副高冷的模样死活不肯说,只是渐渐扬起的嘴角出卖了她的好心情。

英语考试那天,她去找季淼原本只是礼尚往来为了道谢,可却发现季淼的脸色有些不对劲。从荨觉得奇怪便一直跟着她到了公交车站。人群之中,季淼捧着手里的东西目不转睛,从荨一眼就认出了那条再熟悉不过的六芒星手链,虽已断裂不全,却仍被季淼牢牢握在手心。她眼神空洞却又是那样平静,却让从荨被回忆猛烈击中。

忽然想到一件事,从荨的脚步停了下来,侧头问身边的女生:"数学考试那天的事情,要不要我去向你爸解释一下?"

"啊?你怎么知道的?"

"蠢死了!"从荨戳了下她前额,季淼呼痛。

后来从荨替季淼向季之显解释了一切,虽然缺考,可毕竟现在更多的人已经不会再随意对陌生人伸出援手,在关乎品行的事情上,季之显还是会支持的。他闷闷的,即便不情愿,最后也只丢下一句:"补考最高能得多少分?"

季淼声音很轻:"只计过和不过,不算绩点的。"

季之显沉闷地吐出一口气,没再说话了。

身侧的从荨等他走远了才小声开口问:"你爸爸真的有点凶哎,那现在这样的话,他不会再骂你了吧?"

"应该不会了吧。"

可是季淼心底却没有一丝一毫解脱出来的安全感。

就好像短暂地度过了现下的风暴期，却对下一次季之显的爆发依旧难以预料。

而她，就宛如时刻行走在刀尖上的旅人，无法预见，也无处可逃。

『捌』

今年夏天的雨好像比往常更多一些。

季之显今晚有应酬，回来得晚了，已近凌晨，他看见季淼的鞋子整齐地摆在玄关处，胸腔里忽然浮起一股薄薄的温柔。

她已经好几天没回家了。

他已经记不起有多久，在每一个辛苦工作的深夜回到家，接待自己的只有冷冰冰的空气和空荡荡的房子，妻子的声息几乎已经要遗忘干净，而卧室衣柜里她的衣服仍旧不舍得丢掉，女儿越长越大，却离自己越来越远。

季之显叹一口气，去洗手间洗漱。

收拾妥一切，目光却在移到玻璃台上的棕色药瓶时有了停滞。季之显举起来看，手忽然发战。

——是季淼用来擦伤的药水，她忘记拿回房间了。

季之显在沙发上坐了很久很久，头埋在双掌间，一动不动，不知道在想些什么。

深夜的窗外依旧电闪雷鸣，季之显回头看一眼夜色，上楼。

季淼的房门忘记反锁了，他轻轻推开。

季淼侧躺着，头发好像被汗濡湿，面色惨白，嘴里喃喃有词。

"淼淼？"季之显在黑暗中轻唤她一声。

"嗯……"似是迷迷糊糊应了一声。

以为她醒了，季之显走近了才发现并没有，他在她床沿坐下来。

是有多久没有好好看过自己的女儿了？眼睛适应了黑暗，便能看到

平时不会注意到的一面，季淼的面容比小的时候长开了很多，那么多朋友都夸自己女儿长得漂亮，他却一次都没有仔细观察过，她的眉毛、她的双眼、她的鼻翼、她的皮肤，每一处都那样熟悉，却又陌生。

"妈——"季淼陡然尖叫，让季之显措手不及。女生双腿一蹬，不小心踹到了季之显，季之显看向她，这才发现季淼在发抖，双手在空中乱挥，季之显探低了身子，轻轻拍打她的脸："淼淼？"

她醒不过来，她仍在挣扎，她开始哭了，嗓子又潮湿又沙哑。

"不……不要！"

季之显不知该如何定义飘浮在自己胸间的这股情绪，太压抑了。他握住季淼的双手，感受着她的战栗和冰凉，他轻轻拍打着她的背，看见她半张着嘴巴困难地呼吸着，胸口忽然很痛很痛。

有些道路，走远了，走累了，回头的时候才发现原来第一步就迈错了，也已经错了这么多年。

想要改，会不会很难？会不会没有机会了？

季之显在黑暗里坐了很久，才将她的棕色药瓶摆在她的床头柜上，起身，合上房门。

身后的季淼呼吸终于归于平静，楼下客厅里的大钟也沉默地划过了凌晨一点。

窗外雨停了，枝头的树叶好像绿得发亮。

『玖』

季淼病了一天，挨到夏芷澜的先导宣传片首播的日子，即便头昏脑涨，她依旧撑着身体来到了电视台。

电视台里的氛围怪怪的。

季淼办公室里只剩下宋一燕一个人，颜默诗不在，但她座位上的电脑开着。也是，今天这个大日子，颜默诗这个名义上的负责人肯定得到场才是，季淼心里却忍不住酸酸的："她的病也好了？"

宋一燕看向季淼，摇摇头："应该说她从来就没生过病比较合适。"

季淼被宋师姐逗笑了。

"倒是你，脸色很不好。"宋一燕从抽屉里拿出泡腾片给她兑了水，搁到她面前，"为什么不继续在家休息？反正先导片也被撤了。不过话说回来，真是太没人性了，你辛苦了这么多天，夏芷澜那边轻飘飘的一句不满意，就不允许我们播放……"

"什么？"季淼猛然站起身。

宋一燕皱眉："你不知道？"

"没人通知我这件事，到底是为什么？"

"不清楚……"

季淼觉得头更痛了，她顾不上其他，提步就朝外走。

另外一边，邵青延拿到了临时被撤掉的先导宣传片样带，刚刚在夏芷澜和陈程面前播完。三个人的面色都不太好，这个概念先导片被剪辑得支离破碎，毫无美感，完全无法让人感知到身为艺人的半点魅力，与其说为了吸粉，不如说像是一场天大的笑话。

邵青延沉沉发声，态度不佳："所以夏小姐仍然觉得公司提出撤掉先导宣传片这一决定是错误的吗？"

夏芷澜双手交叠放在双膝上，浑身僵硬。

回想今天一整天的胡闹，从一大早原本满怀期待等着宣传片以最耀眼的模样问世，而后久等未至，再到得知邵青延的决定，她立刻就被生气和背叛冲昏了头，带着陈程冲到公司大闹了一场。

现在的她，坐在邵青延的身边，一句话也说不出来。她不想道歉，她觉得丢脸，如果对方不是何冠树的好友，如果对方与自己只是合作关系，如果他们从前并不相识，但凡是以上任何一种情况，她都会比现在好受一万倍。

"太危险了。"陈程抚着胸口，仍然觉得后怕，"我一早就知道颜默诗没有什么能力，她突然来接近芷澜这件事总让我觉得不安，却没法考究到背后的原因竟然会是这么恶劣的报复！邵总这次危机处理得太及

时了，我为今早的鲁莽向您道歉，希望您不要介意。"陈程站起身，毕恭毕敬地朝邵青延鞠了90度的躬，夏芷澜依旧在沙发上一动不动。

邵青延抬抬手，言语间掂量着轻重："既然我们已经是站在一起的利益体了，还是希望你们做决定前能多从公司角度出发。现在发生了这样的事情，我不得不怀疑之前夏小姐与我司从设计师的矛盾可能也是一场误会了。"

夏芷澜警觉地望向他。邵青延继续说道："我公司已经决定将从葶请回来了，未来还请你们多多配合她。"

夏芷澜冷笑了一声，陈程看她一眼知其不愿，却也只能先答应邵青延。

有时候，一步棋走错了，这棋局就会毫不客气地从先发制人变成受制于人。

邵青延叹一口气，怀着最后的善意提醒夏芷澜："近期不要再和颜默诗打交道了。"

"那电视台的案子怎么办？"

没想到她关心的还是这个荒唐的策划案，陈程担心给邵青延火上浇油，忙打断夏芷澜："都什么时候了，还关心这些，总之芷澜，你这次必须听我的，以后那个颜默诗来找你，不管说什么你都不许再答应！"

邵青延没有接话，算是默认了。他何尝不知道夏芷澜闪烁目光背后的真实心愿，可是他无法告诉她，她想象中的这一场戏，男主角也许永远都不会登场。

夏芷澜觉得自己像是忽然被抢走火柴的女孩，是被抽走提线的木偶，她没有力气再支撑完美的坐姿，往后重重靠到了沙发上。

邵青延站起身准备离开，夏芷澜的声音悠悠地从身后飘过来，带着无比坚定的决心："青延，让何冠树来见我。"

『拾』

"怎么会这样？"

台领导很心痛:"季淼,我是信任你才特许你在紧急时候有免掉二审的权限,可你竟然给我捅了这么大的娄子。你真的很让我失望!"

季淼难以思考,拼命摇头:"这不是我剪出来的片子。"

字幕不对,画面不对,顺序也不对,而且整体内容太低俗也太恶劣了。

"领导,这肯定不是季淼做的,我申请检查监控!前天晚上到今天早上之间,肯定有人私自动过这盘带子!"杨一揽住季淼的肩,替她叫不平。领导觉得杨一说得有理,便同意他们去检查监控,谁料监控早已被损坏,播放出来的全是雪花页面。

"太可恶了!"杨一恨得咬牙切齿,那个名字就在嘴边,却不能说出口,他直接捶了墙,"真想去打她一顿。"

季淼整个人瘫在了椅子上,她很心疼自己的心血,也很后悔自己的粗心,为什么好不容易完成了百分之九十九的步骤,却在最后一步功亏一篑。

门口闻声赶来只为围观的同事们见已经尘埃落定没什么可八卦的内容了,也相继离开。饶是再讨厌颜默诗,在这件事情上,杨一也着实有些佩服她,明明是她的案子,却能在出事时抽身得如此干净又漂亮。她没有来落井下石,反而在人前大肆宣扬着"季淼已经很不容易了,大家不要再去打扰她了"诸如此类的言论,不仅收获了"颜默诗人确实不错"的赞美,又很好地将众人的注意力再一次吸引到了季淼身上。

杨一只恨自己找不到突破口,找不到那个可以瞬间撕扯掉她完美面具的线头。

季淼的声音里含了无限的怅惘:"我究竟一开始为什么要去接近她啊,如果我和她是陌生人,现在应该会轻松很多。"

"没用的。"季淼不解地看向杨一,杨一继续道,"你的光芒是挡不住的,即便一切可以重来,你不去接近她,她也会将你视为对手,今天的一切仍旧会发生。"

季淼摆摆手,将头搁到了桌上:"现在该怎么办呢?"

宋一燕在此时走了过来,手里端着的依旧是刚刚那杯泡腾片冲的水,

看着季淼喝掉,她说道:"事情已经这样了,身体更重要。给你说个好消息,周末台里组织一年一度的短途疗养旅行,你正好可以借机放松一下。"

季淼没有什么兴趣,杨一却是非常踊跃地配合宋一燕:"哇噻真的吗?去哪里玩?"

"说是海岛。"

"太棒了!夏天和大海最配了,我已经迫不及待了,是不是啊淼淼姑娘?"杨一摇晃着季淼的肩膀。

季淼觉得头被晃得更晕了:"杨一,可不可以不要再说话了,我有点难受。"

看上去是真的面色很差,也并没有任何实质性可以帮到她的消息,宋一燕耸耸肩,拍了拍杨一:"那我先走了。"

出门的时候却撞到了小霞,宋一燕依旧因为上次在茶水间小霞和颜默诗狼狈为奸的事情而对她有成见。小霞却是略显局促地朝宋一燕鞠了鞠躬:"师姐。"

"你来干吗?"

"我找季淼。"

"她没空。"

小霞似乎有很重要的事情,对上宋一燕一脸嫌恶的表情她焦急得直跺脚,杨一听见声响出来看,小霞连忙说了原委,杨一招手让她进来,小霞关上门,隔了半晌才蹦出了一句惊人之语:"我这里有监控。"

杨一一把拽住她:"你说的是真的?"

小霞郑重点头,从包里拿出一个U盘,原来她在监控坏掉之前就对着保安室的监控屏幕用手机将一切都录了下来。

杨一拍手叫好:"太好了太好了,这下证据确凿了。她即便换了妆戴了帽子,可没办法躲过这么多摄像头啊,你看这里照得清清楚楚,一看就知道是颜默诗!小霞你太棒了!"就连宋师姐看完这个视频后,也对她改观了几分。

杨一又问道:"对了小霞,你为什么会这么关注颜默诗?"

"我……"小霞低下头。

宋一燕替她回答："她也被颜默诗坑过。"

"什么？"杨一不可置信，"她还真是什么人都不放过啊。"

小霞的头低得更深了。

杨一和宋一燕有一搭没一搭地聊着天，都为小霞送来的转折感到高兴，这事他们暂时不打算张扬处理，毕竟逼急了颜默诗，对现在处于风口浪尖的季淼并不是上佳选择，而且台领导们对于下属之间的过节并不关心，他们更关注整个团队、整个电视台的发展。所以，杨一决定保存好证据，等到最合适的时机来到，一举击垮颜默诗。

季淼对杨一的雄心壮志没有听进去多少，她的全部神思都在看到监控里那个熟悉的黑色身影时变得寂静，好像有股暖流流经她的身体，令她由冬入夏。

她看见何冠树来到了剪辑室的门口，看见他贴在门上听里面的声响，看见他将长柄伞握起又放下，画面模糊又虚晃，但是那个身影，那个在她心底占据不可思议重量的身影，就像英雄一样，她一眼就能认出。

那天晚上，她误会何冠树了。他那时就猜到了一切，所以才会强令让她撤掉先导片。

后悔的情绪开始占据她的思考，她为什么就没能早一点想到？为什么会对他误会到现在？

"淼淼？"

季淼回神，杨一脸上的笑容缓和下来，问她："不开心吗？想什么呢？"

应该是开心的吧，面对着杨一的打探，季淼的神思早已飘得很远，想要赶紧给冠树学长打个电话，动作却陡然又停了下来，可是自己依旧不能确定——

在他的心底，真正担心出事的那一个，究竟是她，还是夏芷澜？

Chapter 6
第六章

你像危险一样温柔
但若重新来活我也一样愿意面临危险

『壹』

一年一度的短途疗养旅行。

人群三三两两，在电视台的玻璃门外集合。这次旅行台里一共租用了两辆大巴，也专门请了带队导游分别跟车。杨一背着登山包戴着棒球帽，看到分车的名单后面如死灰："这分组太不科学了，哎，领导，你看我能换车吗？"

领导笑："你能找得到人愿意跟你换就行。"

杨一傻傻地相信了，立刻满世界找愿意跟他换车的人，始终未果，身后包括领导在内的人不免笑得更大声了。

四下张望，却依旧没在人群中发现季淼的身影。

宋一燕问了句："季淼去哪儿了？"

"好像是去洗手间了，我刚看她往那边走。"

宋一燕扶了扶眼镜："杨一也只敢趁着她不在的时候求人换位置，要是季淼在这里，他应该一点声音都发不出。"

众人又哄笑开。

有女生眼尖，回头发现颜默诗也正往外走，喊出声："默诗你去哪儿啊？等会儿车就要开了。"

女生一脸抱歉地指了指洗手间的方向:"忽然肚子有些不舒服,麻烦帮我和导游说一声,我很快回来。"

"好的。"

宋一燕听见声响,若有所思地看着女生身影消失的方向。

过道很空旷,能听到风声回荡。

季淼一边走一边涂抹刚刚挤在手心里的护手霜,余光瞥见迎面而来的女士粉色运动鞋,她驻足抬头。

又是她。季淼抬步便走。

"我特意来找你的,因为出去玩我和你也不在一个组,有些话你肯定也不希望我在人前和你说吧?"

颜默诗笑得软软柔柔,季淼越过她,就当风太大听不见,并不回复。

"恭喜你咯。"颜默诗嘟嘴,"没想到你运气真的很好呢,这样都可以逃过一劫。"她懒懒看着自己无名指上的淡蓝色戒指,语气云淡风轻得就像在和季淼讨论一件衣服,"以前你的好姐妹从葶当着好多人的面讽刺我戴着假戒指,你知道后来发生什么了吗?后来啊,我就把她赶出易维亚了。"

"颜默诗!"季淼停下步子,她生气了。

颜默诗表情无辜:"你看看你,永远是这么没有耐心,不是说好要对我视而不见充耳不闻的吗?怎么这么轻飘飘就生气了?"

"你到底想针对多少人?"

季淼咬牙瞪她,除了她自己、小霞、宋师姐,现在才知道竟然还有从葶!

颜默诗悠悠回身,直视她的愤怒,女生微微扬起下巴,表情倨傲:"可能还要加上一个夏芷澜了。从前在学校里,学姐仗着爸爸是校长,拿了不少好资源,大家一直叫她校花校花,可在我看来也不过如此。现在又发现她真的特别蠢,竟然要撤掉先导片,感觉她整个人就是一个内心空空的花瓶,要不是因为对我还有点价值,我才不会主动去找她说要捧她。好好笑噢,你不知道她原本还是一副冰冰冷冷的样子,一听到何冠树的名字整个人就变了，尊严都不要了，全部丢得一干二净。"颜默诗忽然停下来，目光一瞬不瞬地盯着季淼，"就像你一样。"

话语像刀，扎得她连连后退。

但是关于为何冠树抛掉尊严这件事，就像真真实实扣到自己脖颈上的枷锁，触感明晰，无法反驳。

"可是颜默诗，你真的快乐吗？每天都这样工于心计，不觉得累吗？"

"与人斗，其乐无穷。就像登山一样，为什么会累？撑不下去的都是失败者，比如你们。季淼，你知道在这个世上如果你遇见了很讨厌你的人，之后你需要干什么吗？你要立刻警觉，一丝不苟地保护好你的软肋，不要让它们出来游荡，因为很可能哪一天你把它们放出来了，就会永远失去它们。比如，你爱何冠树这件事，就是你最应该收好的软肋。"

"那你呢？你有软肋吗？"季淼低眉，眼色有些凶狠，沉沉发问。

"嘀，你以为呢？"

"有吧，比如那晚上的监控，你如果不害怕的话，为什么会去毁掉？"

"只能说是我顺手解决了一些麻烦。"

"可能你要失望了，因为麻烦现在在我手上，那个你以为被你毁掉的监控，就在我这里。"

"什么？"颜默诗一秒瞪大眼，不能说话。

"黑色连帽卫衣、棒球帽、黑鞋子，是你吗？是你吧。"

"怎么会在你那儿？"

"怎么不会呢？做那么多坏心肠的事情，伤害过那么多人，怎么可能不留下一点证据呢？"

"不可能的，季淼你想骗我？"

"颜默诗，我和你说这些，并不是要用它来对付你，只是希望你能停下来，不要再继续做惹人讨厌的事情了。"

季淼说完后转身就走，风在身边猎猎直响，散不开这里呼啸的硝烟味，其实她是可以反抗的，但是反抗并没有让她感到旗开得胜的快感，带来的只是杀敌一千自损八百的疲惫。

『贰』

盛夏的绿意像画卷一样,席卷了整个笛城。

旅行大巴行驶的路线是经过精挑细选的风景路线,从窗户往外望,入目都是明媚的暖色调,多看一段时间,心也就静了。

季淼一个人占了一排座位,她身侧的位置空空荡荡,正巧让她自在看书。身后隔了几排的颜默诗那儿与她这儿完全是鲜明对比,她的身侧围了好几圈人,女生们相互交流着护肤心得或者穿衣打扮,声音如这车窗外的林间雀鸟一般。颜默诗在这方面的经验确实很足,而且她说话的技巧也炉火纯青,能在推荐洗脸用品和护肤用品的时候不动声色地让人获得"这些东西都是很贵"的感受。

季淼将目光从书本间移开,不用回头,她却可以想见颜默诗挑眉、勾唇、眨眼、抚头发的模样。

太熟悉了,这样的画面几乎在学校里各个角落都被她撞见过,失去后不觉得,现在复归了,才更加想念去年那一整年没有颜默诗的生活。

季淼以手撑着下巴,看窗外风景快速掠过,她稍稍打开了一丝窗,飘进来的风吹过她的书页,沙沙的,也吹起她的发梢,空气中都泛起倦意。她眯起眼,脑海里忽然闯出冠树学长的那首《森林与海》,钢琴曲里带出的画面就好像眼前正在天空下朝着森林和海洋深处狂奔的自己一样。

所以是,想他了。

他呢?正在干什么?

手机忽响,季淼以为自己听错,后来发现钢琴声是真实地从脑海里跑到了身边。她立刻翻包找出手机接通,靠向窗:"学长?"

何冠树正在翻电视台上次送过来的策划案:"有些问题想问你。"

他抬起头,听见她那边过于嘈杂的背景音,问道:"你们在聚会?"

"是台里组织的短途疗养。"

"去哪里疗养？"

"海岛。"

何冠树点点头："那边确实风景不错，不过晚上蚊虫也多，不要乱跑。"季淼点头说知道了。

"杨一也去吗？"他忽然问。

"去啊。"

何冠树没声音了，如果不是能听见他隐约的呼吸声，季淼都以为他挂了电话，等不下去了她才开了口："学长怎么了？"

"没事，他在你旁边？让他接电话，我有几个策划案的问题要问他。"他"唰唰"翻动着纸张，语气急切。

季淼抚额："刚刚你不是说要问我的吗？他和我不是一辆车啦，要不我把他手机号给你。"

"不用了，"何冠树很快又换了想法，"我看懂了，不用问了。"

"……"轮到季淼说不出话了。

"所以，你心情还不错？"

何冠树话里有话，季淼听出来这是逼着她提起那件事呢，她轻声接口道："那天晚上，谢谢学长了。"

"哦？"他装作不懂。

"那件事情，是我不好，不应该随便朝你发脾气的。"说到后面越来越小声，为什么先道歉的那一个总是她呢？跟从荨道歉，跟邵青延道歉，现在又跟何冠树道歉。季淼看见洁净的玻璃上倒映出自己咬唇尴尬的模样，她忍不住将头靠上了窗，"都是我的错。"

何冠树在另一端笑出声来，他往后靠着椅背，开始转笔，眼角眉梢都染上了温柔的笑意。邵青延坐在他身侧不远处的沙发上看画册，对他们的对话充耳不闻。

"季淼，你这样的道歉没有诚意，我不接受。"

"那学长想要我怎么做？"

明知道前方是个坑，却依旧会往里跳，这就是她。何冠树沉默着以

笔点桌，过了会儿他才说道："先欠着吧，等我想好了来找你。"

季淼点头，意识到他看不到，又说道："好。"

"季淼，我等你回来。"他的声线忽然变得很温柔，从遥远的电话那端传来，从被巴士遥遥甩在身后的方向传来，像吹来了一整个夏天的风。

"季淼。"

柔柔的女声从身后飘来，季淼猛然回眸，颜默诗正眨着亮晶晶的眼睛看着自己。

就像一瞬间被人从梦里面扯醒，也像被窥得了最隐秘的东西，季淼紧紧捏着依旧亮着光的手机，她坐直身体问颜默诗："你找我？"

颜默诗指指窗："空调开着而你开着窗，热风进来了，吹得我们有些难受。"她指了下周围一排的女生，抱歉道，"淼淼你关一下窗吧，谢谢啦。"

季淼被她的称呼弄得浑身起了鸡皮疙瘩，下意识就关了窗，颜默诗绽开温柔笑意，非常客气地朝她道谢。

季淼失神，颜默诗又怎么了？哪一点还有刚刚走廊里针锋相对的凌厉？女生的眼睛干净得好像得了失忆症，季淼呆呆地看着她走回女生群，看她与她们继续讨论，眼神再也没有和自己有任何交集，每一个动作都寻不到错处。

太可怕了，季淼浑身发凉。

"季淼？"

电话那端的何冠树仍然耐心等着，她忙接起，但是心情却变了许多："刚刚……"

他不以为意："回来的时候带些海产。"

"我要那个什么石斑鱼。"邵青延的声音也从那端传来，好像报出了一串名词，季淼费力记着。

"都记住了？"何冠树问。

"一半吧。"

何冠树笑，然后季淼听见他好像将手机拿远了一些朝着身后的邵青延喊道:"你再重复一遍。"

……

这样偶然接起的电话实在太过意外又温暖,所以即便已经是五个小时后的深夜,女生仍然激动得辗转反侧难以入眠。

单人间素雅而洁净,海岛夏夜里的蝉鸣拖得很长,壁灯亮着微弱的光线,季淼撑起身子坐在床沿,从包里翻出已经快要完成的画稿。

"虽然真的挺难看的,"她的指尖摩挲过画稿中鸟的轮廓,想象被它摩挲过脸颊的轻柔,"可是我真的很想念你。"

她将画稿抱在胸口,就像将最近最远的曾经抱在了怀里。

那些岁月弥足珍贵,那些回忆价值连城,是因为他它们在跟随自己一点一点成长的过程中,慢慢沾上情感,有了呼吸,不能抽离,无法告别,就好像河蚌在不动声色里将岁初的沙石磨砺成珍珠,而我的身体也在那时打开了一条缝,迎接了这么多年生命里久违的那缕光。

你给的光芒。

『叁』

外面发生骚乱的时候,季淼尚未入睡。

"你那边出什么事了?都已经十点了怎么还那么吵?"

从荨正绘声绘色地给季淼描述自己的新设计,却被季淼那边此起彼伏越演越烈的声响打断。季淼亦是不知,她掀开被子朝门外走,拉住一个正满脸焦虑的女生问道:"怎么了?"

"默诗,默诗不见了!"

"不见了?"

"是啊,来来回回找了好几遍了,所有女生的房间里都找不到她。"

……

"淼淼?"

季淼重新举起电话:"我在。"

"我听到颜默诗的名字了,她出事了?"

"她失踪了。"

"失踪?啊哈你逗我?"从葶在手机那端发出毫不客气的笑声。

声音过大引得季淼身侧的女生不满地看她,声调都提高了几分:"原来她们说得一点都没错,季淼你真的私下里一直都在针对颜默诗,她人都不知道会不会出事你们还在这里落井下石,太过分了!"

穿白色睡裙的女生一口气说完后不再理睬打电话的季淼,趿着拖鞋又加入了找人的队伍中。

季淼抚额:"从葶,你害惨我了。"

"那是她们没长眼睛,你要知道,这世上有智商的妹子太少了,大部分都容易被表象蒙蔽,更何况对方还是段数这么高的颜默诗。要我说,她的每一步动作背后都有目的,失踪这事绝对不是一时兴起。"从葶默了默,忽然问季淼,"你这两天有没有得罪她?"

"拜托,她失踪和我有什么关系啊……"季淼话还没说完就想起今天下午的对峙,心里发凉,"不会吧。"

"真的有?"

季淼手机忽然振动:"好像是进短信了,你别挂啊。"季淼拿下手机看短信,扫完寥寥两行文字后,她感慨道,"从葶,你可以去做神婆了。"

"颜默诗给你发的?"

"对的,她约我去房舍后面的小树林见面,要和我谈谈那天的事情。"

"什么事情?"

季淼轻描淡写地跟从葶解释了一番颜默诗在她的剪辑先导片上做小动作最后失败的来龙去脉,从葶冷冷发笑:"要不是因为知道你有证据,她才不会约你。"

"可是今天下午已经和她说得非常清楚了,我并不会把视频公布出去,只要她收手。"

"而她不可能收手。"

季淼关上门,靠在门上,过了一会儿她说:"我还是不要回复她了,假装我没有看到吧。"

"聪明。"

"可是……"

刚刚已经被同事那样子误会了,现在外面寻找的声响越来越大而她一直安守屋内,单纯站在同事友爱的角度上,也实在说不过去。

手机又振动了。

——如果你不来,你就会为我今晚的失踪负全部责任。

发信人依旧是颜默诗。

"她威胁我。"季淼看着那行文字,气到失笑。

"淼淼,你把她发的短信给那些找她的人看,让她们去接她,你安心睡觉。"

"那不是此地无银三百两吗?她们肯定会说,默诗都已经发信息约你见面了,你为什么不肯去?而且明明最近都是你不对,先将她从组里踢出来又毁掉她采访夏芷澜的先导片,她肯定是想和你和解,你为什么连机会都不肯给她?"

季淼絮絮叨叨学了一段女生们可能表现出的反应,从葶点头:"你也是很清楚的嘛,所以不要去啦,相信我,颜默诗最爱的人是自己,即便你不去,她也不会出事。"

季淼握着手机犹豫,门外的声音越来越大,开始寻找的人在增多,男人们也都被叫起来揉着惺忪睡眼开始大喊大叫。季淼拉开窗帘,屋外的夜色里是一片昏黄的手电筒光亮——颜默诗也许真的忍心让这么多人跟在后面用真心陪玩,但是她呢?明明知道这是一个人的恶作剧,而解决的钥匙就是自己,她真的要特别冷静地置身事外吗?

"从葶,我……"

"不许去!"从葶坚持制止她的摇摆。

"砰砰砰……"有人急敲门,季淼拉开门。

"淼淼,你见到颜默诗了吗?"

"我……"

是另外一个女生，已经急得满头大汗，朝季淼房间里张望了一番，失望后又喘着气问她："淼淼一起去帮我们找人吧？颜默诗失踪一小时了，大家都很担心她。"

女生期待的声音传到电话另外一端，从荨说："天气预报说今晚有雷雨，你真的不要去。"

"淼淼，那你换身衣服，我不等你了，我先出去找了！"

女生的身影从走廊里消失了，空空寂寂的走廊和外面通明的灯火人声形成鲜明对比，每个人面上的焦虑都毫不作假，季淼叹一口气："算了从荨，我还是去吧，她不回来，大家今晚上都不能休息了。"

从荨骂了一句："我恨死颜默诗了，天天作妖。"知道没办法阻止好友，她只能劝道，"你要好好保护自己，离她远点，主要目的是劝她回来，别的一句话都不要多说。还有啊，最好能找个人陪你去，杨一呢？杨一在哪儿？"

季淼一边穿鞋一边回道："知道啦，我先挂了，好像又来短信了。"

她挂掉电话打开看，依旧是颜默诗。

——求求你。

只有三个字，让季淼穿鞋的动作停滞。

手机的光亮很快寂灭，屏幕转黑，但那三个字却宛如镀上了3D效果，立体地浮在自己眼前，让她心里五味杂陈。

合衣，开门，季淼走进黑暗。

她知道的，去与不去，处于劣势的始终都是自己。

『肆』

虽非海岸，却依旧能闻到海风腥凉。

原本以为海岛的夜晚一抬头就可以看到漫天繁星，可能是因为要下雨的缘故，季淼看见的只有了漫无边际的低沉黑色。

没有遮挡的夜色和夏天交织，在丛林中不断深化，季淼裹紧了薄开衫，拨通电话："我没有看见你说的那个房子。"

"你在哪里？"

"小树林外。"

"你得穿过它，有一条鹅卵石小径，朝左拐，比较隐蔽，但是会很安静不被打扰。"

"你回来吧，那件事情我答应你就让它过去了，我们都忘掉吧。现在大家都放弃休息在找你，你别闹了。"

身后还能隐约听见用力呼喊"颜默诗"的声音，季淼望着漆黑的树林，她转了身企图劝回颜默诗，却被女生的嗓音淡淡打断："我希望是你找到我，然后我们一起回去。"

仔细想想其实是有些奇怪的，季淼抚额："你等等吧，我去叫人。"

"只能你一个人来，季淼，不然你会后悔的。"

季淼脚步停住，笑了："所以，你还是不肯放弃？"

"你难道想让我在人多口杂的地方告诉你当年芷澜学姐和冠树学长分手的真相吗？他们两人现在可都是媒体第一手想要挖的资料。"

——借口。

明明都知道的，明明只要稍微用点理智分析就会得出的结论，却依旧非常想要知道原因，为什么忽然无疾而终，会忽然归于陌路？

"还有前天晚上，冠树学长和芷澜学姐他们两个人……"

季淼情绪立刻受到干扰，后面的话再也听不下去，身后有人在叫她，是刚刚来敲门的姑娘："季淼你在和默诗打电话吗？是她吗？"

颜默诗立刻掐断了电话，季淼听着嘟嘟声，下意识就摇了摇头："她不接我电话。"

女生眼里的光芒立刻熄灭了："哎她到底去哪儿了，千万不要出事，毕竟她长得那么漂亮还是很让人担心的。"

每一句都像鼓槌击打在季淼的心里，季淼拍拍她的肩："不会的，你放心吧。那我们继续分头去找，我去那边。"

她下意识就指了指小树林的方向，女生点点头："加油！"

季淼攥紧了手机,提步。

下雨了。

一滴一滴,正巧落进了季淼的眼睛里,酸涩而清凉,她揉眼拂去。

树林黑黑的,眼睛适应黑暗后能辨别出方向,风声沙沙,夹杂着虫鸣,好像小腿越来越痒,可能被蚊虫叮咬了,她想蹲下身挠,也想要退回去。何冠树让她不要乱跑的,从葶让她小心颜默诗的,可是如果心真的能学会听话,那该有多好。

季淼回头,已经几乎看不见来时的路,而前方也看不见所谓的房子,她一个人没入在巨大的树林中,抬头是密不透风的树幕和望不见的夜空,鹅卵石硌着人字拖里的双脚,触感真实,她加快脚步。

终于穿出了茂盛树林,眼前出现了一排灰色房屋,前后绵延十几米,不是居民房舍,看上去更像是仓库,有几盏昏暗的灯挂在房梁上,空气里有略难闻的气味传过来,让她不安。雨下得比方才更大了一些,季淼划开手机锁。

"你在哪儿?我已经到了。"

"我在第三扇门里。"

"你出来吧。"

"下雨了,还是你进来吧,我这里有伞,等会儿一起回去。"

所以基本上就是一路都被她牵着走——"你在吗?"季淼来到半开的铁门门口,阴森森的,季淼又叫了声她的名字。

"季淼。"颜默诗应答,替她照出一丝稀薄光亮。

季淼探头朝里望,没有看到她人。

"默诗?"季淼边喊她名字边往屋子里走。

太大意了!事情发生得太快完全来不及反应,等到自己跌倒在地痛感真实猛烈地来袭,季淼才开始大叫:"颜默诗!"然而已经晚了——铁门"砰"一声在自己面前轰然上锁,最后的一丝光亮被毫不客气地阻绝,周身陷入彻底的黑暗。

季淼被绊倒了。

因为不够亮,眼睛一直在搜寻女生的人影,没有注意脚下忽然伸出的障碍物,季淼感觉重心严重不稳,"扑通"一声重重朝地面砸了下去。手肘和膝盖好像磕到硬物,非常疼,手机也被甩出去好远,季淼立刻回头,已经迟了。是旧时的那种铁门,外面有一根长长的插闩,已经稳稳插进洞里,干脆利落。季淼爬起来用力去拉门,门被反锁了,她听见颜默诗的声音隔着门传来:"你也是真的蠢。"

"颜默诗!"季淼气得快哭了,"你到底要干什么?"

颜默诗冷冷直笑,拿出纸巾擦掉自己手上粘上的铁锈:"不是警告过你,要将自己的软肋收好,可你就是不听,我说什么你就做什么,不是蠢是什么?"

"你放我出去!"季淼大叫着捶门。

颜默诗冷哼一声,将擦完的纸巾揉成一团,往地上一扔,离开了。

纸巾很快被稀稀疏疏的雨水浇透。

今夜有雨,混有雷鸣。她都知道的,所以才故意引季淼过来。

在里面待多久,会不会出事,这一切就要看她自己的造化了。

"颜默诗……"

已经叫得声嘶力竭,才终于接受自己被抛弃、颜默诗已经走远的现实。季淼慢慢放下已经捶门捶到通红的双手,开始自寻出路。她环顾四周,约莫四五十平方米的房子,没有窗,和外面唯一的通路就是身后这扇已经被堵死的门。周身的气味很刺鼻,全是腐烂的臭味,她朝里走了几步,看见了一排排蓝色、绿色的大大垃圾桶纷纷敞开着盖子,她甚至还能听见蚊虫低飞的"嗡嗡"声,原来是装垃圾的旧仓库。

那应该有希望,每天都会有垃圾车来清理垃圾的,在这之前,她恐怕只能等了。

等等,她还有手机在自己身边,她可以找杨一!季淼蹲低了身子四处找寻了好久,才终于在进门不远处找到了已经被摔裂了屏幕的手机,希望再次破灭,季淼颓唐地坐在了地上。人字拖因为刚刚的摔倒把带子

也撑断了,现在她赤着脚,膝盖和手肘都磨掉了一层皮,密密麻麻的沙子粘在皮肤上,又痒又疼,可是没有清水去处理,就连手掌心都脏到难以忍受。

为什么每一次的好心到最后都会变成这样?为什么一定要被颜默诗逼成对世界凉薄无法再敞开心扉?为什么她可以如此放肆地一再挑战着自己的底线?季淼圈起膝盖,咬唇。

"哗啦哗啦!"外面下起了大雨。

天气预报今夜有雷阵雨,下雨只是前兆,正戏很快就会上演,而她了无依靠,身侧的黑暗会吞没她,她很清楚这种害怕并不会因为她的心理暗示而退兵,节节败退的只有她,过去那么多年,没有一次例外。

"有人吗?来人啊!帮我开开门!"季淼重复叫了无数遍,叫到嗓子渐渐沙哑,她的唇发干,外面也不会有人经过。

这么晚了,下这么大的雨,颜默诗也回去了。所以,有谁会来呢?

第一次雷鸣响起时,她感受到身后的门被狂风吹得轰隆直响,那根插闩亦是摇摇晃晃,季淼忍住痛又用力拉了拉门,依旧牢固。而她不敢再待在门边,她往里躲了躲,墙壁都很脏,地面也很脏,她无法适应,觉得局促无比。又一阵闪雷从夜空劈下,透过铁门与地面的缝隙让她看见一道道迅速划过的光影,刺目又凶狠,而她像是被锁在密闭黑盒子里的木偶,不能呼救,不能逃脱。

她的颤抖、愤怒、后悔全都被这无尽的黑夜所吞噬,屋外的雷鸣和暴雨却一次比一次更凶狠、更递进。她捂住耳朵,头开始发晕,冷汗渗透薄衫,冰冰凉凉。

季淼紧紧咬住嘴唇,努力不让眼泪滑落,她的内心是比死灰更加荒凉寂静的疆土,就像此刻被拉灭了灯人迹罕至的门外长巷。

『伍』

"颜默诗回来了!"

有眼尖的女生一眼就看见淋成落汤鸡的颜默诗，大家纷纷围了上去。

颜默诗不断鞠躬道歉，双手合十面容诚恳，说自己在树林里迷路了，遇到当地好心的渔民原本要搭车回来，最后却因为不懂方言沟通不顺利反而开去了相反的方向，好在最后有惊无险终于姗姗来迟。众人的心也都随即放下来，都说没事就好。很快，人群就四散了。

失踪的颜默诗才是人群关注的中心，她回来了就代表了这件事的结束，谁会去关注出去找人的人有没有少呢？

一般人不会，但是杨一会。

而颜默诗也知道，杨一会关心季淼有没有平安归来，所以她故意在所有人后面回寝室，找管理阿姨要了季淼的房间房卡，"啪嗒"一下打开灯，她关上门。

整个人还是潮湿的，水珠一滴一滴落在地板上，颜默诗打开手机的录音界面，一切就绪，她安静等着，眼神仍不忘四处找寻踪迹。第一次进到季淼的私人空间里，她的内心浮起奇异又变态的快感。颜默诗走到她床边，看见她枕边的速写本，刚伸手想要碰，门口忽然响起杨一焦虑又刻意压低的咳嗽声："季淼，你在吗？"

颜默诗扯开一丝笑，他果然来了。她滑开手机屏，播放下午在大巴上去找季淼搭话从而录下来的声音："你找我？"

虽然有些模糊，但确认无误是季淼的声音，杨一原本还高高悬着的心霎时就放下来了："你没事就好，我以为你还没回来就过来看看。"见女生沉默着没有开门的打算，门缝处也看不到光线，以为她已经睡了。

"我先回去了，你好好休息。"杨一摸摸后脑勺，又看了一眼紧闭的房门，退后了几步，转身离开了。

颜默诗在黑暗里笑了，她歪一歪头，手指停在季淼的录音文件上，左移，删除。

手机进电话了，是她室友，她切断，又回头看了一眼季淼的房间，提步走了。而窗外的雨，半分停的迹象都没有。

『陆』

——你知道,颜默诗为什么讨厌转学生吗?

笛城夏天的风,每一个分子里都带着张扬的热意。

那一年的盛夏,校园里的绿树还没有长成参天模样,天空失去了遮挡,蓝到发烫,学校里每一个即将升学考的学生脸上都有显而易见的慌忙,季淼是其中无比平凡的一个,她几乎终日低头怀抱书本,匆匆而过,很少停留。

是如此的不起眼,如此的不自信,但又一直在内心深处渴望着,能够有朝一日告别现状。

所以,在原本稀松寻常的中午见到班主任领进来一个漂亮的女生时,季淼不由自主停下演算的动作,呆呆抬头看向讲台上落落大方的女生。

"大家好,我叫颜默诗,新转学到这里,以后请各位同学多多指教啦。"女生鞠了个大大的躬,笑容很甜,而后回头在黑板上一笔一画工整地写下自己的名字。季淼的目光一瞬不瞬,一个细节都没有错过,她的粉笔字很可爱,她笑起来的样子像夏风中摇曳的纯白栀子花,和外面的阳光一样,闪闪发亮。

怎么会有这么美好的女孩子?季淼望向她的目光里,充满了艳羡和向往。

颜默诗感受到她的目光,望了过来。

对视了。

季淼慌忙低下头,觉得自己卑微得像个落败的士兵,她恨不得将头深深埋进书本里。

班主任率先带头鼓了掌,以示欢迎。

"老师,我想坐在那儿。"女生甜甜糯糯的嗓音飘来。季淼依旧不敢抬头,直到脚步声由远及近,停在自己的身侧。她看见那双洁白球鞋上一尘不染,干净澄澈得就像颜默诗大眼睛里的光彩,季淼抬头,颜默诗言笑晏晏地望着自己，"你好啊。"

她在自己身后坐下。

季淼脸红了。

是真的第一次见面就很喜欢很喜欢她啊。

接下来正好是自习课，季淼的目光落在写满了演算步骤的作业本上，插着耳机听不到外面的喧嚣。

背部有异样，季淼回头，颜默诗正举着作业本朝她温柔笑笑："不好意思，这道题你知道怎么做吗？"

季淼有点紧张："我看一下。"她摘掉耳机，歌曲声隐约跑了出来。

"是钢琴曲哦？"颜默诗忽然凑近了问。季淼像受到了惊吓立刻往回躲，她面色窘红，翻出 mp3 将那首钢琴曲按停。颜默诗嘟嘟嘴，识趣地不再问了。她将身子往后靠了靠，回到了安全距离以外，季淼极力克制住慌张的情绪，低头看题目，她的目光扫过一行行题干，最后点点头："这道题答案是根号 3 到正无穷，左闭区间。"

"这样啊。"

季淼回身拿出铅笔，落笔前又试探性地问了颜默诗："我可以在上面写吗？"

"当然可以，麻烦你啦。"

"没事，你看是这样做的……"

写完后，颜默诗向她道谢："季淼你太聪明了。"季淼很不好意思地笑笑，有些惶恐，颜默诗又凑近一些，握住她双手，"接下来一年可能要多多麻烦你了，希望你可以帮助我啊。"

季淼依旧是有些害羞有些忐忑，她摸了摸刘海，点点头，说了声"好"。

前后桌的原因，颜默诗和季淼立刻就成为无话不谈时刻都要黏在一起的好朋友。

在季淼的陪伴下，颜默诗很快熟悉了学校，自习室、体育馆、食堂、游泳馆。颜默诗永远像人群中最耀眼的存在，她会发光，永远有着最明艳的笑容，大声而热烈，笑容里有感染人的力量，让别人也能感觉到快乐。

颜默诗奔跑的时候就像蝴蝶扇动翅膀，能吸引所有人的注意。她总是会很抱歉地对季淼说："不好意思我对那里还不熟悉，能不能麻烦你陪我？"季淼那时还不会拒绝人，总是会放下手中的事情陪她。

起先颜默诗一直会拉着季淼的手摇晃："谢谢你啊。"在路上碰到同学，别人问颜默诗身边的人是谁，颜默诗都会亲昵地钩起季淼的手，将头往她肩膀上一靠，语气柔柔："是我的好闺蜜，她叫季淼。"

每当此时，季淼就会觉得自己的心里，很软很软。

但是季淼永远是一副藏着深重心事的模样，她不敢轻易打开自己，在颜默诗面前，由于彼此差异的巨大，她总是小心翼翼地不敢抬头看颜默诗。虽然熟稔之后，颜默诗有时候也会打趣她，但是依旧有好多次，想诉苦的心声浮到嘴边，又被她叽叽喳喳说着的话题给岔开了。

与平常无二的一个放学傍晚，颜默诗依旧开心说着今天校园里的笑话，季淼反应冷淡，总是走神。"你到底有没有在听我说话啊？"颜默诗急了，就伸出手揉季淼的刘海，"淼淼啊，你能不能换个发型，这个发型真的好呆哦，你看要不要弄个像我这样的？"

"啊？我……"

颜默诗也并没有真的打算等她回复，擅自就凑近将季淼的刘海掀起，季淼大慌，立刻后退："默诗，不要……"

颜默诗也愣住了，她没有料到季淼会如此抗拒自己是一方面，更重要的是她被季淼前额那大片触目惊心的青紫所吓到了。季淼狼狈地退后拉大和她的距离，眼神仓皇又胆怯。颜默诗震惊，一时之间，两人尴尬无比。默了很久，颜默诗才提步上前拉住季淼颤抖的手："对不起，我不弄你了。"季淼忽然低低哭出声来，她低下头，手一直在理顺自己的刘海，遮住眼睛里的惊慌，以及已经决堤的泪水。

"抱抱，不哭了。乖，有什么事情就和我说吧，我们是好朋友啊。"

"我可以吗？"

季淼拖着哭腔抬头看她，颜默诗一脸坚定地点头。

……

统统都说给她听了。

后来，故事也就转折了。

随着颜默诗经常性地登上周一升旗仪式的领操台，随着给颜默诗送情书的男孩子越来越多，随着她被年级里越来越多的人熟知，慢慢地，颜默诗开始会对季淼说"我今天不能和你一起走了哦""我今天不能和你一起吃饭了""明天再一起自习吧，先拜拜啦"诸如此类。季淼又回到一个人的状态。偶尔颜默诗感到抱歉，对她就像重新捡起来宠爱一般，但却又常常嫌弃她沉闷无趣。虽然还会让季淼跟着，疏远却是真实存在的，行为也更偏向于"帮我拎下袋子""帮我买瓶可乐""帮我拿下外套""帮我去那边和他说今天我不去了"……如此往复，到最后连"谢谢"两个字都成了稀有名词。

——越来越理所当然，越来越颐指气使。

季淼忽然有一天觉得，这个朋友，真的也同样将自己当作朋友吗？

更难过的其实是，为什么我好不容易敞开心扉将我最在意的一切都告诉你的时候，你却要这样狠心将我推开。

想质问，却无法开口。直到有一天，季淼在洗手间里准备推开门，无意中听见隔壁有人在聊八卦，听了几句忽然有天晕地眩之感——主角是她。

"原来那样才会自卑啊。"

"是啊，好可怜，是家暴哎？"

"怪不得总觉得她很内向，这样下去，性格不会畸形吧？默诗你还是不要和她一起玩了。"

"对啊，和我们一起玩吧，我们都好喜欢你的。"

……

门外传来"哗啦啦"的流水声，季淼虚靠着墙很久才终于平复下来，外面课间休息的喧闹声慢慢转小，她听见上课的铃音传来，遥远又缥缈，她迈出虚浮的脚步，不记得自己是怎样回到教室的。

自习课。

值班班委搬着椅子坐到讲台上，偶尔抬头扫视一眼课堂上的纪律，看到有人讲话的，会在班级手册上记录一笔。

季淼朝自己的座位走去，她身后一排的颜默诗见到她走过来，从书本间抬起头，朝她温柔笑笑。

——又甜又腻的笑容，有时候你以为是春风拂面，其实是绵里藏针。

在永远需要热点的校园里，不会再有人去关注颜默诗转学生的身份，不会再去关注她运用了什么样的手段和关系才能挤进这所以成绩为保护伞的学校，女生们窃窃私语的话题中心以及不怀好意的打量，统统都变成了——季淼。

……

整个人再一次接近虚幻，被回忆压得喘不过气。

空气里黏潮又闷臭，朝她横空压过来，呼吸声慢慢加大音量，淹没耳膜，战栗到了极致，会侵蚀清醒的意识，又冷又惧，终于死撑不下去，她闭眼倒地。

『柒』

"该死的杨一！为什么要关机？"

从葶拨不通季淼的手机，急得团团转，危险的预感在她心中挥之不去，致使她听不进去邵青延的任何一句劝说。在邵青延又一次试图宽慰自己时她立刻举手制止他："停！杨一真的不靠谱好吗！他关机了睡觉了并不代表季淼真的安全回到房间了。"从葶烦躁地揉头发，"淼淼如果没事，她不会不接我电话。"

从葶在邵青延面前走来走去，邵青延沉思后问道："所以你想怎么做？"

"我要去海岛。"

邵青延讶异："这么晚？"他看一眼时间，深夜十一点了。

"你一个人去，路上太不安全，我陪你吧。"邵青延说完就去换了套衣服，拿起车钥匙，同时也拨通了何冠树的电话。

桌上的手机忽响，何冠树回头，不远处的手机不停振动，光线摇晃。

何冠树起身："抱歉，接个电话。"

坐在他面前沙发上正和他说话的不是旁人，正是夏芷澜。

半小时前，见到这个不速之客站在自己门外的时候，何冠树亦是有些意外："你怎么来了？"

他看向她身后疯狂的暴雨，视线再移到面前似是而非的夏芷澜身上。

印象里，她喜欢一身红，热烈轻狂的颜色，代表少女最美好的年纪。而眼前是黑白的她，成熟了，也沉闷了。何冠树看见她额前零零星星的雨水粘在头发上，看不见她身后有任何车的踪影，微微奇怪："你是怎么进来的？"

眼里的光芒从重逢的惊喜立刻锐减为倾天的失望，他看她的眼神不含感情，冷静得如看一个与自己没有什么关系仅仅知道名字的陌生人，夏芷澜维持着得体的微笑，扬手随意指了个方向解释："我有个朋友正好住在这里。"省去了期间发了无数信息、拜托了无数人后才终于进到曼维尔庄园的过程，得到的却是对方不咸不淡的一句——"你怎么来了？"

深呼吸，夏芷澜重新抬头，她故作轻松地探肩朝屋内探："不请老朋友进去坐坐？"

何冠树没有让开，夏芷澜挑眉，精致的妆容下带着孤注一掷的孤勇："你害怕？我又不会吃了你。"

何冠树默了默，最后让开了一条道。

好像狂风暴雨立刻离自己远去了一些，夏芷澜唇际稍扬，换鞋，鞋柜里没有女士的拖鞋，她赤脚站在地板上，有丝尴尬，更多的却是开心。眼前的布局与多年前自己来时有细微的改动——更成熟和简洁了，也更男人了。

"还是一个人住吗？"夏芷澜回头。何冠树没有回她，从鞋柜里拿出给客人穿的一次性拖鞋："换上吧。"

夏芷澜朝下沉式沙发那边走去，何冠树去到开放式厨房："喝什么？"

"有红酒吗?"

"你能喝酒吗?"

"无所谓的,明天没有通告。"

何冠树不再问了,给她倒了杯酒,给自己倒了杯水。

"我打扰你了吗?"夏芷澜往前探了探身子,眨眼问他,红唇稍启,齿音又低又酥——一般男人都抗拒不了她这样的神态,但何冠树不是一般人,他只是看着她,将她的每一丝表情都收入眼底。半晌,他笑了笑,眼神仍然是淡淡的:"没有。"

夏芷澜笑得更热烈了些:"听说你最近也接受了笛城电视台的专访?"

何冠树点点头,已经猜到她想说什么。

"好巧,我也和那边有合作。因为接下来有新戏要上映,想请你帮我写首插曲好吗?或者以其他你喜欢的方式合作,都可以的,你看呢?"除了这些,以前读书时候和何冠树在一起过的那些记忆,她都已经准备好了,随时都可以公布,炒一次绯闻。

何冠树低头,笑笑。她没有等到他的回答,也没有机会说出接下来的话,何冠树起身接电话去了。她望着他颀长的身影越走越远,看见他举起手将手机贴近耳朵,每一个动作都让她心动,她听见他开口:"青延,什么事?"

夏芷澜起身。

"什么?"何冠树的声音有了一丝起伏。

夏芷澜脚步未停,仔细辨认听筒里的对话内容。

何冠树回身看见她朝自己走来,眉心皱得更深,目光也同样幽深,闪着并非善意的光芒:"多长时间了?"

离他还有五步的距离,夏芷澜停了下来,她听见了"季淼"的名字。

这个名字的主人,她几天前刚接触过。

陈程帮她打探下来的消息,季淼是笛城电视台的新起之秀,做事认真,能力很强,也很受领导器重,最近饱受颜默诗的针对,更重要的是,也同是易维亚的学妹。夏芷澜看完季淼的介绍，心里为找到了颜默诗的替代品感到高兴，颜默诗敢给自己使绊子，她难道就不会换人？她平静地合上资料，季淼的面容已经印在了脑海里，很温柔的长相，没有威胁性，更加分的地方在于，她手上有何冠树的合作。

下了决定就立刻执行，次日清晨，电视台正门不远处，正要上班的季淼被陈程拦下，女生眼神里写满了戒备："你是？"

陈程表明了身份和来意，季淼却不太愿意上夏芷澜的车。

"请季小姐体谅，我们夏小姐怀着最大的诚意来找你，但是以她的身份，着实不适合在这个时间出现在你们电视台或者是马路上，请移步。"

季淼摆摆手："不是这个原因。"

陈程审视着她，季淼最终叹一口气，点点头。

坐在车里戴着墨镜的夏芷澜，将这一切收进了眼底。

三个人的谈话约莫维持了十五分钟，季淼的话不多，看上去没有野心，其实很坚韧。她始终不敢与自己直视，仿佛与自己待在同一个空间里是受到了极大的压迫，她的面色只有在自己明确提到"希望季小姐能够促成我和何冠树的合作，毕竟如果是学妹的话，应该也知道我们曾经在易维亚里关系匪浅"这句话的时候，起了变化。

季淼的声音淡淡的："这个我无法保证，得看冠树学长的意思了。而且学姐是颜默诗拉来的资源，于情于理我都不该介入。"

夏芷澜温柔笑着，恍若未闻："那我就期待了，作为回报，我也会尽最大努力支持季小姐成为电视台万众追捧的新晋女主播。"

季淼抬头，目光复杂地看向夏芷澜，她脸上的笑容绽放得更深了一些，完美无瑕，像是最精致的艺术品。

……

"我知道了。"何冠树的声音越来越沉。

夏芷澜忽然开了口："是季淼吗？"

正在开车的邵青延警觉道："冠树，你那边有人？"

"不重要，你继续说。"何冠树警告地看向夏芷澜。

"我和从莩已经在去海岛的路上了。"

"好,我马上来,挂了。"何冠树开始收拾东西。

夏芷澜见他并未将自己刚刚的话放在心上,问道:"你要出去?"

何冠树点头,开始穿外套。

夏芷澜有些尴尬,先前准备好的台本完全无用武之地,看样子今晚她只能走了:"不知道是否顺路送我回去?反正离这儿也不远……"

"既然不远就自己打车吧,我这里有点急事。"

"因为季淼?"

正在戴腕表的何冠树停下动作,掀起眼帘看她一眼,示意她继续说下去,夏芷澜耸耸肩:"前几天我和她也有过接触,觉得她人很不错,听说颜默诗陷害我那件事就是她制止的,也因此被颜默诗欺负。所以为了回报她,我决定将颜默诗对我的专访转给她来做了。"轻描淡写,显得自己非常大度。

何冠树低着头,没有什么表情,声音沉得让她感受到了一丝压迫:"她答应了?"

"当然答应了,这么好的机会从天而降,为什么拒绝?"

何冠树的脸色忽然晴转多云,他已经穿戴完毕,定定看向夏芷澜,半晌,他才说道:"是吗?"

他越过她走回沙发拿起她落下的丝巾和包,站在门边,似乎在催促她。夏芷澜走过来,随他一起出门,还想同他说说话,何冠树却立刻大步朝车库走去:"让你朋友来接你吧,我先走了,拜。"

留下她在薄薄雨帘中孤单单站着,黑色的身影与身后的黑夜逐渐融为一体,就那么毫不客气地走掉,不回头,只有背影越来越小,不带一丝留恋,毫无绅士风度可言。

夏芷澜极力克制的情感就快要控制不住——是谁打的电话?是电视台的策划案出什么问题了吗?为什么这么晚了他还要赴约?

无可否认的是,不管是谁是什么原因,那个人都比自己重要。夏芷澜深呼一口气,难过到眼眶温热。

何冠树的车前灯在雨帘中划开一丝光路,他经过她身侧,完全没有停靠的迹象,就那么"唰"一下,开了出去,又一次给她带来打击。

夏芷澜忽然就崩溃了——何冠树你真的不知道吗?在与你分离的那么长久的时间里,我在人前活得肆意任性,我努力站上一天比一天更高的地方,我所有的拼命和付出,全都是因为你。可是你呢?你对我,真的有过一丝一毫的在意吗?

雨越下越大,她在等情绪平复。高跟鞋是当季的新款,红艳如血的颜色,没入脏兮兮的雨水中,凉意立刻蹿上脚踝。

雨淋过的地方,别墅门口的一些树叶残败地铺在地上,夏芷澜低眉看着,好像在看另一个模样的自己。

盆栽里变黄了的叶子还能再度变绿吗?我还可以再一次希望,你能重新回到我身边吗?

『捌』

雨势不歇,整个笛城都泛起潮意。

何冠树、邵青延、从葶和杨一在茫茫雨帘中找寻季淼。

杨一起先说什么都不相信,直到看到空无一人的季淼房间,杨一才拼凑了一整件事情的原貌。"那个回答难道不是淼淼……颜默诗!"杨一气急败坏作势就要冲到颜默诗房间,被宿管阿姨拦住:"这是女生楼,你不能上去啦!"

被他们的声响弄醒,与季淼同一楼层的一个女生打开门:"怎么了?"明明还是睡眼惺忪的女生,听完后却立刻变得清醒,"我最后一次看见季淼,是往小树林那边去了。"她指了个方向,何冠树立刻折身冲了出去。

暴雨不停,让人绝望。

是何冠树率先找到季淼的。

他踢开铁门的时候,季淼就那样孤零零躺在地上,偌大的黑暗里,她头发凌乱,脏兮兮的,身上都是停止流血的伤口。她好像已经失去意识,

就如同被折断翅膀的孤鸟,被丢弃在荒野,没有依靠,也没有希望。

那一瞬间涌上他心底的情绪,好像忽然暴涨的海潮,含着滔天巨浪,在天际打翻了无数的小船——孤单的、心疼的、悔恨的、愤怒的……统统交织在一起,让他捏紧双拳。

"季淼!"看见这一切的从荨失声尖叫,立刻就冲了过来。

何冠树沉着脸,单膝跪在女生身侧,他俯低身子,轻轻拍打她的脸,声音里包含了自己都没有察觉的心疼:"季淼?醒一醒?"

女生浑身冰冰凉凉,没有回应。从荨伸手就要碰她,被何冠树猛然抓住手腕,声音又严厉又狠绝:"别碰,她身上有伤。"

从荨气得大叫:"老娘要打死颜默诗啊啊啊!"

何冠树沉着声下命令:"青延,叫救护车。"

从荨捂住嘴巴,别过头去,何冠树脱下外套罩在女生身上,他轻轻抱起季淼,像一阵风般走出去。

杨一沉默地站在门边,从最初的震惊到现在满心悔恨。从荨冲上去不断捶打杨一:"为什么你总是这么没用,不是说好要保护她的吗?为什么每次都让颜默诗得逞?你什么时候能细心一点,季淼她变成了这样而你还在睡觉,你还不开手机!你对得起她吗?"

"从荨……"邵青延扶住激动的从荨,"现在送季淼去医院比较要紧。"

从荨拽着杨一领口的手这才松开,她跟着何冠树冲了出去,跑到冠树身侧,她举起双手挡在季淼的头上。

邵青延也要追上去,回头发现杨一依旧失神地立在原地,他走近拍了拍杨一的肩膀:"从荨就那个脾气,你不要放在心上。"

杨一摇摇头:"她说得对,每一次都是因为我的疏忽,才会让颜默诗一次比一次更得寸进尺。"

"先别自责,去医院吧。"

何冠树的薄唇紧抿成一条直线,他脸色阴沉,像随时都能带来一场风暴。

海岛的医疗设施已经比较古旧,晚上值班的急诊医生被他们吵醒,在看到何冠树沉黑的面色时动作立刻变得麻利起来。

在救护的半个小时时间里，走廊上安静到死寂，气压过低，没有人有心情说话，何冠树双腿稍张，双手插在兜里，背对着一行人站在单扇门边，他笔直站着，沉默地望向外面绵延不绝的黑夜和细雨。邵青延陪从葶坐在长椅上，从葶将头埋在手掌间，她穿着无袖T恤和热裤，邵青延怕她冷，脱下外套给她披上，杨一头抵着墙，一言不发。

所有人开始恢复生气是在医生拉开蓝色幕帘走出来的那一刻，从葶立刻迎上去，医生点点头："没什么大问题，惊吓过度导致休克，伤口已经都消完毒处理过了，现在各项指数都趋于正常，就是有些发烧，已经用过药了，过一会儿应该就会醒了。"

从葶抚着胸，激动地握住医生的手："谢谢你，谢谢你。"

杨一也终于松了一口气。

门口始终挺拔的何冠树的背影，也终于有了一丝松动。

时间已经安静地划过了凌晨两点。

窗外的雨已经停了，外面更深露重，海风凉到刺骨。

从葶坐在病床边，病床上的季淼垫着半高的枕头，睡得不太安稳，她以为自己还没从危险中走出，她嗫嚅低低发出声音，站在窗边的何冠树侧目看向她，疲惫的眉间又闪过一丝心疼，女生低低喊着："妈妈……"

从葶替她擦汗的手停下，叹出一口气。

何冠树眯了眯眼，好像忽然之间，领悟了很多之前不曾注意的事情。

他看着沉睡的季淼，苍白的面容明明是极清淡的柔软，却一笔一笔，深刻在自己心间画出轮廓，从简到繁，从淡到深，她笑起来的月牙眼，她换掉刘海露出的额头，她哭起来的无助，她奔跑时的仓皇，她紧张时的全身紧绷……那么多个她。何冠树终于在此刻认清，原来这些早已存于自己心底，原来会想要逗她，想关心她，想看见她，想走近她的原因，是他在乎她。

想通了这一切就好像星星忽然开口说了话，石头忽然开出了花，冠树的眼神忽然变得温柔，原来那个打破他厚厚心墙跋山涉水穿越春林茂

盛、夏日篱笆、冬天风雪而来的温柔身影,是眼前的她。

从荨忽然站起身,让何冠树回神。

"冠树学长、青延学长,还有杨一,你们也累了一晚上了,先回去休息吧,季淼这里由我陪着就行了。她等会儿醒过来看见这么多人围着她,可能会很不好受。"从荨是真的了解季淼,尤其在她深深在意的何冠树面前,她肯定不愿意让这么狼狈的自己被他看见。

邵青延还想说什么,被冠树拉住:"从荨你累了也躺一会儿,我们先去休息了,明天再来看她。"

从荨点点头。

何冠树几人退出病房,杨一带着他们去联系民宿。

"有点晚了,如果不行的话,就去我房间将就一晚吧。"

何冠树没出声,他想起刚刚从荨和医生的交流,医生在说:"有些用药需要家属签字,最好能联系上这个女生的直系亲属。"

从荨沉默着点头。

好像忽然有很多事在脑海里疾速闪过,何冠树突然开口:"青延,你和他去休息吧,养足精神,我在医院里休息就行了。"

邵青延深深看他一眼,答应了。

季之显接到电话的时候,声音沉得吓人,但碍着打电话的是从荨,他不好过多发作,说了一句"知道了",然后沉着脸开始穿衣洗漱。

他匆匆赶到医院的时候已近凌晨五点,外面更深露重,他便像是踏着寒气而来。病房里季淼刚刚醒来,正靠着枕头在喝粥,看见季之显进来的时候,害怕的情绪如此明显以至于差点打翻了瓷碗:"爸……"

"还知道叫我爸?"季之显火气很大,季淼吓得嗓子发哑。

从荨站起身:"季叔叔,淼淼她……"

话还未说完,就被季之显扬手打断:"我不要听,你总是帮着她,现在出了这么大的事,从荨你还想帮她到什么时候!她这么大了,该学会担责任了,季淼你怎么总是这么不让人省心!"

眼见他朝自己走来,季淼吓得直往后躲,可是身后哪里还有路可退,她死命抓着床单,声音里饱含了无限的恐惧:"不要,爸爸……"

从荨拦住他:"季叔叔,淼淼受了很大的惊吓,请你不要再吓她了。"

季之显终于停了下来,咬着牙瞪向病床上眼眶通红浑身发抖的季淼,沉默了很久,他才问道:"在哪里签字?"

从荨带他出去。病房里很快又恢复了一片寂静,女生像刚刚遭遇了洗劫一空,等到安全下来,等到只剩下她一个人了,她才捂着脸开始大哭。

每一次的责骂都像是在之前记忆上的叠加,加深痛楚,缓不过来,快压垮她。

哭声如泣如诉,隔着墙壁,悲伤像海啸一样席卷而来,长廊的拐角处,何冠树沉默地倚着墙,静静陪着,不敢动不敢离开。他听着女生刻意压低的哭声,像是生了锈的刀子,在他心底一遍遍切割——关于她过去这么多年的生活,大抵可以还原出来,越还原就越心疼,越心疼就越想要进去抱一抱她。她的身后有一片巨浪,而他可以做孤帆破浪而来的少年,他要救她,也一定会带她逃离。

『玖』

翌日。

大家都对季淼的事情感到遗憾,台领导要去医院看望她,颜默诗立刻站了出来:"领导,能不能带我也去?毕竟她也是因为我变成这样,我心里很过意不去。"

杨一在旁边冷冷接腔:"希望你是真的过意不去。"被邵青延低低的咳嗽声打断。

台领导看见杨一布满红血丝的眼睛死死剜着颜默诗,联想到最近台里的一些传言,他没有多说话,示意其他人散去,带着颜默诗和杨一上了车。

"杨一,你和他们一起,我开车过去。"邵青延开口。

杨一点点头,与邵青延想法一致,他要盯着颜默诗,免得她在领导面前乱嚼舌根。一路上颜默诗还算安分,杨一始终发狠地瞪着她。

季淼的脸色依旧很差,伤口用纱布与空气隔绝后,却并没隔绝掉蔓延至神经里的痛楚,还有双腿被毒虫叮咬后泛起又红又肿的包,痒得钻心,且无比难看。

台领导的慰问就像在走一道道例行程序,季之显同他寒暄,领导表示这一切都是组织不到位,季之显则频频表示是女儿不省心。季淼低着头看从荨刚刚递给自己的已经碎到不成样子的手机,一言不发。

领导让她放心休息,季淼点头说谢谢,季之显说那就提前结束旅游先带她回家了。季淼抓着从荨,从荨看见她惶恐无措的眼神,抚上她的手宽慰她。从荨和青延他们道了别,先陪季淼回家了。经过颜默诗的时候,对方一脸无辜地朝她微笑,从荨恨得咬牙切齿。

所有人都走得差不多了,就像这幕戏结束了一样,在雨后初晴的天空下,颜默诗呼吸着海畔新鲜的空气,心情舒畅地往回走,冷不防眼前出现一道黑影,她被杨一拦了下来。

她当然知道杨一的愤怒点,可她也不甘示弱。

颜默诗先发制人:"季淼真是厉害啊,竟然能让何冠树跟你两个人都来向我发难,这么多年,她勾搭男人的功力倒是长进不少。"

"你嘴巴放干净点!"

颜默诗冷笑:"杨一,请你看清楚自己的位置好吗?人家何冠树质问我好歹名正言顺,毕竟是季淼暗恋了那么多年的人。你呢?你算什么?你有什么资格替她强出头?你以为她会感激你吗?"一句比一句递进,一句比一句恶毒,"杨一,你除了警告我下次不要再做这种事情,你还能对我说什么?每一次都这样毫无新意,你没有办法保护好季淼,因为你永远不会成为站在她身侧的那个人。"

"所以,我可以是吗?"

在杨一气得发抖,无法反驳颜默诗的时候,身后便适时出现了何冠树的声音,极寒,也极压抑。

"你怎么……"

"怎么没有走是吗？"何冠树牢牢锁住她，步步逼近，"你不是很期待我来找你吗？你都对杨一说我已经来找过你，我当然要来帮你兑现。"

颜默诗的气焰急剧转低，她之所以能对季淼和杨一连连下狠手，是因为她了解他们。但是何冠树对于她，太不可捉摸，她不清楚他出牌的习惯，但已经非常明显地被眼前的气氛打伤，她一时有些滞后与胆怯。

"如你刚刚说的，杨一没有资格，而我有。"何冠树步伐不停，带着浑身的狠意。颜默诗不断后退，险些被石子绊倒，直到靠到了墙壁退无可退："何冠树你……"

"我明明警告过你，我将你踢出策划团队，撤掉你动过手脚的宣传片，我以为你会收敛的。没有想到你竟然丧心病狂到这样的地步。"

颜默诗因他突如其来的话语受到冲击，她不可置信："是你做的！"

"你以为呢？"何冠树忽然笑了，但是笑意没有直达眼底，他靠近颜默诗，好像带来了极地深处的寒潮，那漆黑瞳仁里的决心让她惊惧——"砰"一声，吓得颜默诗发抖尖叫出声，何冠树出了拳，拳头击在了墙上，距离颜默诗几厘米的距离。

他的声音也像是刀锋般在她薄薄的肌肤上来回切割，一字一顿，咬牙切齿："我也有让一个人消失在笛城的能力，如果让我发现你再对季淼做类似这样的事情，谁都救不了你了。"

"啊……"

颜默诗紧紧地闭着眼，她捂着头，心跳声怦怦直响，是真的太害怕了。一直到听见何冠树的皮鞋声远到听不见了，她才敢慢慢睁开眼。

杨一仍然站在一侧，冷冷看着她。

颜默诗又吓得往后退了退："你……"

可杨一只是万分厌恶地看了她一眼就走了。

颜默诗忽然觉得全身乏力，她扶着墙，久久不能平复。

宫御风接到颜默诗电话的时候正在玩帆船，一接通听到她的大哭声，

宫御风惊得差点跌进海里："你哭什么啊？"

"宫御风！他们都欺负我！"颜默诗哭得上气不接下气，耳边海风大作，她又将一整件事情说得含混不清，宫御风费了好大力才依稀辨别出颜默诗的处境，他笑道："多大点事，再报复回去不就行了吗？你问问你自己是想要认输了吗？"

"不！我绝不！我恨季淼！恨死她了！"

"那不就行了。你在那边等我，我马上过来。"

宫御风赶到的时候，颜默诗就守在这个昨晚上锁住季淼的房屋前，她没有去参加同事的聚会。宫御风何曾见过这样狼狈哭花了妆容的颜默诗，仿佛能从她的身上看见一直斗不过何冠树和邵青延的自己，火气忽然一下蹿上胸口。他啐了一口，将颜默诗一把拎起来："你看看你自己，现在这样子哪一点像你，不就是何冠树嘛，他能做到的老子也行！他能让你消失？不如我们就先让季淼消失！"

颜默诗楚楚可怜地望向他，泪眼婆娑："你帮我。"

"当然帮！不帮你帮谁？"

颜默诗哭得更大声了一些，仿佛自己是全天下最委屈的人。

哭声经久不绝，吵到林间的飞鸟阵阵扑打着翅膀，发出厌烦的鸣叫声。

『拾』

夏芷澜见到颜默诗的时候，毫不掩饰满脸的嫌恶。

"学姐！"颜默诗伸出双手拦到她的面前。

"有完没完？"夏芷澜动了怒，使眼色给陈程。

颜默诗立刻喊道："学姐我是来帮你的！"

夏芷澜失笑，越过她就往前走。颜默诗在夏芷澜身后大喊："学姐你真的误会我了！那件事情我不是针对你，而是针对季淼的！"

夏芷澜步伐不停，陈程见拦不住她，回头就叫保安，颜默诗生气了："夏芷澜你会后悔的，因为你永远也想不到，何冠树这样冷淡你的真正原因！"

你就一次次用你的愚蠢继续推开我好了！"

"你说什么？"

夏芷澜的面色很不好，可是颜默诗脸上带着得逞的快意："是学姐让我在众目睽睽之下说这些的。"

"你最好能给我一个合理的解释。"

"学姐是不是想放弃我改找季淼了？"

"不是想，是已经这么做了。"

颜默诗大笑："季淼肯定没有答应你吧。"

"她答应了。"

"学姐不要再逞强了，她不可能答应的。因为季淼她就是那个介入你和何冠树之间的第三者！"

"你说什么？"夏芷澜花容失色，整个人顷刻间从趾高气扬变成不堪一击，好像听到了全天底下最好笑的笑话。

颜默诗冷冷补刀："学姐仔细想想，现实还不明显吗？"

夏芷澜瞪她，大脑飞速运转，这阶段所有想不通的事情好像在顷刻间串起来——季淼的逃避和游移不定、何冠树的冷淡、何冠树接到那个电话立刻就变了的脸色……夏芷澜觉得头晕目眩，就快要站不住脚，被陈程扶住："你怎么样？"夏芷澜花了很久的时间才平息。

颜默诗的声音再度凉凉响起，有着让她无法拒绝的魔力，颜默诗说的是："学姐，你只能依靠我了。"

夏芷澜抬头，颜默诗笑得一脸高深莫测。

明明是那么热烈的阳光，她却觉得寒冷，心像干涸缺水的河床，龟裂成一块一块的，可是毫无办法。她只能站在那里，听着它裂开，感受着它的疼痛，连眼泪都骄傲得不肯落下来，不肯灌溉它。

"青延，对，还有青延。"夏芷澜像是想起了最后的救命稻草，推开陈程，抱着孤注一掷的心情，她要去找邵青延。

"这不可能。"邵青延一口就回绝了她。

夏芷澜笑容苍白："你也知道的是吗？"

对于她抛出来的质问，邵青延没有回答，他一直在打电话要求公关紧急处理刚刚大楼下发生的一切："绝对不可以传到媒体那边，给我严肃检查刚刚出现的每一个人。"

"回答我！"夏芷澜爆发了，她像是已经忍了很久很久，没有办法再多忍一丝一毫，她瞪大了美眸看着邵青延，一把抢过他的电话，逼着他与自己对视，"告诉何冠树，他弹琴，我演唱，这个合作，我要定了！"

"颜默诗的心机你又不是不知道，上次已经险些酿成大祸，今天她在公众场合朝你大喊大叫而你那么失态，要是有记者拍到了照片公布出来，你有考虑过会对公司产生的影响吗？"邵青延的愤怒不似作假，陈程在一旁劝着夏芷澜少说几句，她根本不听，就像是失了控发了疯。

邵青延气到不行，转向陈程："合同上可是写得清清楚楚，艺人如果不做好自己的本分，屡次给公司带来麻烦，公司可以提前单方面终止合约。陈助理，我有必要再提醒你们，这已经是第二次了，我厌倦了一直跟在你们身后收拾烂摊子！如果你还是管不好你的艺人，我们真的没有办法再合作下去了！"

陈程立刻警觉，将夏芷澜护到自己身后，连连向邵青延保证，绝对不会再犯。

邵青延背过身去挥挥手，让她们走。

夏芷澜仍然死撑在原地，邵青延的态度已经说明了一切。陈程在她耳畔说了什么她都恍然未觉，她的眼里蓄起模糊的泪水，红唇被她咬出印子，她像是做了决定，一把甩开陈程的手，小跑了出去。

邵青延回头，嗓音又沙又疲倦："陈助理还不快去拦住她？"

何冠树的车很好辨认，夏芷澜早就刻在了脑海里。车子减速、转弯，庄园的铁门缓缓打开……夏芷澜拉了拉帽檐，看准了时机立刻跑了过去。

"冠树！"她死命拍打着他的车窗。

何冠树对她的忽然出现感到意外，他向保安点头致意后将车开进去短暂地停在小径路边。他下车，夏芷澜一见到他，就奔了过来重重扑进他的怀里。

"夏芷澜，放开。"他的语气带上了一丝凌厉。

"我不放！你不要再想让我放开了！我可以不要尊严可以不要骄傲，可是我不会再傻傻地像当年那样，你说什么我就做什么。何冠树，我不要再放开你了！"

何冠树恍若未闻，试图拿开她抱在自己腰间的双手，但她用了狠力，声音却是悲腔："我们复合好不好，冠树……就像读书的时候一样宠我好不好……"

身侧浓荫茂盛，碧绿树叶低垂，如果不是清晰地感受到他们之间的剑拔弩张，他们的拥抱应该美得像一幅画卷。

陈程和邵青延赶到已经是半小时后，何冠树满面严肃，还好这是在曼维尔庄园内，若是在外面，晚上就会登上新闻头条。

陈程带着哭到疲惫的夏芷澜走了。

何冠树回家，语气沉沉迫向邵青延："怎么回事？"

"她坚持要和你合作，要唱你写的歌。"

何冠树拒绝得干净利落："这不可能，我对声音太挑剔。"

邵青延沉默着喝酒，不答。何冠树也同样沉默，他静静立在落地窗前，右手晃着红酒杯——刚刚夏芷澜连连发问，泪水中的目光透亮又坚定，她问他是不是变心了，是不是喜欢上季淼了？

他怎么回答的？

……

今夜的月色很好，而季淼就像是被莹白月光覆盖了全身的女孩，初识只觉柔软冰凉，走近了，才能触碰到坚硬和力量。

何冠树忽然笑了，窗外的月光仿佛也能照进他眼睛，好像刹那间，全世界都是她的影子。

他听见风，终于吹进了最深的心底。

Chapter 7
第七章

你是太阳照亮我方向
你让地球旋转、月亮发光
让我长出翅膀

『壹』

——你听说过知更鸟吗?

春夏之交,林荫覆地。

茂盛的树木就像天空投影在大地上的绿色诗篇,相传通体羽翼湛蓝的知更鸟,它们有漂亮璀璨的眼睛和婉转动人的歌喉,它们从海洋飞向天空,就像是一颗颗镶嵌进海天之间的碧蓝钻石。

它们曾以为可以永远亲吻天空碧绿的枝丫,可以永远大声轻唱春夏比冬长。它们毕生都在向往天空深处,以期望得到天空以心换心的疼惜。

可是忽然有一天,乌云遮蔽了天空,冰雪也降临至尘世,漫天皑皑之中,你可又曾见过那只被雪掩埋的渺小知更?

很小的时候,季淼见过一只知更鸟。

那只知更曾降落在她渺小微茫的生命之中,与她脸颊亲密摩挲,在她掌心扑扇翅膀。

或许它也曾身负创伤、悲歌戚戚,或许它也曾对生活失望、向命运臣服,可是都没有关系,它仍会在寒冬后筑巢,在春天前歌唱,在漫天

风雪里抬头。霜雪遮住眼睛它也毫不慌张,就像历经苦难后却仍会对生命和自由怀抱持续的热爱与希望。

——这些日夜相继的轻言细语难以忘怀,那光尘如此微弱,却在我今后这么多年的岁月里扑腾起以自由命名的水花,成为我生命中意义非凡无可比拟的光芒。就好像未来还有很多未知的风险,但一想起那只来自于你的知更,便会觉得充满力量;就像我因为你,终于在奔往天空的过程中,一天比一天活得勇敢且坚强。

『贰』

笛城电视台。

颜默诗做了一份条分缕析的可行性报告,详细描述了现阶段何冠树策划案与夏芷澜策划案互相重合的定位,并表示如果两位能合作,应该会引发笛城夏日的一场空前效应——很快就得到了台领导的批准。

"不过目前这两个案子的当事人都点名要季淼负责,等季淼上班了,还是要让她做总负责人。这次专访我们打算以直播的方式播出,也将作为季淼的女主播首秀。颜默诗,你要好好从旁辅助。"

台领导的最后指示几乎已经明确表达了季淼成为女主播的意见,虽然出乎颜默诗的预料,女生仍旧乖巧点头。毕竟未来会发生什么,领导可控制不了,临时更换女主播的事情,也不是没有过,或者如果这个女主播在直播的时候出现了不可控制的意外……颜默诗微微笑:"请领导放心,我会尽力帮季淼分担的。"

恶意的棋局已经展开,但因病休息的季淼对这一切仍浑然不知。

宋一燕气喘吁吁地将这消息带给季淼的时候,杨一和从葶正巧也都在她家陪她聊天。

季之显开门时客客气气的:"淼淼,又来了一个同事看望你。"

"叔叔好。"

"宋师姐?"

杨一剥橘子的动作停下来,看见宋一燕不太妙的脸色,问道:"怎么了?"

气氛立刻冷了下来,从葶和杨一交换了眼神,猜到了与颜默诗有关。季之显不懂他们之间的暗流,开口打破沉默:"要不要喝果汁?"

季淼点头:"爸爸可以帮我们鲜榨苹果汁吗?"

应该是有事情要聊,季之显的目光在他们四人身上扫了一遍,点点头,走进厨房的时候关上了门。

水流声哗哗,季之显的神色沉默而复杂。

季淼已经在家休息了三天,他内心惊悸的情绪仍旧没有完全远离。

那天晚上她差点出事,他听说她被关在那个又黑又臭的房子里一个多小时,见不到光,雷雨交加,她都一个人。

洗苹果的动作陡停,他抬头,心忽然有点疼。明明接到电话的时候吓到半死,担心到高血压快要复发,真的见到她安全躺在那里时首先说出的话却还是责难。习惯了,一直都是用暴躁的脾气来掩饰关心,以为痛骂她就可以不失去她,可是真的看见她像小鹿瑟缩在从葶身后浑身受惊的模样,他忽然觉得,真正把她越推越远的那个人,其实是他自己。

落下的刀锋不稳,在指尖割出一道淡淡伤口,流出血迹,季之显沉默看着良久,才开始处理伤口。

客厅里,宋一燕放下包,扶了扶眼镜,开始诉说自己的担忧:"是这样的……"

"合作?"

曼维尔庄园里,何冠树正在修剪雨后的草坪,邵青延站在台阶上俯视他,无奈点头:"拿出一首你最不喜欢的歌给她唱吧。"

"我每首歌都很喜欢。"何冠树头也不抬,忽然想起什么,这才站起身问邵青延,"季淼呢,她知道了吗?"

邵青延沉默地喝下一口茶,炎夏的日光洒下来,一半打在他偏黑的皮肤上,一半洒在被剪掉的残叶上,各自无规则地斑驳着,让何冠树察

觉出一丝不受控制的为难。

……

季淼的心思在刚刚经历了一场大起大落，要在短时间内收拾妥帖，她的节奏略显慌乱："不清楚芷澜学姐为什么忽然做出这样的决定，我觉得压力好大，我没有信心做好。"

"倒不算太坏，至少另一个主角是何冠树。"

季淼忽然望向说这话的从葶，杨一适时沉默，低头若有所思。

又坐了会儿，宋一燕和杨一先离开了，从葶最后才走。

家里恢复了两个人的安静状态。

"淼淼，来吃药了。"

她"噢"了一声。

季淼回身，季之显在收拾桌子，季淼从他身边走过，端起杯子喝掉药，她要去洗杯子，季之显却说："放这儿就行，你去休息吧。"

季淼愣愣地看着季之显走向厨房的背影，不清楚他转变态度的原因，只是觉得他好像一夜之间苍老了很多。刚刚从葶问她回家后季之显有没有再骂过她，她还摇摇头，觉得这次出事好像是一场转折。

"那就好，可能是想通了。"从葶说。

"想通？"

从葶点头："小时候听姥姥说，人年纪越大，心也会越柔软。"

……

纱帘在身后被风得呼啦作响，季淼站在阳台上，感受这落日与晚风。所以那些以为倒霉到极点的事，也终会带来预料之外的好结果，是吗？就像身后忽然沉默的季之显，抑或是那夜为她而来的何冠树。

季淼的脑海里一直回旋着从葶刚刚的话，从葶告诉她，出事的那天晚上，是何冠树率先找到她、救下她、带走她的。

一想起来仿佛就有暖流温热到心窝，短短数日，从惊慌失措到心力交瘁，几经周折才从未知的磨难里死里逃生，虽然目前表面风平浪静，却依旧感到不安，担心身后是一片熔炉，随时生长出灼热又獠牙的火舌。

眼前的天空没有遮挡，在夜里依旧具有闪亮让人疯魔的能力——我一直是一个人，但我越来越不感到孤独，我有与她约定好的手链，也有存满你钢琴曲的手机，每一次当音符贴近自己的胸口位置，就仿佛你的名字贴着我的心脏跳动，与呼吸一并起伏，仿佛只要我存在的一天，就能感受到你给的力量。

我很高兴，原来那个在背后帮助我、支持我的人——

真的是你。

『叁』

上班后发生了一件很奇怪的事情，季淼最近频繁收到来自宫御风的打扰。

送花，送巧克力，约吃饭，原因不明，出手阔绰，态度暧昧，让季淼避之不及，直到避无可避。

如往常无二的一个下午，颜默诗回办公室的时候抱了一个大大的箱子。

同事纷纷问："这是什么？"

颜默诗边笑边望向季淼："还能有什么，依旧是我们季淼的快递咯。"

季淼现在听到"快递"两个字就冒无名火，她"噌"一下站起来："颜默诗，我让你写的舞台走位设计稿你完成了吗？已经拖了三天了，如果你很闲的话就好好给我写策划，而不是擅作主张帮我收快递。"

颜默诗耸耸肩："我这就去写，但是宫大少的快递你也是要收的哦。"说完就将大箱子放在了她的位子边，还不忘投来好奇的眼神，"好想知道里面装着什么。"

"颜默诗！"季淼提了八度的音量，让颜默诗撇撇嘴，回到自己的座位，坐下来的时候她嘴角勾起淡淡的弧度。

这个快递一直在季淼的办公室待了三天，季淼并没有关注，夏芷澜和何冠树的采访直播定在下周五的晚间八点黄金档，可是颜默诗自己揽

下的活没有一项进度完成——"颜默诗我警告你,如果你再因为自己而影响整个团队,身为负责人,我立刻就撤掉你!"

季淼终于在久等不待中爆发了。

因为颜默诗没有按时取回舞台服装,致使彩排直播开场秀的工作人员几乎全都白忙一场,而颜默诗对此的解释是:"因为夏芷澜那边临时叫我过去,所以来不及,我有委托小霞帮我去取的。"

一时众人的目光转向小霞,小霞立刻将头摇得跟拨浪鼓一样:"她并没有和我说过。"

……

一团乱。

在这么乱的时候,季淼更应该坐镇指挥,而不是临时请假离开单位——如果她没有在茶水间接到那个电话,如果她没有拆开那个快递盒。

手机持续振动。

宫御风发短信过来,她删掉;他打电话,她掐掉;他再打,她再掐。直到宫御风新的短信发过来,"小心快递"这几个字引起了她的警觉。

季淼回到办公室,趁着没人她找了把剪刀裁开纸盒,看到里面装着的东西的时候,她立刻吓得摔倒在地。剪刀重重砸落,地板被磕出一个窟窿,她顾不上这些,眼神死死盯着箱子。那里面是个很大的玩偶熊,可是这只熊浑身上下都是伤痕——衣服被撕扯得凌乱不堪,眼角紫红,额头青紫,甚至被刀片割裂露出内里棉絮。

一秒都不能多看,季淼剧烈发抖,她别过头将箱子重新密封,整个人死死摁住它,仿佛想要关住里面的洪荒怪兽。

手机恰好响起,季淼在冷汗涔涔中接通。

"你到底想干什么?"她声音发虚。

宫御风放肆地笑:"季小姐听上去似乎不太喜欢我送的礼物,不要这么凶嘛,我是真心想和季小姐交朋友,可是你一直不肯给我这个机会,我万般无奈才出此下策。如果季小姐愿意赏光,我就在刚刚短信里说的这家饭店等你。"

季淼垂手,第一次发现办公室的窗帘是如此逼仄密不透风。

屋外,颜默诗躲在不起眼的拐角处,将这一切都收入眼中,表情满意,嘴角含笑。

宫御风打量的表情让季淼如坐针毡。

"季小姐不喜欢这里的环境吗?"他靠着椅子摊手指了指四周。

季淼压低自己的愤怒:"请你停止这场游戏。"

"这怎么能算是游戏呢?我是顺着你的喜好为你挑这家店的,你知道这家西餐厅最出名的是什么吗?是这里的钢琴师特别厉害,只有你说不出的曲名,没有他不会弹的曲子。"说完,宫御风勾了勾唇,打了个响指。季淼还没反应过来,钢琴师已经演奏起季淼再熟悉不过的《森林与海》。

"你……"季淼双目圆瞪,事情以她无法知晓的方式发展着。

宫御风脸上的笑容满怀深意,他离开座位走到季淼面前,像压过来厚厚一座大山。宫御风伸出手,季淼退后:"你要干什么?"

"陪我跳舞。"

"不行。"

"那陪我喝酒。"

"我不会。"

宫御风拉下脸,默了会儿他才说:"季小姐,这样就让我很为难了。钢琴曲都快弹完了,而你如此不配合,难道季小姐是想让我把你的故事向全天下广播吗?"

话刚说完,宫御风已经放声大笑开,季淼浑身几乎被冷凝成冰。

"你说够了吗?"

饶是何冠树有再好的脾气,面对夏芷澜一次又一次的打扰,良好的修养依旧走到发怒边缘:"我不会同意合作的。"

"电视台的通稿都已经发了,合作已经是势必要发生的事情了,我

并不担心。"

"那你还来找我？"

夏芷澜的气色很好，已经完全寻不到上次一星半点的颓废："我是来告诉你，你心心念念在乎的季淼小姐，已经和宫御风在一起了。"

何冠树终于停下手中动作，掀起眼皮看向她。

"你不信？"夏芷澜扬起下巴，"那不如我们打个赌？"

"赌什么？"

"你输了就和我复合。"

"我赢了呢？"

"你不可能赢。"夏芷澜的笑容里是满满的自信，这自信是如此毫不客气，让何冠树蹙眉。

不待他回话，她忽然靠近何冠树，在他耳畔红唇轻启，笑容热烈："冠树，我等你的电话哦。"

说完夏芷澜就戴上墨镜转身走了，每一步都铿锵有力。她用力踩下油门，敞篷车像利箭一样快速射出。夏芷澜是要整个世界为她倾倒，也不过因为她在乎得到世界后，某人看向自己时的温柔微笑，可现在，凭什么季淼可以如此轻易地抢走这一切？她是绝对不会允许自己输给那个丫头的。

在颜默诗、宫御风和她计划的这一出戏里，季淼没有选择的余地，家暴是她成长这么多年里急于摆脱的阴影，如果她选择何冠树，这件事就会曝光于天下，那时就算她选了何冠树，冠树还会要她吗？是的，她与颜默诗都讨厌季淼，她们有不同的原因，但是没关系，她们殊途同归。

何冠树拨通了季淼的电话："我来接你下班？"

季淼揉揉额角，听到他温柔的声音大概是这几天最让她开心的事情了，她说："好啊，不过我可能要加会儿班。"

"没关系。"他答。

约定的时间里，隔着马路季淼一眼看见了正斜斜靠着车的何冠树，她踮脚招招手，何冠树也看见了她。

正准备提步，冷不防有人一把揽住她的肩，季淼侧目，心立刻沉了半截："你怎么又来了？"

"我来接你下班啊！"宫御风懒懒笑着，"没有提前约定，就这样突然地出现在街角，时间是如此凑巧，你说这难道不是我们之间的缘分吗？"

听不下去，季淼只想挣脱，却被宫御风紧紧禁锢。

"你放开！"

"我可是警告你别再乱动哦，不然说不准我没忍住，就当着你冠树学长的面对你做出什么过激的行为了。"

季淼并不理睬他的威胁，直到宫御风揽过她将她一把搡入自己怀里，带着毫不客气的敌意在她耳边低低说道："你想让你的冠树学长知道，你额角上的那些伤是怎么来的吗？你想象一下他如果知道了你有个动辄对你使用家暴的父亲之后，他看向你的眼神还会像以前一样吗……"

最后几个字说得含混不清，却让季淼立刻冰冻了起来。

她慢慢攥紧了手，她生气到发抖，胸腔里的情绪太满了，想反抗最后却不得不松开拳头。她没有选择。

何冠树慢动作般地摘下墨镜，如果说夏芷澜说的话不能相信，那对街正上演的这一幕的冲击力却真实到让人难以克制。何冠树咬了咬牙，唇际抿成一道僵硬直线。

季淼听见心一点一点碎裂的声音，她看见何冠树停下步子，转身上了车，车驶出，朝着与她相背离的方向，越开越远。

风带来黏腻的热意，像透不过气的密封容器罩下来。好不容易终于可以不再蹲着哭和踯躅，学着站起来试图与他亲密接触，谁料故事就像《一千零一夜》的台本一样，翻过了这一页，又进入了下一个需要通关的情节。

宫御风的手从她的肩膀放下来，见效果已经达到，他便拍拍手准备抽身而退，带着不可一世的痞气。季淼的声音又沉又悲伤，她问他："为

什么要对我做这些?"

得到的只是宫御风回头睨了她一眼,冷笑一声就走了。

『肆』

"呼——呵——"

屋子里弥漫着越来越粗重的喘息声,何冠树已经在跑步机上待了一个多小时,小腿已无限趋近于麻木,却依旧感受不到任何舒畅的快感——那个拥抱,像是电影投映在自己面前的透明落地窗上,真实而磨人,他咬牙想挥走,她的笑很快又席卷而来。

何冠树伸出手,又按了加速键。

脚下的传送带越来越快,摆臂的幅度不由得变得更大,好像跑得再快一些,自己再累一些,就可以让所有影响自己的情绪统统走开。

身后手机丁零直响,他知道是谁打的,他不想理。

眼前显示速度的数字又往上递增了一位。

冠树也很想知道,自己怎么会变这样。

那个暴雨夜,寂静黑暗的医院走廊里,来自于她父亲的责难好像包纳了她过去那么多年里缩在墙角的饮泣;接她下班的那天晚上,她固执地不肯与自己同撑一把伞,向自己发问时又倔强又孤清的背影最后走得那么决绝;回国的那场音乐会,一个人躲在洗手间的她出来时带着哭花的妆容用力说的每一个字都让想念从高空落地为实;还有送她回家后在楼下看着她卧室的灯由亮至暗;每一次将近深夜的电话晚安;每一次忍不住再走近她一点点的心情……

这么多共同构建的关联,为什么,你不珍惜?

为什么,你要先撤退?

为什么,你要欺骗我?

……

没有任何防备,跑步机由于超负荷的运转忽然自动停机保护了,传送带由极致的快迅速锐减至速度为零，一切都发生得猝不及防，如同这几天频繁上演的转折。何冠树险些摔倒，他半撑着身子，稳了稳呼吸才站起身，膝盖做了保护没有受伤，要弹琴的右手也免于危险，一切都有惊无险，他的脸色却沉得像乌云密布的天空。

手机里全部都是夏芷澜的未接来电。

她想要什么，他当然知道。

何冠树编辑了短信，按下发送。

夏芷澜始终将手机握在手心里，第一时间看到他的回复，寥寥数字，却令她激动坏了。

"陈程！"她大叫，"帮我叫造型师、服装师、化妆师啊，我今晚要去电视台彩排！"

身后手机的收件箱里安安稳稳躺着让她有旗开得胜快感的三个字：合作吧。

何冠树同夏芷澜一起来到彩排现场这件事一瞬间传遍了整个电视台，在台里的人几乎全部赶来现场围观。原本还干脆利落指挥现场机位的季淼霎时就像被钉子牢牢钉在原地，她已经因为过度的工作负荷和长期低落的情绪令整个人毫无光彩，与光彩熠熠同他比肩而立的夏芷澜相比，她只感到自惭形秽，想要逃离。

季淼低头退到人群之后。

何冠树的目光却穿过层层人墙，一秒就捕捉到了她。

明明是生气的，可看到她颓废疲惫的身影，还是不可自抑地感到心疼。

季淼抬起头，接上他的目光就移不开了，明明只相隔几米的距离，可彼此之间人来人往让他们显得那么遥远。她忽然不能呼吸，因为何冠树竟然提步朝她走来。

心跳怦怦加速，燃起希望的情绪在他的气息真实填满自己身侧的时候瞬间转为慌乱："学长……"

"你和宫御风？"

何冠树眼神凌厉，直截了当地询问她。

季淼失语，愣愣地看着他。何冠树的耐心在一点一点的等待中逐渐磨完。他笑："所以，是认真的？"

"不是……"

他挑眉。

季淼眼眶有些潮，她张了张口，对上他凌厉的眼神，万千情绪在胸中闪过，想说的话语最后却只凝成了唇畔的一声叹息。她不能说，因为太过在乎眼前的这个人，因为他是她最大的软肋。

"呵呵……"他忽然笑了。

季淼想叫何冠树，何冠树却忽然潇洒转身，不带一丝留恋，单手插兜大步朝台上走去。

季淼终于有些不稳，她从他的背影中看出了一丝痛虐的报复，可是她只能无力看着，还得拼命藏起自己眼里显山露水的爱意。

何冠树在钢琴前坐下，信手拈来了一段钢琴曲，行云流水，指尖走得又疾又狠，情感隐忍而澎湃。与之前温润轻和的他完全不同，刚刚的曲子带着伤人的戾气，每一个音符都像烙铁烫伤了季淼。但她身为负责人，她不能离开，只能看着夏芷澜也落落大方地跟上去，听见何冠树温温问道："你想唱哪首？"

夏芷澜报了一首歌名。

何冠树点头："这首有点难，转音有点多，我多陪你练练。"

夏芷澜脸上的笑意又热烈了一些。

……

季淼捂住嘴巴，极力克制住心酸，她刚转身，却对上颜默诗似笑非笑的目光。

"在布满看戏的人群之中，想要维持好自己的情绪，是不是很困难，很压抑，很想哭呢？"一句话就扼紧了季淼的喉。

她瞪向颜默诗，对方只是无所谓地耸耸肩，走开了。

『伍』

意识很稀薄，分不清过去多少个小时了。

所有人都走空了，电视台恢复了宁静。深夜是适合让孤单的人舔舐自己情绪的时刻。因为空旷，她的每一次脚步声都像是踏在心脏上。

季淼停在刚刚热闹非凡的彩排室门口，伸手握上门把手。

她停顿，低头。

——冠树学长你知道吗？一直踮起脚尖爱一个人，总会有一天重心不稳，然后从高处狠狠摔下来。

季淼推开彩排室的门，冰凉的空气立刻扑面打来，她的内心忽然寂静下来。

刚刚的钢琴音符已经不再流转，夏芷澜唱得不好，音准抓不住，情绪也不到位，但他的面色始终风清寡淡，陪她练了一遍又一遍。他弹琴她唱歌的那个画面，让季淼仿佛回到易维亚大学的时光里，那些她羡慕多年的互动，他总是轻轻松松就给了别人。

——冠树学长你知道吗？如果我不快乐了想哭了却没有主动找你，那是说明，你正是我不快乐和想要流泪的原因所在。

季淼没有开灯，她继续朝里走。空荡荡的彩排厅，仪器静静待在冰凉的空气中，都是与她已经建立了默契的伙伴。她今天穿着薄荷绿的雪纺衫配白色纱裙，还是那天四人聚餐时候的着装，心境却和那时差了好远，现实已经被迫往相异的轨道上推进了那么远，季淼苦笑。

她伸出手触碰话筒音响的开关。

麦被打开，空气中忽然涌过一丝电流。

——冠树学长你知道吗？曾在你眼里看见的日升与日落，都让我有热泪盈眶的冲动，第一次听见这首歌的时候我就喜欢上了你，直到今天我仍不后悔这是我一生做出的最值得的决定。

季淼脱掉鞋子，赤脚朝前走。黑夜之中的凉意从她的脚底一直往她身体里蔓延，她想更加细致地感受这些凉意，好让自己能够更清醒一些。

台阶一共五级,她一级一级往上走。

从小到大,从没有正式登过台唱歌,但是今夜,我想将这首歌唱给你听。

哪怕,你根本不会听见。

她站到舞台中央。

她双手握上立麦。

她闭上眼。

彩排室的大门被推开一丝微弱缝隙,有人同她一样出现在黑暗里,像是默契,给她不被知悉的陪伴。

黑影身形颀长,眉如墨画,那是何冠树,他方才并没有离开。

她是清唱。

起调了,第一秒空灵的声音便闯入耳郭立刻抓住了何冠树的耳朵,他的指尖动了动。

没有伴奏,歌词是她自填,情绪不浓不淡刚刚好,她的声音从偌大孤单舞台中央的立麦里传出,包含了纯熟的气息和技巧运用,一下就撞进了何冠树的心底。

她怎么会知道这首曲子?这是他第一首创作的钢琴曲,曲名叫《少女与知更》,那一年他才刚刚高一,她怎么会知道?

何冠树不敢推开门,怕打扰到她,但是他明显已经感受到了自己在颤抖,她的情感和力量从弱到强,她的声线从纤细到饱满,从低低婉转的吟唱到澎湃的呐喊,她瘦小身体里怎么能爆发出如此巨大的能量?

他从来不知道这首歌可以这么动容,就像暗透了的天边忽然出现的星光,又像是忽然就有了的第二次生命。

曾经他弹出的是大刀阔斧的痛,而如今她唱出的是绵绵密密的伤,但同样,背后都有他想表达的力量。

这一点,季淼抓到了。

他从来不知道她的声音是如此灵性的存在，像月光，像小溪，像微风，但是在深处，能让他听到充沛的倔强和深情。

三分钟而已，她唱完了。

何冠树听见了舞台上她轻轻淡淡的呼吸，以及舞台下他轰轰烈烈的心跳。

在逐渐分岔摇摆的声息里，跳跃成永不熄灭的，火焰。

……

"冠树学长。"

她忽然开了口，声音里有绵久亘古的忧伤。

"冠树学长，请原谅我擅自为这首《少女与知更》填了词，我在你看不见的地方练习了无数遍，我一直都很想有一天能够亲自把它唱给你听，从前我不敢，也许今后也不会再有机会……"

季淼忽然扶麦哽咽，眼泪落下，瞬间被黑暗吞没。她笑一笑擦掉泪水，几分钟后，她重新抬起头，目光恢复了清亮又坚定的状态，继续对着黑暗说着独白——

"很多很多时候，冠树学长你对于我，都像是一颗遥远的星辰，不可触及，又无法放下。你是偶像，而我是平民，是彻彻底底的那种平凡，就像是你身后万丈荣光之中的一丝微弱光盏，被很多人挤在身后，和很多人分享你的光芒，在很多人的热闹中默默独守自己的孤单。

"你不知道，我看见你的时候很高兴也很难过，看不见你的时候很想念也很害怕。我幻想过很多次我们之间的这些距离能够消弭，幻想过以各种各样的方式站进你的目光里，在阳光热烈的校园里或是在你安静澄练的钢琴房里，落落大方地同你说一声'嗨'。

"我幻想能被你记住姓名，幻想自你口中念出我名字时抑扬顿挫的温柔语调。

"然而随着每一次太阳的升起，我的这些幻想都会随着黑夜一并沉寂、一并逝去，这样的情绪在每一个日夜交替的时候重复上演。每当这时，我的心里就会剩下盛大欢喜过后的一片空空落落，悲伤很大，无助很大，

但是，希望也很大很大。"

……

『陆』

蔚蓝色的长方形游泳池里，何冠树已经游了十几个来回了。

吸气、浮潜，周边的水纹充分包裹着他，帮他降温。

凌晨游泳，是因为一直到回家很久很久以后，他依旧没能从她给的触动中走出来。

为什么之前从不肯在人前唱歌，为什么宁愿自己跳进偌大的游泳池也要拒绝众人的提议，如此倔强的背后，竟然深藏了一份这么大的震撼、感动，以及惊喜。

……

夏夜由星光、蝉鸣、啤酒和烧烤摊组成。

何冠树毕业那年，他邀请了一些朋友来自己家里开Party，烧烤摊就摆在游泳池边。

季淼远离了喧闹人群，一个人在角落负责烤肉。她穿着T恤和热裤站在烧烤摊旁，脸被火光映得通红，何冠树走过来递给她一杯饮料，季淼忙接过："谢谢学长。"

他喝下一口生啤："为什么不和他们一起去玩？"

目光望向远处，从荨正追着邵青延打，季淼笑了："青延学长说不过从荨。"

"那可不一定。"

季淼不懂。邵青延平时寡言少语，从荨说起话来却是一刻不停，怎么看也不会是青延学长占上风。

何冠树深深看她一眼，太过澄澈的眼神，一点心事都不会藏。他笑了笑："没有说不说得过这件事，只看你自己想不想相让。"

季淼对上他的目光，那里面像是藏满了星辰，如此璀璨。一想到未来可能再也无法这样近距离地站在他身侧,她忽然就鼓起勇气问道:"学长真的决定要出国了?"

"嗯。"尾音上扬,仿佛是再自然不过的决定,他仰头喝了一口生啤,并不懂她忽变的情绪。

女生低头,他眼神扫过来,忽然叫道:"当心!"

他一把拉过季淼,女生尚未反应过来,他已经去扇灭烧烤摊上跃起的火焰了。刚刚那几秒钟的接触,她擦过了他的薄上衣,那么那么近的距离,不知为何,季淼心头忽然涌上一股难以名状的悲伤。

"淼淼你没事吧?"从葶跑过来。

"我没事。"季淼摆摆头,走回烧烤摊,"啊,都煳了。对不起对不起,是我走神了。"

从葶挑眉:"光说对不起可不行,我可是馋这些肉很久了,你得赔我。"

"那我再帮你烤就是了。"

"我不要烤肉,我要听你唱歌!"

季淼大惊,从葶的提议却得到了周围人的一致响应,没有人听过季淼唱歌,女生开始紧张,连连摆手:"我唱歌不好听啦,还是乖乖给你们烤肉吧。"

众人不依,气氛一旦high了起来,献唱仿佛成了势在必行的节目。

何冠树亦是抬了头,懒懒朝她望过来。

她局促的身影,她通红的面庞,她惴惴不安却无力反驳的模样,好像与身侧温柔清甜的夏夜晚风一样可爱。他的唇际不自觉扬起弧度,一声不响地站在一侧,等她开口。

可谁知,她也是够倔,从葶急得快跳脚:"季淼,你唱歌明明那么好听为什么不肯唱?你不唱也行啊,你要是敢跳进这游泳池,我也就不逼你了!"

"扑通"一声!

所有人都瞪大了眼,气氛一瞬呆滞。

何冠树亦是停下喝酒的动作。

下一秒，季淼从碧蓝的水里钻了出来，她闭着眼大口呼气，天边洒下来的星光依次围在女生周围的水面，为她镀上一层薄薄光亮。

季淼抹去脸上的水珠，睁开眼睛看向从荨："你得说话算数。"

……

那时怎么就没有将她唱歌很好听这件事放进心底呢？想找一个声音这么多年，却原来一直都在离自己最近的地方。

何冠树从没有想过，自己写的曲竟然会伴随她跨越成长陪伴她这么长久的年月，给到她这样举足轻重的力量。

她以前问过他，为什么会这么依恋钢琴？

为什么呢？为什么会对除了邵青延以外的所有人都冰冰冷冷？为什么要从高一开始就一个人住在这无比奢华却又无比空荡的别墅里？

因为最想要与之分享一切的亲人不在身边，他们常年四处飞，事业重心在国外，一年里面，父母与自己团圆的时间，用一只手就可以数得过来。在何冠树很小的时候，他们就给他的人生制定了标准，一步一步需要做到什么，需要完成什么，需要以什么样的姿态出现在众人面前，都是经过精确计算的，而他也确实都完成得很好。

所以越来越没有挑战，世界对他越来越没有吸引力。

直到她的出现，低眉顺眼的存在，有着深不见底的心事，谜一样的故事，自信和自卑同时交织的女生——她总是蜷缩着身子深深蹲在一侧，好像要伸根扎进地里面去似的；却又在某个意想不到的时候猛然跳进深深的泳池，以期和这个世界对抗……他想他终于知道了为什么会因为她而一再打破自己的常规，原来在最开始的时候，在他心里重新制定规则的，就是她。

可是，她同他说过的那么多次的第一次的遇见，为什么直到现在，他才刚刚想起。

何冠树像是惩罚自己般，他猛地扎入水中，像鱼一般又快速游了一个回合，体力被迅速消耗，神智却越发清醒。他靠着岸喘息，侧脸和头发都被汗水打湿，他不断起伏的胸膛里忽然发出一阵阵笑声，由低转高，如此强势地闯入这个静谧的夏夜里，却毫不违和。

『柒』

一晃就到了直播的日子。

直播间里工作人员忙碌异常，季淼安静地坐着化妆，脑海里要记住的东西太多，仍然总是忍不住要去关心各个机器有没有就位，灯光需要再检查一遍，以及……

话还没说完就被杨一打断："行了我的姑奶奶，你只要将你的主持稿烂熟于心就行了，其他的一切看我的，放心放心！"

夏芷澜在自己的化妆间里上妆，她是有备而来，如果一切如预期般发展，那她就可以甩出读书期间和何冠树的历史，然后……她红唇稍扬，闭上眼感受这一刻的愉悦。

可是——

"夏芷澜要是真敢开口唱歌，未来的星路几乎就堵死了吧。"

"听说她想要用假唱，但是何冠树没说同意，也没说不同意。"

"何冠树真的深不见底，让人猜不透他在想什么。"

……

"说什么呢！"女生们的八卦被赶来的颜默诗打断，众人立刻缄了口，相继离开了。颜默诗一个人站在机位前，装作检查的样子，她低眉时的表情却泄露了她乐见其成的心思，整个电视台上下最淡定的人就是她了，因为只有她原本就不希望这场直播顺利举行。

从荨和邵青延坐在直播间观众席的第一排，观众席爆满，工作人员开始喊"三、二、一"。

全场亮灯，季淼落落大方地出现在了搭好的舞台中央。

语言轻快，嗓音动听，笑容完美，重点和条理都非常明晰，季淼表现得异常冷静到位，一上来就收割了诸多好感。

从荨连连鼓掌："淼淼真的很不错哎。"

邵青延侧目看向一瞬间变为粉丝的从荨，笑了："季淼的主持稿写得水平很高。"

"那是，我们淼淼很厉害的。"

……

季淼提的问题各有侧重，都是针对何冠树和夏芷澜的专业领域。意外的是，她抛出的梗何冠树都接得非常完美，一来一去将台上气氛活跃得很到位，不时引得台下掌声阵阵。

可不知为何，问题越到后面，何冠树回答的画风越来越让季淼眉心突跳。比如，季淼只是例行公事地问他："学长一般会在什么样的天气里比较有创作的灵感？就好像有些音乐人会喜欢绵绵细雨的天气，看着雨水降落，一滴一滴，像在敲打的音符一样。"

何冠树想了想，忽然望着她笑了："我以前确实是喜欢在雨天创作，不过最近越来越不喜欢笛城的暴雨天了。"

季淼还等着他解释忽然就不喜欢了的原因，却发现过了两三秒他依旧没有开口的打算，她赶紧接口圆场："哦，学长是在变相责怪今夏的雨天太多了吗？"台下观众笑着鼓掌，也接受了她对天气的吐槽，何冠树挑眉，不置可否。

季淼又问了他平日比较喜欢的食物，何冠树这次回答得很官方："我还是比较喜欢东方的食物，最近日料吃得比较多，不过芥末已经戒掉了，保护嗓子。"

季淼点点头："这样啊。"可接完口才发现，保护嗓子和眼前这个要用手弹钢琴的男人有什么直接关系啊？她抬头有些诧异地朝他望去，何冠树回视过来的目光里，笑意越来越深了。

你不喜欢的东西我也不会喜欢。

随着直播的推进，夏芷澜眼看着话题迟迟不往自己预定的方向转，就像丢了玩具的少女，满心都是着急。所以在季淼探过身子询问自己新戏的时候，她眼神里都带上了明显的敌意，言语也顾不上在这个圈子里摸爬滚打必须要有的圆滑痕迹："我这次想要呈现给观众更完美的观赏体验,所以就想和老同学冠树合作一次,毕竟和我们曾经在易维亚时相比,现在这些合作都不算什么。对吧,冠树?"

夏芷澜侧目望向何冠树,目光直接而大胆,等他回答。

场上气氛急转尴尬,像是忽然砸来的雪球,所有人都为季淼着急,唯独颜默诗淡淡笑了。

何冠树坦坦荡荡接了口,不过他侧目转向了季淼:"所以是你夏芷澜学姐来找你,疏通了一下个人关系让你给她和我做这个直播的是吗?"

轻飘飘的一句玩笑,不动声色地替她化解了尴尬,是想拉回她女主播的地位,顺便再将雪球踢回给了发难人夏芷澜。这记来自于何冠树的回击如此明显地维护季淼,让场上三人间原本尴尬的气氛忽然变得更有内容,台下工作人员面面相觑,好像在看一场大戏。

夏芷澜浑身僵硬,季淼也愣住,但她很快回神,大笑着摆摆手,试图以夸张的动作转移大家注意力:"学长太会说笑了,当然是我们主动联系学姐的。"

何冠树耸耸肩,低头沉思了几秒,忽然又问台下:"听说你们都想听我弹琴她唱歌?"

刚刚还是闭口不提合作的事情,现在又这样跳跃步骤,虽然不解他用意,但夏芷澜以为自己机会来了,刚想接口,谁料冠树却将拿出的曲谱递给了主播季淼。

"学长?"

"冠树?"

完全超出所有人的预期,夏芷澜瞪大眼,季淼亦是万分尴尬,但身为主播必须要有场面驾驭力和掌控力,否则这场节目连遭两次意外势必会无法挽救。季淼看着冠树递来的熟悉歌谱,强忍着发抖和泛红的眼眶,他这是试探吗?她抬眸,表情复杂地看着他,何冠树亦是目光深深,不疾不徐,安静地等她的一个回答。

"怎么了……"从葶着急。

邵青延皱紧了眉,他覆上从葶的手,示意她不要慌:"别急,我们

等等看。"

很快季淼就深呼吸平复了心情:"学长是不是不知道我们在直播啊?"她试图缓解气氛,"学长你事先不跟我说好,直播时忽然给我出难题,这样很容易造成播放事故的呢!"

台下大笑,为她漂亮的临场反应。

季淼佯装叹一口气:"可我也不好意思扫大家的兴,就只能献丑了。不过电视机前的你们可不能因为没有看到期待中他们二人的合作就临时转台啊,你们就把我当成抛砖引玉的前奏就行了。"

得到了她的应答,何冠树面色稍缓,他笑一笑,起身朝钢琴走去。

短短几步,却走得偶傥风流。

在昨晚,他就想成为她的伴奏了。

她那时不知道,没关系,等会儿她就会知道一切。她的声音如此具有灵性,应该得到展示,而他想要以最大方的方式告诉她,他会好好收藏。

台下工作人员打起手势,示意各部门准备,坐在收音室的工作人员戴上耳麦,指挥室的各个人员陆续检查各个镜头的切换,他们每个人脸上都是寻常的神情,没有过分期待,只盼望顺利结束,直到一曲完毕。

不是别的,正是《少女与知更》。

所有低头的人都抬了头,拍摄的人从镜头前移开目光望向台上,收音的人甚至听到手发抖,大家都震惊了好久才缓过来,而颜默诗已是完全僵硬,失败的结果让她愤怒到发抖。身侧的工作人员率先开始鼓掌,连连感慨:"唱得太好了!没想到季淼这么厉害!"

杨一的眼睛里亦是写满了自豪的情绪,他一直都坚信她会发光的,他由衷为她感到高兴。

台下的从葶亦是眼眶发红,她的声音涩涩的:"真是个傻丫头。"

邵青延看向她。

她帮他回忆:"何冠树要出国前的那个烧烤夜,我知道季淼难过啊,我就一直逼她开口唱歌,谁知道何冠树以后会不会回来,我就想着他早一点听到淼淼的歌声,也许他们之间就会少走很多弯路。"

但又有谁能说，钢琴和歌声在此时此刻得到完美融合，不是一种更好的缘分呢？他们之间，几乎每一个音符都含了多年的默契，很难去说是曲更好还是唱得更好，只知道他们合在一起的时候，是最完美浪漫的一种状态。

所有的一切都很棒，可问题是季淼失控了，她实在是没有办法控制，她捂着嘴巴转过身去，何冠树走到她身边单肩搂住她："看样子是太喜欢这首曲子了是吗？"季淼点头。

何冠树又笑："那需不需要学长给你一个抱抱安抚一下？"

季淼抬头，眸里闪动着晶莹："学长？"

台下响起一片"哇"！

不等她反应，何冠树已经张开双臂，抱住了她。

他的气息，柔软而迷醉，侵裹而来，在无数的闪光灯和镜头面前，他抱了她，还拍了拍她的头，像是一种对全世界的宣明——季淼听见自己的心房瞬间塌陷。

再听不见其他声音，再容不下其他的人，眼里心里世界里，通通都只有他。

全场的热闹衬着一个人的孤单被无限放大，夏芷澜感觉自己像个多余的小丑，每一记打在自己脸上的镁光灯都像是无情的嘲笑。

事后证明，当晚直播收视率爆表，指数图显示收视率最高的峰值在于那个来自学长的爱的抱抱。

除此之外，季淼"笛城新晋女主播"的名号也已打响，大众也纷纷希望能见到何冠树与季淼二人的再度合作。如果说早就预见了这场首秀会成功不太恰当的话，不如说这是季淼以无数个日夜的辛苦努力与得到的回报终于恰好持平了。

她一跃成为电视台的红人，与何冠树的关系也有了突飞猛进的发展，他们最近常常聚在一起讨论音乐。歌唱这件事情的突然曝光，让季淼整个人都好像染了一层鲜活的光亮。

明明是该极高兴的时刻,不知为何,季淼却总觉得在热烈飞扬的表象之下,藏着她看不见的汹涌暗流。

『捌』

很奇怪。

不明白为何自己家里最近忽然收到很多钢琴学生的登门拜访。

"会不会是因为马上有钢琴比赛的原因?"

季淼摇摇头:"我爸爸虽然脾气不好,但他有个人原则,不会收人礼物的,如果他决定要收哪个人做自己的徒弟,那一定是因为那个人身上有打动他的闪光点,绝对和金钱无关。"

从蓴笑,季淼直到走出几步后才发现她掉了队。

季淼回头:"你笑什么啦?"

"笑你和你爸啊,你以前从来不会这么夸他的。"

"我……"被从蓴一句话堵死,季淼又举起手佯装要打她,这个话题也没再继续,可是季淼的担心却在不久的未来成了现实。

一年一度的市级钢琴比赛前夕,忽然曝出笛城著名古典音乐家季之显收受贿赂干扰比赛公正的丑闻,季之显已被带走接受调查。

看到新闻的时候,季淼正在上班,她几乎是哭着跑到领导的办公室,领导被她失态的模样吓到,问清缘由后立刻就准了假。

季淼原先也不知道,自己竟然会因为季之显出事而彻底崩溃,大概是太安全了,觉得完全不会失去,所以才会在突然来袭的时候,发现即便对父亲有很多的埋怨和愤怒,依旧无法容忍外人来伤害他、抹黑他,甚至是以这么荒唐的原因。

何冠树赶到的时候,季淼正孤零零地坐在长椅上。见他来了,她抬起头看一眼,然后再度将头埋入手中:"学长……我爸爸不会做这些的……他一辈子那么倔,怎么可能为了一些钱就玷污他最喜欢的音乐……不可能的，一定有误会……"

她的每一声哭泣都裹挟着巨大的失望和难过，何冠树一把搂住她："我知道，我都知道，你放心，我已经委托人去查了。"

"真的吗？"季淼从他怀里抬起头。

何冠树郑重其事地点头，他揉一揉她的头发："你相信我。"

季淼哭得更大声了一些。

一整个下午，她打电话找了那么多个叔叔，真正肯陪她四处奔波的到最后只有眼前的何冠树，曾经应酬时的觥筹交错，到了现在，个个都避之不及，她与真相之间隔着厚厚的高墙，爸爸在里面，她在外面。只能看着痛着，却不能走近。

"妈妈不回来，要是爸爸也出了事，我怎么办，我怎么办啊……"

"他虽然打我骂我，可他是我爸啊……"

虽然很困难，季淼却依旧从每一天的递进中感受到了季之显的变化，从他开始推掉不必要的应酬，在家里会给她做她爱吃的菜，每次加班回家，菜还是温热的。虽然他还是会唠叨她不注意身体，但在看到她脸色变掉的时候，季之显也会学着沉默，学着岔开到其他的话题上。

前几天她房里的灯坏了，她忙着工作，也没说。

某一天回家的时候就听到自己房间里有声响，她走上楼，看见季之显正站在桌子上，帮她换灯泡。那么一瞬间，她的心忽然变得很柔软很安详，其实和父亲交手的这么多年，她所奢望的，不过就是这样可以面对面坐下来聊聊天，握手言和罢了。

她在房间门口呆呆站着，看见季之显要爬下桌子，动作再也不像以前那样麻利，毕竟是老了，季淼的心忽然一下就被捏住了，泛出酸涩的气泡。她快步走过去，下意识伸出手去扶："爸，当心。"

季之显没料到她已经回来了，面色有短暂的怔忡，然后才乐呵呵地搭着手："女儿长大了，知道关心人了。"

他走到门边，摁下按钮，灯亮了，季之显忍不住自夸了一番，季淼跟在身后收拾东西，再平淡无奇的一个傍晚，却让她第一次从"家"这

个单字里,体会出了避风港的味道。

……

"冠树学长,以前我爸一直对我要求很严格,我很多东西都不敢表现出来,因为我不知道他会不会喜欢,我害怕得不到他的鼓励,那会让我原本就所剩无几的自信更加缥缈,所以我一直死撑着不说。这么多年,我一直都是一个人在拼命地努力,久而久之,努力都成了一种习惯,可是我也会觉得累,其实很多时候我真的只需要他对我说一次'季淼,你很棒'。我那么希望他可以看得见我的努力,因为这样,我才会觉得不至于太过孤单。"

何冠树再度抱紧了她,亲吻着她的发丝,感受着她心底那空空落落的黑洞。

密密麻麻的感情,熟悉到扎人,那全部都是同他一样,无比接近的过去。感同身受,所以才会更加心疼和懂得。

初秋的寒意瑟缩,原来夏天已经在不知不觉中说了告别,就像每一次季节的更换,像时日与细砂交织出的配乐,这是无可更替的自然规律。可是季淼,你相信我,我不会再丢下你不管,我会永远站在你身后,陪你长流细水,做你最坚定的依靠,在你需要和不需要的时候,都对你说:你真的很棒。

『玖』

纸没有包住火,季之显的事情是被人陷害的——性质非常恶劣。

是颜默诗找上宫御风,死缠烂打让宫御风动用关系构陷季之显,因此事涉及较广,甚至连累到宫父,宫父震怒,一气之下将宫御风禁闭。

"从前你胡闹我不管你,是觉得你至少在大是大非的问题上还懂得权衡利弊。这件事你竟然背着我捅了这么大的娄子!"宫父气急,对跪在地上的儿子大声苛责,"从小到大我一直在教你,没有十足把握的事情就不要去做,可你倒好,我辛辛苦苦那么多年经营的关系,这一次就彻底毁在了你的手上!"

……

颜默诗也因为人品问题,真实面目曝露在阳光下,终被笛城电视台开除。

夏芷澜像一败涂地的孔雀,邵青延与她解了约,好在陈程依旧愿意陪她,据说公司要送她出国进修两年,暂别这个光怪陆离的圈子以及那个人。

走的时候,除了陈程,只有邵青延一个人送她。

她在机场里等了很久,一直到登机的广播响起,夏芷澜眼里炙热的期待终于转为灰色的失望,这个事实每一次都存在,这一次才是她终于决定接受的时刻。

何冠树不会来了。

就像他从未爱过她一样。

夏芷澜戴上墨镜,依旧是灼热的大红裙,依旧是张扬的大红唇,邵青延看着她的身影拐进登机口,脊背笔直,身影孤傲。他眯了眯眸子,那句话始终没有说出口,也许在经年之后,她会在某一天的黄昏或深夜里,忽然懂得。

若非何冠树授意,他怎么会来机场送她;若非何冠树授意,他的公司怎么会和她合作?只是这一切,与爱情无关。如果她能走出来,未来也许还可以围坐一桌,彼此畅畅快快痛饮一场。

何冠树没去送机,因为他有更重要的事情做。

今天是他陪季淼一起把季之显接回家里的日子,原本还满脸微笑的季淼在见到季之显的那一刻,还是没有忍住,她扑了上去一把抱住他:"爸。"

季之显也因为这声含了太多情绪的称呼而红了眼眶,他半抬了手,犹豫了很久才重新放到季淼的背上,声音哽咽:"傻丫头,哭什么,爸本来就没事。别哭。走,我们回家。"

一字一字,带着初秋的涩意,将曾经所有的喧嚣全部都在此刻,归于寂静。

曾经因为失去了妻子所以更加害怕会失去唯一的女儿,极度缺乏的安全感就像一到黑夜就会出来觅食的猛兽,试图用最笨拙的方式引起关

注结果总是适得其反,没有拉近距离,反而越推越远。不是不感到愧疚的,不是不感到遗憾的,还好,现在还能重新开始,还好,她还愿意给他机会。

何冠树站在一侧提着季淼的包,静静陪着他们,他的眼睛里涌起久违的热意。

这样生而为人最返璞归真的情感,他比从前更加期待。

『拾』

车外的风景从繁华的城市街景渐渐变为宽阔的平原。

入秋的笛城,天空仍旧湛蓝,穿窗直入的光线周围悬浮着许多细小透明的尘埃,空气崭新,呼吸与身边的他逐渐趋同于一样的节奏,季淼想起他刚回笛城时载自己回家时的模样,再低头看向她与他相互交握的双手,一整颗心都被温柔撑满。

她问这是要带自己去哪儿,何冠树只是回答,等会儿你就知道了。

车停在一片广阔的草原路边,何冠树蒙上她的眼睛,一路牵着她踏过绵软潮湿的草地。

"到了。"他的声音染上一丝轻快,替她摘下眼罩。季淼睁眼,下一秒就被眼前成片的绿意和极目望去五颜六色的屋顶所震撼,还有身侧这缤纷夺目的热气球,每一个都像饱蘸了蓬勃的生命力。

何冠树牵起她,朝工作人员走去。

他用英文与他们交流完毕,了解完安全知识后,工作人员依次给何冠树和季淼穿上保护衣,送他们上热气球。

升空的那一瞬间,季淼眼里没缘由地蓄起热泪。

他擦掉她颊边的眼泪:"怎么又哭了?"

"学长,你知道我们第一次见面是在什么时候吗?之前那么多次你都说错了。"

季淼明明说着埋怨的话,眼神却满含期待。

"我记得。"何冠树微笑。

那也是个特别黑暗的晚上,他在学校里首次表演自己的《少女与知更》。

"那是我妈妈刚刚离开我的时候,我和我爸的相处模式非常糟糕,那晚我刚刚挨了我爸的打,一个人躲在外面吹风。我走到学校,无意间听到你弹的曲子,听完的时候才发现自己已泪流满面。"

——他指尖下描述的天空是如此湛蓝清澈,令人无比向往,与她一直仰望并想要触碰的低矮天空完全不同。一直以来,家庭阴影是她心里的枷锁,可他的曲子却仿佛能赐予她重新站起来在天空下奔跑的力量。那晚上,她认识了他,也喜欢上了他,并允许他在自己今后这么多年的时光里,占据至关重要的一席之地。

——年轻的一场动心,因为完美的他逐渐磨炼出更优秀的自己,那个他不经意的话语和微笑成了她这么多年暗淡黑夜里的星光。想要接近他,想要有朝一日能够成为跟他一样优秀的人,这件事成为她不断努力的动力,为的就是终有一日能漂漂亮亮地站在他面前,等他想起她。

"所以我才会在词的最后,写出知更是少年送给少女的礼物,就像……"

"就像什么?"

被他过于直接的目光打量,季淼忽然沉默。

不用明说的话,却比任何曾经都更具有想象。

他也笑了,顺着她的目光看向远方屋舍越来越远,听风声越来越豪阔。

何冠树替她拂开被风吹乱的头发:"淼淼,你妈妈呢?你妈妈是个怎样的人?"

"妈妈啊,"季淼的眼睛里都染上了七彩的颜色,"她很温柔,但是很有自己的想法,她大半生都被压抑着,也一定很想念外面的天空吧。不管她在哪儿,我都会祝福她,我希望她一切都顺利,希望她每一天都过着自己期盼已久的生活。"

"她会的。"

他字字笃定。

季淼笑得更热烈了一些，目光重新放到他身上："可是学长，为什么要突然带我来坐热气球？"

何冠树微笑，目光宠溺："我想让你在一回头的时候，就可以看见天空在你触手可及的地方。"

他的回答让季淼仿佛喝了一杯秋栗枫糖拿铁，连空气里都蔓延出了清甜的滋味，她定定地看着他，眼睛里好像包含了这近十年的春秋与悲喜。

何冠树起身，遮住她眼前的光，而后突然间他俯低身子——一个漫长而甜腻的吻。

带着风清冽的甜意，在最接近天空的地方，来自于他的温柔是如此真实明晰，好像忽然就打开了自己身体里那个名曰"勇气"的开关，要与他共同组成一个大大的拥抱，一起去抵挡未来更多的风雨，一起去面对更好的宇宙。

季淼闭上眼，仿佛听见了知更鸟在耳畔永不停歇的歌唱。

——我爱你这件事情，要一直一直绵延到生命的尽头。

——全文完——

【官方QQ群：555047509】

每周丰富多彩的群活动，好礼不停送！
作者编辑齐驾到，访谈八卦聊不停！

扫一扫看更多图书番外，作者专访